그랜트 선장의 아이들 1

LES ENFANTS DU CAPITAINE GRANT

Voyage autour du monde

DE

JULES VERNE

Dessins de Riou
Gravures de Pannemaker

Voyages Extraordinaires

쥘베르 걸작선 11

그랜트 선장의 아이들 1
Les Enfants du capitaine Grant

김석희 옮김

열림원

"잘못 본 게 아니야." 그는 중얼거렸다.
"나는 분명히 뱃전에 단 등불을 보았어. '덩컨'호의 등불을!
아아, 왜 내 눈은 이 어둠을 꿰뚫어보지 못할까?"

| 차례 | 1권
제1부 남아메리카

1. 망치상어 ...11
2. 세 개의 문서 ...22
3. 맬컴 성 ...35
4. 헬레나의 제안 ...45
5. '덩컨'호의 출범 ...54
6. 6호 선실의 승객 ...64
7. 자크 파가넬은 어디서 와서 어디로 가는가? ...76
8. 지리학자의 결심 ...86
9. 마젤란 해협 ...98
10. 남위 37도 ...112
11. 칠레 횡단 ...125
12. 고도 3600미터 ...136
13. 산맥을 내려가다 ...148
14. 천우신조의 총성 ...163
15. 자크 파가넬의 스페인어 ...174

16. 콜로라도 강 ...186

17. 팜파스 ...201

18. 물을 찾아서 ...217

19. 붉은 늑대 ...232

20. 아르헨티나의 평원 ...248

21. 인데펜덴시아 요새 ...261

22. 범람 ...274

23. 새처럼 살다 ...290

24. 계속 새처럼 살다 ...304

25. 물과 불 사이에서 ...319

26. 대서양 ...334

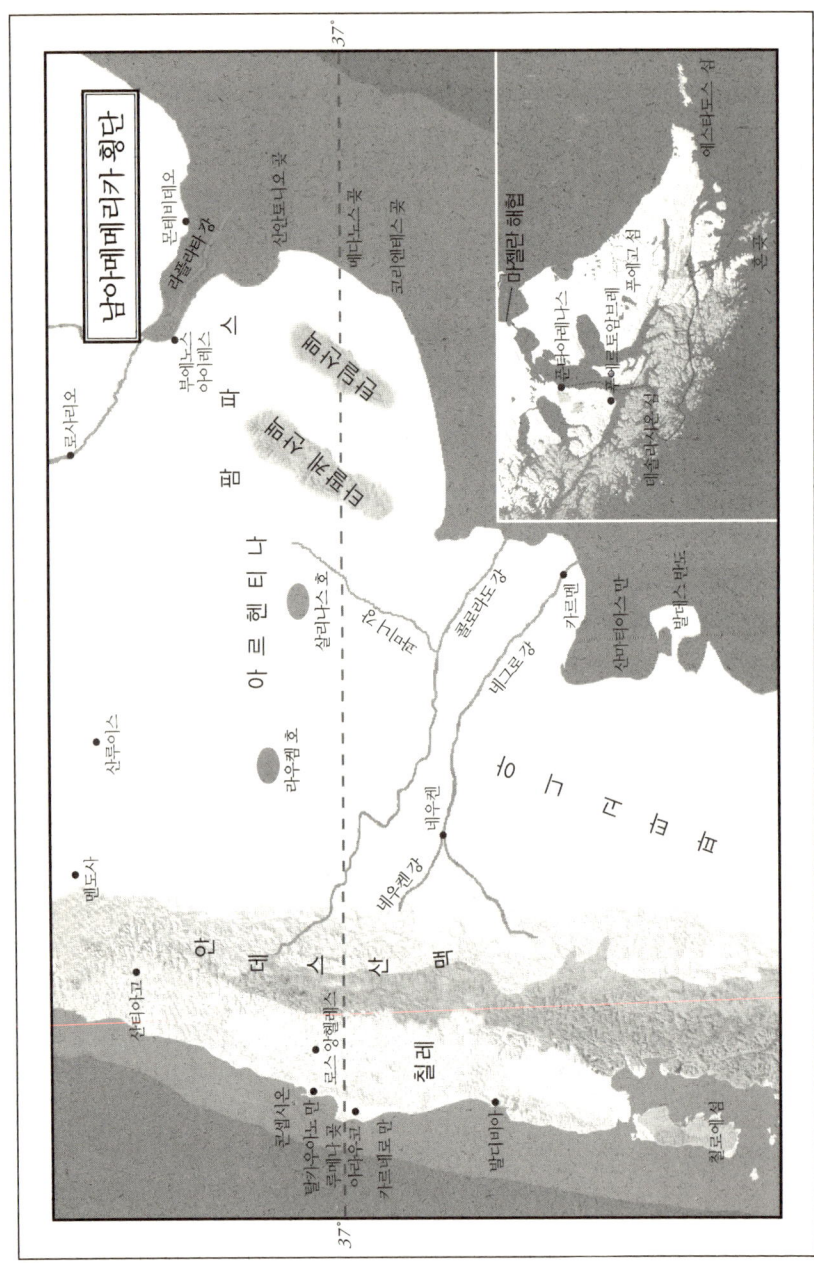

제1부
남아메리카

1
망치상어

1864년 7월 26일, 강한 북동풍을 타고 멋진 요트 한 척이 전속력으로 노스 해협*의 파도 위를 달리고 있었다. 영국 국기가 뒷돛대에서 펄럭이고 있었다. 주돛대 꼭대기에 매달린 삼각기에는 금실로 수놓은 'E. G.'라는 머리글자 위에 공작 가문을 나타내는 보관이 얹혀 있었다. '덩컨'호라는 이름의 이 배는 상원에 의석을 갖고 있는 16명의 스코틀랜드 귀족들 가운데 한 사람이고, 영국 전역에 이름이 알려져 있는 '로열 템스 요트 클럽'에서 가장 지체 높은 회원들 가운데 하나인 에드워드 글레나번 경의 요트였다.

글레나번은 젊은 아내 헬레나와 친척인 맥내브스 소령과 함께 배에 타고 있었다.

---

* 영국 북부, 북아일랜드 동부와 스코틀랜드 남서부 사이에 놓인 해협. 아일랜드 해와 대서양을 연결한다.

'덩컨'호는 새로 건조한 배였고, 클라이드 만*에서 수십 킬로미터 떨어진 곳까지 시험 항해를 한 뒤 글래스고†로 돌아가는 길이었다. 벌써 애런 섬‡이 멀리 모습을 나타냈다. 바로 그때 망을 보고 있던 선원이 요트 뒤를 따라오면서 장난을 치고 있는 거대한 물고기 한 마리를 발견했다. 당장 이 사실을 보고받은 글레나번은 잠시 후 맥내브스 소령과 함께 고물(배의 뒷부분)로 와서 존 맹글스 선장에게 저것이 어떤 종류의 물고기 같으냐고 물었다.

"글쎄요. 나리께서 제 의견을 물으시니까 말씀드리겠는데요, 제 생각에는 상어 같습니다. 그것도 아주 큰 녀석이죠." 맹글스가 대답했다.

"이 해안에 상어라니!" 글레나번이 외쳤다.

"불가능한 일은 아닙니다. 저 물고기는 모든 위도상의 모든 바다에서 발견되는 상어의 일종인데, 제가 잘못 본 게 아니라면 '귀상어' 또는 '망치상어'라고 불리는 녀석인 게 분명합니다. 나리께서 허락해주신다면, 그리고 마님께 진귀한 물고기를 구경하고 싶은 마음이 조금이라도 있다면 녀석의 정체는 금방 알 수 있을 겁니다."

"소령님은 어떻게 생각하세요?" 글레나번이 맥내브스에게 물었다. "한번 모험해볼까요?"

"자네가 원한다면 나는 아무래도 좋아." 소령은 조용히 대답했다.

---

* 영국 스코틀랜드 서남쪽에 있는 만.
† 영국 스코틀랜드 서남부에 있는 항구 도시. 18세기 이래 영국 식민지와의 무역으로 세계적인 무역항이 되었다.
‡ 영국 스코틀랜드 서남부 클라이드 만에 있는 섬.

"그리고 저 무서운 물고기는 많이 잡을수록 좋습니다." 존 맹글스가 말했다. "이 기회에 잡아버립시다. 나리께서 재미있게 생각하신다면 손에 땀을 쥐게 하는 구경거리도 되고, 게다가 좋은 일이기도 하니까요."

"해보게, 존." 글레나번이 말했다.

그러고는 아내에게 알리러 갔고, 헬레나도 손에 땀을 쥐게 하는 이 낚시질에 마음이 끌린 나머지 선실에서 나와 갑판으로 올라왔다.

바다는 잔잔했다. 상어의 모든 움직임이 또렷이 보였다. 놀랄 만한 힘으로 가라앉았다가 뛰어오르는 상어의 재빠른 몸놀림을 수면 위에서도 쉽게 더듬을 수 있었다. 존 맹글스가 명령을 내리자 선원들은 우현 난간 너머로 밧줄을 던졌다. 밧줄에 달린 갈고리에는 두툼한 비곗덩어리가 미끼로 끼워져 있었다. 상어는 50미터나 떨어져 있는데도 그 맹렬한 식욕 앞에 내던져진 미끼의 냄새를 맡았다. 상어는 재빨리 요트로 다가왔다. 끝은 회색이고 몸통에 붙어 있는 부분은 검은색을 띤 지느러미가 격렬하게 물을 내리치고, 꼬리를 이용하여 방향을 일직선으로 유지하면서 다가오는 것이 보였다. 가까워질수록 튀어나온 커다란 눈이 탐욕으로 번득이는 게 보였고, 몸을 뒤척일 때 크게 벌어진 아가리 안에 네 줄로 늘어선 이빨이 보였다. 대가리는 커다랗고, 그 끝에 쌍망치가 달린 모양을 하고 있었다. 존 맹글스가 잘못 볼 리 없었다. 이것이야말로 상어 중에서도 가장 탐욕스러운 부류에 속하는, 그리고 생김새 때문에 망치상어라고도 불리는 귀상어였다.

'덩컨'호의 승객과 선원들은 주의 깊게 상어의 움직임을 지켜

보았다. 상어는 곧 갈고리 근처로 다가왔다. 그리고 배가 위로 가도록 몸을 뒤집으며 미끼를 덥석 물었다. 커다란 미끼는 그 넓은 목구멍 속으로 사라졌다. 상어는 곧 밧줄에 격렬한 충격을 주면서 갈고리에 걸려들었고, 선원들은 주돛대에 설치된 도르래를 이용하여 거대한 상어를 끌어 올렸다.

상어는 자신의 본거지인 물에서 올려지고 있는 것을 알자 난폭하게 몸부림을 치며 날뛰었다. 하지만 그 난폭함도 진압되었다. 고리 모양의 밧줄이 꼬리에 감겨 상어의 움직임을 제압했다. 얼마 후 상어는 뱃전 너머로 끌어 올려져 갑판 위에 나동그라졌다. 선원 하나가 조심스럽게 다가가서는 도끼를 힘껏 내리쳐 상어의 무시무시한 꼬리를 잘라냈다.

낚시는 끝났다. 이 괴물은 이제 두려워할 필요가 전혀 없었다. 선원들의 복수심은 채워졌지만 호기심은 아직 채워지지 않았다. 어떤 배에서든 상어를 잡으면 배 속을 꼼꼼히 조사하는 것이 관례였다. 선원들은 상어의 무분별한 탐욕을 알고 있었기 때문에 뭔가 생각지도 못한 것이 배 속에 들어 있을 거라고 예상했고, 이 예상은 결코 빗나가는 법이 없었다.

헬레나는 이 구역질 나는 '탐색'을 지켜보고 싶지 않아서 다시 선실로 물러갔다. 상어는 아직도 헐떡거리고 있었다. 몸길이는 3미터, 무게는 300킬로그램이나 나갔지만, 이 정도 크기나 무게는 전혀 드문 게 아니었다. 하지만 귀상어는 상어 가운데 거대한 부류에 속하지는 않는다 해도 가장 무서운 상어로 꼽히고 있었다.

선원들은 곧 도끼로 그 커다란 물고기의 배를 무자비하게 갈랐다. 갈고리는 위 속에까지 들어가 있었다. 상어의 위는 텅 비어 있었다. 오래전부터 아무것도 먹지 않은 게 분명했다. 예상이 빗나간 선원들이 갈기갈기 찢긴 물고기를 바다에 버리려고 할 때, 내장에 단단히 박혀 있는 단단하고 거친 무언가가 갑판장의 눈길을 끌었다.

"아니, 저게 뭐지?" 그가 외쳤다.

"저거요?" 한 선원이 대답했다. "돌덩어리예요. 바닥짐*으로 삼으려고 삼켰겠지요."

"아니, 저건 유리병이야." 다른 선원이 말했다. "녀석이 삼켰지만 소화시키지 못한 거야."

"모르면 가만히들 있어." 항해사인 톰 오스틴이 말했다. "이 녀석은 술고래라서, 술만 퍼마신 게 아니라 술병까지 삼켜버린 거라고."

"뭐라고?" 글레나번이 외쳤다. "저 상어 배 속에 있는 게 유

---

* 선체의 균형을 유지하기 위해 배의 밑바닥에 싣는 짐. 물이나 돌 따위를 싣는다.

리병이라고?"

"예, 유리병이 맞습니다." 갑판장이 대답했다. "하지만 저 병은 포도주 저장실에서 나온 게 아닌 것 같은데요."

"좋아, 톰." 글레나번이 말했다. "저 병을 조심해서 꺼내보게. 바다에서 발견된 병에는 귀중한 문서가 들어 있는 경우가 많다네."

"정말로 그렇게 생각하나?" 맥내브스 소령이 말했다.

"그런 일이 전혀 없다고는 할 수 없지 않을까요?"

"어쩌면 유리병 속에 어떤 비밀이 숨겨져 있을지도 모르지."

"이제 곧 알게 되겠죠." 글레나번이 말했다. "톰, 어떻게 됐나?"

"이겁니다." 항해사는 상어의 배 속에서 힘들게 꺼낸 볼품없는 모양의 덩어리를 보여주면서 말했다.

"좋아. 그걸 깨끗이 씻어서 선실로 가져오게."

톰은 명령에 따랐다. 참으로 기묘한 상황에서 발견된 유리병은 식당의 탁자 위에 놓이고, 그 탁자 주위에 글레나번 경과 맥내브스 소령, 존 맹글스 선장이 둘러앉았다. 물론 헬레나도. 여자들은 매사에 남자보다 호기심이 더 강한 편이니까.

바다에서는 무슨 일이든 대사건이 된다. 사람들은 한동안 입을 다물고 있었다. 저마다 그 깨지기 쉬운 물건을 뚫어지게 바라보면서, 거기에 조난에 얽힌 사연이 숨겨져 있을지 아니면 장난치기 좋아하는 선원이 심심풀이로 바다에 내던진 시시한 쪽지가 들어 있을지 궁금해했다.

어쨌든 진실을 밝히지 않으면 안 되었다. 글레나번은 더 이상 머뭇거리지 않고 병을 조사하기 시작했다. 그는 이런 경우에 필요한 세심함을 갖고 있었다. 마치 중대 사건의 특이점을 들춰내고 있는 수사관 같았다. 그리고 그의 조치는 옳았다. 얼핏 보기

"좋아. 그걸 깨끗이 씻어서 선실로 가져오게."

에는 하찮은 증거가 중요한 발견으로 이어지는 경우도 종종 있기 때문이다.

병의 내부를 확인하기 전에 우선 바깥쪽을 조사했다. 병은 목이 가늘고 길었다. 두꺼운 가장자리에는 아직도 녹슨 철사가 감겨 있었다. 아주 두꺼워서 몇 기압이나 되는 압력도 견딜 수 있을 것 같은 그 유리병은 샹파뉴* 지방에서 제조된 것이 분명했다.

"클리코 상회†의 병이군." 소령이 간단히 말했다.

그는 이런 일에 대해 박식하기 때문에 아무도 그의 말에 이의를 제기하지 않았다.

"소령님." 헬레나가 말했다. "이 병이 어떤 병인지는 중요한 게 아니에요. 어디서 왔는지 모르면."

"이제 곧 알게 되겠지." 글레나번이 말했다. "멀리서 왔다는 건 지금도 말할 수 있어. 병을 덮고 있는 이 돌 같은 걸 봐. 바닷물의 작용으로 광물화한 이 물질 말이야. 이 병은 상어 배 속에 들어가기 전에 이미 오랫동안 바다에 있었어."

"나도 같은 생각일세." 소령이 받았다. "실제로 이 유리병은 겉에 덮인 물질의 보호를 받은 덕에 긴 여행을 할 수 있었어."

"그런데 어디서 왔을까요?" 헬레나가 물었다.

"잠깐만 기다려, 헬레나. 병을 상대할 때는 마음을 느긋하게 가져야 돼. 내가 잘못 생각한 게 아니라면 이 병 자체가 우리의 모든 의문에 대답해줄 거야."

---

* 프랑스 북동부의 역사적인 지방. 그 이름을 딴 샴페인(스파클링 와인)의 산지로 유명하다.
† 샴페인 제조 판매 회사. 샹파뉴 지방의 랭스에 본사를 두고 있으며 1772년에 설립되었다.

글레나번은 병 입구를 덮고 있는 단단한 물질을 깎아내기 시작했다. 이윽고 마개가 나왔지만, 이 마개는 바닷물 때문에 심하게 부식되어 있었다.

"이건 재미없군." 글레나번이 말했다. "안에 종이나 무언가가 들어 있다 해도 상태가 아주 좋지 않을 거야."

"그럴 염려는 있지." 소령이 말했다.

"마개가 이렇게 상한 걸 보면 병은 곧 가라앉아버렸을지도 몰라. 그런데 상어가 이 병을 삼켜서 '덩컨'호로 가져와준 것은 정말 행운이었어."

"그럴지도 모릅니다." 존 맹글스가 대답했다. "하지만 확실한 경도와 위도를 알고 있는 바다에서 병을 줍는 편이 좋았을 텐데요. 그러면 기류나 조류를 조사해서 어디서 어떻게 흘러왔는지 알 수 있을 테니까요. 그런데 바람이나 조류를 거슬러 헤엄치는 상어가 가져왔으니, 어디서 어떻게 흘러왔는지 전혀 짐작도 가지 않는군요."

"이제 곧 알게 되겠지." 글레나번이 대답하고는 마개를 조심스럽게 뺐다. 강한 바닷물 냄새가 선실에 퍼졌다.

"어때요?" 헬레나가 성급하게 물었다.

"내 예상이 맞았어. 종이가 들어 있군!"

"문서군요! 문서예요!" 헬레나가 외쳤다.

"하지만 물에 젖어서 문드러져버린 것 같아. 끄집어낼 수가 없어. 병 안쪽에 찰싹 달라붙어 있어서."

"병을 깨보면 어떨까?" 맥내브스가 말했다.

"병은 이대로 보존해두고 싶습니다." 글레나번이 대답했다.

"그래도 좋겠지." 소령이 말했다.

"그건 그렇지만……" 하고 헬레나가 말했다. "내용물이 병보다 중요해요. 내용물을 위해 병을 희생하는 편이 나아요."

"병의 목 부분만 떼어내면 어떨까요?" 존 맹글스가 말했다. "그러면 안에 들어 있는 문서를 손상하지 않고 꺼낼 수 있을 겁니다."

"해보세요, 여보. 해봐요." 헬레나가 외쳤다.

다른 방법을 쓰기는 어려웠다. 어쨌든 글레나번은 귀중한 병의 목을 자르기로 결심했다. 그러자면 망치를 사용할 수밖에 없었다. 겉에 덮인 물질이 화강암만큼 단단해져 있었기 때문이다. 그 단단한 물질은 곧 깨져서 탁자 위에 떨어지고, 종잇조각 몇 개가 서로 달라붙어 있는 것이 보였다. 글레나번은 그것을 조심스럽게 꺼내 한 장씩 떼어낸 다음 탁자 위에 늘어놓았다. 헬레나와 소령과 선장은 그의 주위에 바싹 다가앉았다.

글레나번은 그것을 조심스럽게 꺼내 한 장씩 떼어낸 다음……

2
세 개의 문서

 바닷물 때문에 반쯤 문드러져버린 종잇조각에는 겨우 낱말 몇 개가 보일 뿐이었다. 거의 다 지워지고 남은 부분에서 읽을 수 있는 글자는 별로 없었다. 몇 분 동안 글레나번은 주의 깊게 살펴보고 있었다. 이리저리 뒤집어보고 빛에 비추어보면서, 물에 지워지고 남은 글자를 자세히 관찰했다. 그런 다음 불안과 호기심에 찬 눈으로 그를 지켜보고 있는 사람들을 바라보며 말했다.
 "여기 세 가지 문서가 있어. 이건 같은 문서를 3개 국어로 쓴 거야. 영어, 프랑스어, 독일어. 남아 있는 낱말 몇 개를 보면 그 점은 의심할 여지가 없어."
 "그런데 그 낱말들은 뭔가 의미를 이루나요?" 헬레나가 물었다.
 "거기에 대해 분명히 말하기는 어려워. 이 문서에 남아 있는 낱말들은 아주 불완전하니까."
 "어쩌면 서로 보완이 되지 않을까?" 소령이 말했다.
 "아마 그럴 겁니다." 존 맹글스가 받았다. "똑같은 부분이 모두 지워지지는 않았을 테니까요. 그러니까 그 문장의 단편들을 짜 맞춰보면 뭔가 중요한 의미가 발견될 겁니다."

"그렇게 해보세." 글레나번이 말했다. "순서대로 차근차근 해보는 거야. 우선 영어 문서부터."

영어 문서의 낱말은 다음과 같이 배치되어 있었다.

	62	Bri	gow
sink			stra
	aland		
skipp	Gr		
		that monit	of long
and			ssistance
	lost		

"이걸 가지고는 의미를 알아내기 어렵겠는걸." 소령이 실망한 투로 말했다.

"어쨌든 이건 분명 영어입니다." 선장이 말했다.

"그 점은 의심할 여지가 없어." 글레나번이 말했다. "sink(침몰), aland(육지에서), that(그), and(그리고), lost(잃었다)는 확실해. skipp은 아마 skipper(상선 선장)겠지. 문제는 Gr……인데, 이건 아마 난파한 배의 선장일 거야."

"그리고……" 존 맹글스가 말을 받았다. "monit와 ssistance* 라는 낱말이 있는데, 그 의미도 분명합니다."

"그럼 꽤 많이 알았잖아요." 헬레나가 말했다.

---

* monit는 monition(충고, 경고), ssistance는 assistance(도움).

"안타깝게도 완전히 갖추어져 있는 줄이 없군. 난파한 배의 이름이나 난파한 장소를 어떻게 알아내지?" 소령이 말했다.

"곧 알게 되겠죠." 글레나번이 대답했다.

"그야 그렇겠지." 누구의 의견이든 반드시 동조하는 소령이 대답했다. "하지만 어떻게?"

"다른 문서에 남아 있는 낱말로 보완하는 겁니다."

"어서 해봐요." 헬레나가 외쳤다.

두 번째 종이는 첫 번째 종이보다 더 많이 손상되었기 때문에, 낱말 몇 개가 다음과 같이 띄엄띄엄 배치되어 있을 뿐이었다.

```
7 Juni                          Glas
                    zwei    atrosen
                    graus
                    bringt ihnen
```

"이건 독일어로 쓰여 있군요." 존 맹글스가 그 종이를 한 번 보고 나서 말했다.

"그럼 자네는 독일어를 아나?" 글레나번이 물었다.

"예, 좀 압니다."

"그러면 이 낱말들의 의미를 말해주게."

선장은 주의 깊게 종이를 살펴본 뒤 이렇게 말했다.

"우선 이것으로 우리는 사건이 일어난 날짜를 확인할 수 있습니다. 7 Juni는 '6월 7일'이라는 뜻입니다. 이것을 영어로 된 문서에 남아 있는 62라는 숫자와 합치면 '1862년 6월 7일'이라는 날짜를 알 수 있지요."

"좋아요." 헬레나가 외쳤다. "계속해봐요, 존."

"같은 줄에 Glas라는 글자가 있습니다." 선장이 말을 이었다. "이것을 영어 문서에 있는 gow에 붙이면 Glasgow가 됩니다. 그러니 이건 글래스고 항에 소속된 배가 분명합니다."

"나도 그렇게 생각하네." 소령이 말했다.

"두 번째 줄에는 아무것도 없지만 세 번째 줄에는 중요한 낱말이 두 개 보입니다. zwei는 '2'를 뜻하고, atrosen은 아마 독일어로 '선원'을 뜻하는 Matrosen일 겁니다."

"그러면 선장과 두 선원이라는 뜻이군요." 헬레나가 말했다.

"그럴지도 몰라." 글레나번이 대답했다.

"솔직히 말씀드리면……" 선장이 말을 이었다. "그다음에 나오는 graus라는 글자는 좀 당혹스럽군요. 어떻게 해석해야 좋을지 모르겠습니다. 아마 세 번째 문서를 보면 알 수 있겠지요. 마지막 두 낱말은 간단히 알 수 있습니다. bringt ihnen은 '그들에게…… 가져오다'라는 뜻입니다. 그리고 첫 번째 문서의 일곱 번째 줄에 있었던 영어 낱말 assistance를 여기로 가져오면, 자연히 '그들에게 도움을 가져오다'라는 문장이 나옵니다."

"그래! 그들에게 도움을 가져오다!" 글레나번이 말했다. "하지만 그 불운한 사람들은 어디 있지? 지금까지 그 장소를 알려주는 낱말은 하나도 나오지 않았어. 비극의 무대는 전혀 알 수가 없어."

"프랑스어로 된 문서는 좀 더 확실할지도 몰라요." 헬레나가 말했다.

"그럼 프랑스어 문서를 볼까. 여기 있는 사람들은 모두 프랑스어를 아니까 쉽게 검토할 수 있을 거야." 글레나번이 말했다.

세 번째 문서에 남아 있는 글자는 다음과 같았다.

```
                    trois    ats    tannia
              gonie                         austral
                                      abor
    contin          pr              cruel  indi
          jeté                              ongit
    et 37°11′    lat
```

"숫자가 있네요." 헬레나가 외쳤다. "보세요. 이걸 보세요!"

"처음부터 순서대로 해봅시다." 글레나번이 말했다. "차근차근 단계를 밟아서, 흩어져 있는 불완전한 낱말을 하나하나 검토해가는 거야. 우선 첫 번째 낱말을 보면 문제의 배는 trois-mats(삼대선*)인 것을 알 수 있어. 배 이름은 영어 문서와 프랑스어 문서를 합쳐보면 Britannia(브리타니아)야. 다음 줄에 나오는 gonie와 austral(남쪽) 가운데 두 번째 낱말만 의미를 갖고 있어. 무슨 뜻인지는 다들 알고 있겠지."

"그것만으로도 귀중한 사실입니다." 존 맹글스가 말했다. "난파 사고가 일어난 것은 남반구예요."

"그것만으로는 너무 막연해." 소령이 말했다. "계속하세. abor는 aborder(상륙하다)라는 동사의 어간이야. 이 불운한 사람들은 어딘가에 상륙했어. 그게 어디일까? contin이라면 continent(대륙)에 접안했을까? cruel(잔인한)……."

"cruel." 존 맹글스가 외쳤다. "이것으로 graus라는 독일어가

---

* 돛대를 세 개(앞돛대·주돛대·뒷돛대) 세운 배.

뭔지도 알 수 있습니다. 바로 grausam(잔인한)이에요!"

"계속하세! 계속하자고!" 글레나번은 불완전한 낱말들의 의미가 차츰 밝혀지자 더욱 흥미를 느끼면서 말했다. "indi⋯⋯라면 배가 표착한 곳이 인도가 아닐까? 이 ongit는 무슨 뜻일까? 아, longitude(경도)다! 그리고 37°11′은 위도야. 드디어 정확한 위치 표시가 나왔군!"

"하지만 경도는 나와 있지 않은걸." 소령이 말했다.

"단번에 모든 걸 다 알 수는 없는 일이죠. 정확한 위도를 안 것만으로도 대단한 거예요. 아무리 봐도 이 프랑스어 문서가 세 문서 중에 가장 잘 갖추어져 있군. 세 문서가 각각 다른 문서를 문자 그대로 충실하게 번역한 것은 분명해. 행수도 모두 같으니까 말이야. 그러니까 이번에는 세 문서를 모두 한데 모아 한 언어로 번역해서, 가장 그럴듯하고 가장 논리적이고 가장 명확한 의미를 찾을 필요가 있어."

"그럼 어떤 언어로 번역하지? 프랑스어? 영어? 독일어?" 소령이 물었다.

"프랑스어죠." 글레나번이 대답했다. "흥미로운 낱말은 대부분 프랑스어로 남아 있으니까요."

"옳으신 말씀입니다." 존 맹글스도 동의했다. "게다가 프랑스어는 우리 모두 잘 알고 있으니까요."

"좋아. 그러면 남은 이 낱말들과 단편적인 문장들을 한데 모아서, 글자 간격은 그대로 두고 의미가 확실한 낱말은 보충해서 써보세. 그런 다음 비교해서 판단하는 거야."

글레나번은 펜을 들고, 잠시 후 다음과 같은 낱말이 쓰여 있는 종이를 사람들에게 보여주었다.

> *7 juin   1862   trois-mâts   Britannia   Glasgow*
> *sombré   gonie   austral*
> *   à terre   deux matelots*
> *capitaine Gr   abor*
> *contin   pr   cruel   indi*
> *   jeté ce document   de longitude*
> *et 37°11′ de latitude   Portez-leur-secours*
> *   perdus*

> 1862년 6월 7일   삼대선 브리타니아 글래스고
>   침몰   gonie   남쪽
>   해안   두 선원
> Gr   선장   상륙
> contin   pr   잔인한 indi
>   이 문서를 던졌다   경도
> 위도 37도 11분   그들에게 도움을 가져오다
>   잃었다

 바로 그때 선원 한 사람이 와서 '덩컨'호가 클라이드 만으로 들어가고 있다고 선장에게 알리고 선장의 지시를 청했다.
 "나리께선 어떻게 하실 작정입니까?" 존 맹글스가 글레나번에게 물었다.
 "되도록 빨리 덤바턴*에 가고 싶네. 거기서 헬레나는 맬컴 성

---

* 영국 스코틀랜드 중부에 있는 주 및 주도. 클라이드 강 북쪽에 있다. 1975년의 행정 개편 때 이스트덤바턴과 웨스트덤바턴 자치구로 나뉘었다. '브리튼인의 요새'라는 뜻이다.

으로 돌아가고, 나는 런던으로 가서 이 문서를 해군부에 제출할 생각이야."

존 맹글스는 그 말에 따라 명령을 내렸고, 선원은 그 명령을 항해사에게 전하러 갔다.

"그러면 검토를 계속하세." 글레나번이 말했다. "우리는 커다란 비극을 추적하고 있어. 몇 사람의 목숨이 우리의 통찰력에 달려 있지. 그러니까 있는 지혜를 모두 짜내어 이 수수께끼를 풀어보세."

"시작해도 돼요, 여보." 헬레나가 말했다.

"우선 이 문서에 포함되어 있는 세 가지 사항을 생각하지 않으면 안 돼. 첫째는 우리가 알고 있는 것, 둘째는 우리가 유추할 수 있는 것, 셋째는 우리가 모르는 것. 그렇다면 우리는 뭘 알고 있지? 1862년 6월 7일에 글래스고 선적의 삼대선 '브리타니아'호가 침몰했다는 것, 그리고 두 선원과 선장이 위도 37도 11분에서 이 문서를 바다에 던졌다는 것, 그들이 도움을 요청하고 있다는 것을 알고 있어."

"맞아." 소령이 말했다.

"그럼 뭘 유추할 수 있지?" 글레나번이 말을 이었다. "첫째, 난파는 남양에서 일어났다는 것. 그래서 나는 gonie라는 글자에 여러분의 주의를 돌리고 싶네. 이걸 보면 이 문서가 말하고자 하는 지명을 저절로 알게 되잖아?"

"파타고니아*!" 헬레나가 외쳤다.

---

* 남아메리카 대륙의 남쪽 끝, 아르헨티나 남부에 있는 지방. 안데스 산지에서 대서양까지 펼쳐진다.

"그게 틀림없어."

"하지만 위도 37도선이 파타고니아를 지나가나?" 소령이 물었다.

"그건 간단히 확인할 수 있습니다." 존 맹글스가 남아메리카 지도를 펼치면서 대답했다. "그렇군요. 위도 37도선은 파타고니아를 스치고 지나갑니다. 아라우카니아*를 가로지르고 북쪽의 팜파스† 위를 지나 대서양으로 사라지니까요."

"좋아. 유추를 계속해보세. 두 선원과 선장은 상륙…… 어디에 상륙했을까? contin…… 대륙이야. 섬이 아니라 대륙에 상륙했어. 그들은 어떻게 되었을까? 여기에 고맙게도 pr……이라는 두 글자가 있어서 그들의 운명을 알려주는군. 그들은 붙잡혔거나 붙잡힐 운명이야. 누구한테? 잔인한 인디언한테. 납득이 가나? 공백에 들어가야 할 글자가 저절로 채워지고 있잖나? 이 문서의 의미가 차츰 확실해지고 있잖나? 어떻게 된 일인지 점점 짐작이 가지 않나?"

글레나번의 말투에는 확신이 담겨 있었다. 그의 눈에는 완전한 자신감이 나타나 있었다. 그의 열정은 다른 사람들에게도 전해졌다. 모두 그와 똑같이 외쳤다.

"명백합니다! 명백해요!"

글레나번은 잠깐 사이를 두었다가 말을 이었다.

"내게는 이런 가정이 모두 타당해 보여. 내가 보기에 비극은 파타고니아 연안에서 일어났어. 나는 글래스고에 가서 '브리타

---

* 칠레 중부에 있는 주.
† 아르헨티나를 중심으로 하는 대초원. 원주민 말로 평원을 뜻한다.

니아'호의 목적지를 조사해보겠네. 그러면 그 배가 그 근처로 떠내려갔다고 생각할 수 있는지 어떤지 알 수 있겠지."

"일부러 거기까지 가서 물어보실 필요는 없습니다." 존 맹글스가 대답했다. "여기 《해운신문》이 있으니까, 목록을 보면 배 이름과 거기에 대한 모든 것을 알 수 있습니다. 이게 정확한 정보를 줄 겁니다."

"그럼 그걸 봐요!" 헬레나가 말했다.

존 맹글스는 1862년도 신문을 철해놓은 것을 꺼내 빠른 손놀림으로 신문지를 넘기기 시작했다. 찾는 데에는 별로 시간이 걸리지 않아서, 그는 곧 만족스러운 말투로 말했다.

"1862년 5월 30일! '브리타니아'호가 페루의 카야오*에서 글래스고로 가는 화물을 실었고, 선장 이름은 그랜트……."

"그랜트?" 글레나번이 외쳤다. "태평양에 뉴스코틀랜드를 건설하려고 한 그 대담한 스코틀랜드인 말인가!"

"그렇습니다." 존 맹글스가 대답했다. "1861년에 글래스고에서 '브리타니아'호를 타고 출항한 이후 소식이 끊긴 바로 그 사람입니다."

"의심할 여지가 없어! 확실해!" 글레나번이 말했다. "분명히 그 사람이야! '브리타니아'호는 5월 30일 카야오를 출항했고 일주일 뒤인 6월 7일 파타고니아 연안에서 조난을 당했어. 이 문서에 남아 있는 낱말 몇 개가 사건 전모를 말해주고 있지. 보다시피 우리 유추가 거의 맞아떨어졌어. 이제 우리가 모르는 건 경도뿐이야."

---

* 남아메리카 페루 중부, 태평양 연안에 있는 항구 도시.

"그건 필요 없습니다." 존 맹글스가 대답했다. "나라를 이미 알고 있으니까, 위도만으로도 조난 현장으로 곧장 갈 수 있습니다."

"그러면 이제 전부 다 알았나요?" 헬레나가 물었다.

"다 알았어, 헬레나. 물로 지워진 이 빈칸은 내가 쉽게 메울 수 있어. 그랜트 선장이 나한테 말하고 있는 것처럼."

글레나번은 다시 펜을 집어 들더니 망설이지도 않고 다음과 같은 문장을 적었다.

1862년 6월 7일, 글래스고 선적의 삼대선 '브리타니아'호가 남반구의 파타고니아 연안에서 침몰했다. 두 선원과 그랜트 선장은 대륙에 상륙하려고 하지만, 그러면 잔인한 인디언에게 붙잡힐 것이다. 이 문서는 경도…… 위도 37도 11분의 위치에서 바다에 내던진다. 그들에게 도움을 보내달라. 안 그러면 그들은 파멸이다.

"그래요!" 헬레나가 말했다. "그 불운한 사람들이 조국으로 돌아올 수 있다면, 그 행복은 당신 덕분이에요."

"틀림없이 조국으로 돌아올 수 있을 거야." 글레나번이 말했다. "이 문서는 분명하게 쓰여 있고 아주 명쾌해서 의심할 여지가 없으니까, 영국이 황량한 해안에 남겨진 세 명의 자국민을 구조하러 가는 것을 망설일 리가 없어. 영국은 존 프랭클린*이나 그 밖의 많은 사람들을 위해 해준 일을 이번에는 '브리타니

---

* 존 프랭클린(1786~1847): 영국의 해군 제독이자 북극 탐험가.

아'호의 조난자들을 위해 해줄 거야!"

"그 불운한 사람들에게는 그들을 잃은 것을 슬퍼하고 있을 가족이 있을 거예요." 헬레나가 말했다. "그 가엾은 그랜트 선장에게는 처자식이 있을 게 분명해요."

"당신 말이 옳아. 아직은 희망이 다 사라진 게 아니라고, 내가 그 가족한테 알려주겠어. 그럼 다시 갑판으로 올라가는 게 좋겠군. 항구가 가까워지고 있을 테니까."

실제로 '덩컨'호는 마력을 높이고 있었다. 뷰트 섬*의 해안을 따라가자 비옥한 골짜기에 자리 잡은 로즈세이 마을이 우현 쪽을 지나갔다. 배는 만의 좁은 수로로 들어가 글리나크 앞에서 방향을 바꾸어, 오후 6시에 덤바턴의 암벽 아래 닻을 내렸다. 그 암벽 꼭대기에는 스코틀랜드의 영웅 월리스[†]의 유명한 성이 서 있었다.

그곳에는 말을 맨 마차가 헬레나를 맥내브스 소령과 함께 맬컴 성으로 데려가기 위해 기다리고 있었다. 글레나번은 젊은 아내에게 작별 키스를 한 뒤 글래스고행 급행열차에 뛰어올랐다.

하지만 출발하기 전에 그는 자기보다 빠른 대리인에에 중요한 문서를 맡겼고, 몇 분 뒤에 그 문서는 전선을 타고 런던으로 번개처럼 날아가 이튿날 《타임스》지와 《모닝 클로니클》지에 다음과 같은 광고가 실렸다.

---

* 영국 스코틀랜드의 스트래스클라이드 주에 속한 섬. 클라이드 만 하부에 있는 섬들 가운데 하나이다.
† 윌리엄 월리스(1272?~1305): 스코틀랜드의 민족 영웅. 스코틀랜드 독립 전쟁에서 활약하다 붙잡혀 런던에서 처형되었다.

글래스고 선적의 삼대선 '브리타니아'호와 그랜트 선장의 운명에 대해 알고 싶은 분은 글레나번 경에게 연락하기 바람. 스코틀랜드 덤바턴 주 러스 마을 맬컴 성.

3
맬컴 성

하일랜드*에서 가장 시적인 성의 하나인 맬컴 성은 러스 마을 근처에서 그 아름다운 골짜기를 내려다보고 있었다. 로몬드 호수의 맑은 물이 성벽의 화강암을 씻고 있었다. 옛날부터 이 성은 로브 로이와 퍼거스†의 나라인 이곳에서 월터 스콧‡의 소설 주인공들이 갖고 있던 손님 접대 관습을 지키고 있는 글레나번 가문의 소유였다.

스코틀랜드에서 사회 혁명이 완성된 시기에 뿌리 깊은 가문의 영주에게 막대한 소작료를 낼 수 없는 가신과 농부들이 많이 추방되었다. 어떤 사람은 굶어 죽고, 어떤 사람은 어부가 되었

---

* 영국 스코틀랜드의 북부 지방. 산지와 고원으로 이루어져 있는 고지대이다.
† 로브 로이(1671~1734): 스코틀랜드의 민간 영웅. 본명은 로버트 로이 맥그리거. '스코틀랜드의 로빈 후드'라고 불린다. 퍼거스: 스코틀랜드의 전설적인 영웅.
‡ 월터 스콧(1771~1832): 영국 스코틀랜드의 시인·소설가. 작품에 《아이반호》, 《로브 로이》 등의 소설이 있다.

고, 어떤 사람은 딴 곳으로 이주했다. 모두 절망에 빠져 있는 가운데 오직 글레나번 가문만이 소작인들을 내치지 않고 성심껏 거두었는데, 충실함은 신분의 고하를 불문하고 모든 인간의 의무라고 믿고 있는 집안 전통의 신념 때문이었다. 덕분에 자기가 태어난 집을 떠난 사람은 아무도 없었다. 조상들이 잠들어 있는 땅을 버린 사람도 없었다. 모든 사람이 옛 영주 곁에 머물렀다. 인정이 약해지고 의리가 느슨해진 이 시대에도 글레나번 가문은 맬컴 성에 스코틀랜드인이 아닌 사람을 고용하지 않았다. 모든 사람이 글레나번 공작의 가신인 맥그리거, 맥팔레인, 맥내브스, 맥노턴의 후예였다. 이들은 몸도 마음도 주군에게 바친 정직한 사람들이고, 그들 가운데 몇몇은 아직도 옛날 칼레도니아*의 게일어를 쓰고 있었다.

글레나번은 막대한 재산을 소유하고 있었다. 그는 이 재산을 여러 가지 좋은 일에 쓰고 있었다. 그의 훌륭한 인품은 그 활달한 기질을 웃돌 정도였다. 인품은 무한하지만 기질은 아무래도 한계가 있기 때문이다. 러스의 영주인 맬컴 성의 성주는 상원에서 덤바턴 주를 대표하고 있었다. 하지만 자코바이트† 사상을 가진 그는 하노버 왕가‡의 총애에 별로 관심이 없었을 뿐만 아

---

* 스코틀랜드의 옛(로마 시대) 이름. 스코틀랜드인의 조상은 켈트족으로, 이들은 게일어를 썼다.
† 영국의 명예혁명 때, 프랑스에 망명한 영국 왕 제임스 2세와 그 자손을 받들고 왕위의 부활을 꾀한 정치 세력. 제임스의 라틴어 발음에서 이 명칭이 생겼다.
‡ 스코틀랜드의 왕가로서 나중에 잉글랜드의 왕가를 겸한 스튜어트 왕가를 지지하는 파가 자코바이트. 스튜어트 왕가는 앤 여왕으로 끝나고(1714년), 그 후 독일 하노버 왕가의 조지가 잉글랜드의 왕으로 영입된다. 하노버 왕가는 제1차 세계대전 때 윈저가로 이름을 바꾸어 지금에 이르고 있다.

니라, 조상 대대로 내려온 전통을 고수하면서 '남쪽* 사람들'의 정치적 개입에 강력하게 저항했기 때문에 잉글랜드의 정치인들에게 상당한 냉대를 받고 있었다.

하지만 글레나번은 고루한 사람도 아니었고 속이 좁거나 편협한 사람도 아니었다. 어쨌든 그는 조상 대대로 살아온 덤바턴 주의 문호를 진보 쪽으로 활짝 열어놓으면서도 마음은 항상 진정한 스코틀랜드인이었다. 그리고 그가 '로열 템스 요트 클럽'의 요트 경주에 참가한 것도 스코틀랜드의 명예를 위해서였다.

에드워드 글레나번은 서른두 살이었다. 키가 크고 다소 엄격한 얼굴이지만 표정은 더없이 상냥하고, 그의 태도에는 하일랜드의 시적 정취가 배어 있었다. 그가 중세의 기사답게 용감하고 적극적이어서 '19세기의 퍼거스'라고 부를 만하다는 것은 누구나 인정하고 있었다. 하지만 무엇보다 그는 인품이 좋고, 성 마르티누스†보다 더 친절하다고 말할 수 있을 정도였다. 그러면 하일랜드의 모든 빈민에게 자기가 입고 있던 외투를 내주었을 거라고 여겨졌기 때문이다.

글레나번은 결혼한 지 석 달밖에 안 되었고, 그의 아내가 된 헬레나 터프넬은 지리학적 발견에 대한 열정에 사로잡힌 수많은 희생자들 가운데 하나인 위대한 여행가 윌리엄 터프넬의 딸이었다. 헬레나는 귀족 가문에 속하지는 않았지만 스코틀랜드

---

* 잉글랜드를 말한다.
† 성 마르티누스(316~397): 프랑스 수호성인의 한 사람. 아미앵에서 군 복무하고 있던 시절, 어느 추운 겨울날 거의 벌거벗은 채 성문에서 구걸하고 있는 거지를 만났다. 가진 것이라고는 옷과 칼밖에 없었던 마르티누스는 칼을 뽑아 제 망토를 두 쪽으로 잘라서 하나는 거지에게 주고 남은 한쪽은 자기가 걸쳤다고 한다.

인이었고, 그것이 글레나번의 눈에는 어떤 고귀한 신분보다도 좋아 보였다. 이 아름답고 야무지고 헌신적인 처녀를 러스의 영주는 평생의 반려로 삼은 것이다. 어느 날 그는 킬패트릭*에 있는 아버지의 집에서 재산도 친척도 거의 없이 혼자 살고 있는 그녀를 우연히 만났다. 그는 이 딱한 아가씨가 야무진 아내가 되리라는 것을 한눈에 알아보고 그녀와 결혼했다. 스물두 살의 헬레나는 맑은 봄날 아침의 스코틀랜드 호수처럼 푸른 눈을 가진 금발 여자였다. 남편에 대한 그녀의 애정은 고마움보다 훨씬 강했다. 그녀는 마치 자신과 남편의 처지가 뒤바뀐 것처럼, 그러니까 자신은 막대한 재산의 상속자이고 남편은 천애고아인 것처럼 그를 사랑했다. 집안의 소작인과 하인들은 그녀를 '우리 상냥한 마님'이라고 불렀고, 그녀를 위해서라면 목숨도 마다하지 않을 정도였다.

글레나번과 헬레나는 침엽수나 단풍나무가 늘어서 있는 가로수길이나 피브로흐†가 울려 퍼지는 호숫가, 스코틀랜드의 역사가 유적으로 남아 있는 황량한 골짜기를 산책하면서, 하일랜드의 그 당당한 야생의 자연에 둘러싸인 맬컴 성에서 행복하게 살고 있었다. 어떤 날은 자작나무 숲을 거닐고 누렇게 시든 히스 들판을 돌아다녔다. 또 어떤 날은 지금도 '로브 로이의 고장'이라고 불리는, 시적 정취로 가득 찬 지방, 월터 스콧이 그처럼 힘차게 노래한 모든 명소를 조사하고 이해하고 감상하면서 벤로몬드‡의 깎아지른 듯한 봉우리들을 오르거나 황량한 골

---

* 영국 스코틀랜드 덤바턴 주 동남쪽, 클라이드 강 어귀에 있는 마을.
† 백파이프로 연주하는 하일랜드의 웅장한 곡.
‡ 영국 스코틀랜드 중부, 덤바턴 주 동쪽에 있는 로몬드 호수 동쪽 기슭의 산.

짜기로 말을 달렸다. 어스름이 깔릴 무렵 둥근 달이 지평선 위에 떠오를 때는 맬컴 성을 둘러싼 회랑을 거닐었다. 그러다가 무너져 내린 바위에 앉아 창백한 달빛을 받으면서 산마루에 어둠이 서서히 내려오는 광경을 바라보고, 이 자연의 침묵 속에서 상념에 잠기곤 했다. 이 세상에 오직 단둘밖에 없는 것처럼, 사랑하는 마음만이 그 비밀을 아는 투명한 열락과 내면의 도취에 잠기는 것이었다.

그들은 결혼한 뒤 처음 얼마 동안은 이렇게 보냈다. 하지만 글레나번은 아내가 위대한 여행가의 딸이라는 것을 잊지 않았다! 헬레나도 아버지가 품었던 온갖 동경을 마음속에 감추고 있을 게 분명하다고 그는 생각했고, 그 생각은 틀리지 않았다.

'덩컨'호가 만들어졌다. 이 배는 글레나번 부부를 세계에서 가장 아름다운 나라들로, 지중해의 파도를 넘어 에게 해의 섬들로 데려가기 위해 건조된 것이었다. '덩컨'호를 마음대로 써도 좋다는 말을 남편에게 들었을 때 헬레나의 기쁨은 이루 말할 수 없을 정도였다. 사랑하는 사람을 그리스의 그 매력적인 곳으로 데려가서, 오리엔트의 신비로운 해안에 달이 떠오르는 광경을 바라보는 것보다 더한 행복이 있을까?

그런데 글레나번은 런던으로 떠났다. 문제는 그 불운한 조난자를 구출하는 것이었다. 그래서 헬레나는 남편이 잠시 집에 없는 것을 슬퍼하기보다 오히려 그 결과를 빨리 알고 싶었다. 이튿날 남편한테서 전보가 와서, 남편이 곧 돌아올 거라는 희망을 그녀에게 안겨주었다. 하지만 그날 저녁에 도착한 편지에서 남편은 집을 비우는 기간이 길어질 것 같다고 말했다. 그가 해군부에 제시한 제안은 몇 가지 난관에 부닥쳐 있었다. 그 이튿날 또 편지가 날아왔는데, 이 편지에서 글레나번은 해군부에 대한 불만을 털어놓고 있었다.

그날 헬레나는 불안한 기분을 느끼기 시작했다. 그날 밤 방에 혼자 있을 때 집사인 핼버트가 와서 젊은 아가씨와 소년이 마님을 뵙고 싶다는데 만나시겠느냐고 물었다.

"이 고장 사람인가요?" 헬레나가 물었다.

"아닙니다, 마님." 집사가 대답했다. "처음 보는 얼굴입니다. 발로크까지 기차로 와서, 거기서 러스까지는 걸어서 왔답니다."

"올라오라고 하세요."

집사는 방을 나갔다. 잠시 후 젊은 아가씨와 소년이 헬레나의 방으로 안내되었다. 그들은 남매였다. 얼굴이 닮은 것을 보면 의심할 여지가 없었다. 누이는 열여섯 살이었다. 조금 지친 듯한 아름다운 얼굴, 자주 우는 듯한 눈, 말없이 슬픔에 잠겨 있지만 다기차 보이는 이복구비, 허름하지만 깨끗한 몸차림은 처음부터 호감을 주었다. 아가씨는 열두 살쯤 된 소년과 손을 잡고 있었는데, 소년은 용감한 태도로 누나를 보호하고 있는 것처럼 보였다. 누구든 젊은 아가씨한테 무례한 짓을 하면 이 꼬마 신사한테 혼이 났을 것이다!

누나는 헬레나 앞으로 나오자 잠시 머뭇거렸다. 헬레나가 서둘러 입을 열었다.

"나한테 할 이야기가 있다고요?" 그녀는 눈으로 아가씨를 격려하면서 말했다.

"아니요." 소년이 결연한 어조로 말했다. "부인이 아니라 글레나번 경에게 드릴 말씀이 있는데요."

"어머나, 실례되는 말씀을 드려서 죄송합니다." 누나가 동생을 바라보며 말했다.

"글레나번 경은 지금 여기 안 계세요. 하지만 나는 그분의 아내예요. 나라도 괜찮다면……."

"글레나번 부인이세요?" 아가씨가 물었다.

"그래요."

"저희는 《타임스》지에 실린 '브리타니아'호에 대한 광고를 보고 찾아왔어요."

"그렇군요. 그러면 아가씨는?"

"저는 그랜트 선장의 딸 메리이고, 얘는 제 동생 로버트예요."

"그랜트 양!" 헬레나는 아가씨를 옆으로 끌어당겨 두 손을 잡고, 꼬마 신사의 두 볼에 입을 맞추면서 외쳤다.

"마님." 아가씨가 말을 이었다. "저희 아버지의 조난에 대해 어떤 것을 알고 계세요? 아버지는 살아 계실까요? 언젠가는 만날 수 있을까요? 제발 말씀해주세요. 부탁이에요."

"경우가 경우인 만큼 경솔하게 대답하고 싶지 않군요. 헛된 희망을 품게 하고 싶지도 않고……."

"말씀해주세요. 제발 말씀해주세요! 저는 피로움에 지지 않고, 어떤 말을 들어도 괜찮아요."

"사실 희망은 별로 없어요. 하지만 전능하신 하느님의 도움으로 언젠가 아버지를 다시 만날 가능성도 전혀 없다고는 할 수 없어요."

"오, 하느님!" 메리는 눈물을 참지 못했고, 로버트는 헬레나의 두 손을 입맞춤으로 뒤덮었다.

고통을 동반한 기쁨의 첫 폭발이 가라앉자 메리는 더 이상 참지 못하고 수많은 질문을 잇달아 퍼부었다. 헬레나는 병 속에 든

"저는 그랜트 선장의 딸 메리이고, 얘는 제 동생 로버트예요."

문서에 대해 이야기하고, '브리타니아'호가 어떻게 파타고니아 연안에서 침몰했는지, 조난한 뒤 겨우 살아남은 선장과 두 선원이 어떻게 대륙에 상륙했는지, 그리고 그들이 구조를 요청하는 문서를 3개 국어로 써서 파도에 맡긴 자초지종도 이야기했다.

이야기를 듣는 동안 로버트는 헬레나를 열심히 바라보고 있었다. 그의 목숨은 그녀의 입술에 달려 있었다. 소년다운 상상력으로 그는 아버지가 희생된 그 처참한 사건의 정경을 머리에 그려보았다. '브리타니아'호의 갑판 위에 서 있는 아버지의 모습이 눈앞에 떠올랐다. 그는 파도 사이를 표류하는 아버지의 뒤를 따랐다. 아버지와 함께 바위에 매달리고, 헐떡이면서 모래톱 위로 몸을 끌어 올려 파도가 닿지 않는 곳으로 달아났다. 이야기를 듣는 동안 몇 번이나 그의 입에서 여러 가지 말이 튀어나왔다.

"오, 아빠! 불쌍한 아빠!" 그는 누나에게 몸을 기대면서 외쳤다.

메리는 두 손을 맞잡고 귀를 기울이면서 한 마디도 하지 않았다. 드디어 이야기가 끝나자 그녀가 말했다.

"마님! 그 문서는요? 그 문서는 어디 있나요?"

"지금은 내 손에 없어요." 헬레나가 대답했다.

"지금은 없다고요?"

"그래요. 아버지를 구하기 위해서 글레나번 경이 런던에 가져가지 않으면 안 되었어요. 하지만 문서에 쓰여 있던 내용은 내가 말한 대로예요. 거의 다 지워진 문장의 단편들 중에 숫자 몇 개는 온전히 남아 있었지만, 공교롭게도 경도는……."

"경도 따위는 몰라도 괜찮아요!" 소년이 외쳤다.

"그래, 로버트." 소년의 태도가 결연한 것을 보고 헬레나는 미소를 지으며 말했다. "그러니까 이제 그 문서에 대해서는 그랜트 양도 나와 마찬가지로 잘 알고 있는 거예요. 아주 자세한 점까지도 모두."

"네, 마님. 하지만 저는 아버지의 글씨를 보고 싶었어요."

"아마 내일은 글레나번 경이 돌아오실 거예요. 남편은 그 문서를 해군부 담당자한테 보여주려고 가져갔어요. 당장 배를 보내서 그랜트 선장을 찾게 하려고."

"어머나, 저희를 위해 그렇게까지 해주셨군요?"

"그래요. 나는 글레나번 경이 지금 당장이라도 돌아오지 않을까 생각하고 있어요."

"마님." 메리는 고마운 마음과 종교적 열정이 담긴 어조로 말했다. "두 분께 하느님의 축복이 있기를 기도할게요!"

"메리, 우리한테 고마워할 이유는 전혀 없어요. 누구나 우리 입장이라면 그렇게 했을 테니까. 내 말을 듣고 아가씨 마음에 싹튼 희망이 정말로 실현되면 좋겠군요. 글레나번 경이 돌아오실 때까지 이 성에서 지내도록 해요."

"마님, 저는 아무런 연고도 관계도 없는 저희에게 보여주시는 호의를 무턱대고 받아들이고 싶지 않습니다……."

"아무런 연고도 관계도 없다니? 메리도 로버트도 이 집에서는 결코 연고도 관계도 없는 사람이 아니에요. 그리고 글레나번 경이 돌아와서, 그랜트 선장을 구하기 위해 앞으로 어떤 조치를 취할 것인지를 그의 아이들에게 알려줄 수 있다면 얼마나 좋겠어요?"

이렇게 진심에서 우러나온 제의를 거절할 수는 없었다. 그래서 메리와 로버트는 맬컴 성에서 글레나번 경이 돌아오기를 기다리기로 했다.

4
헬레나의 제안

 이런 대화를 나누는 동안 헬레나는 남편이 편지에서 털어놓은 불만을 한 마디도 말하지 않았다. 조난자를 구출하는 문제에 대해 해군부 담당자는 난색을 표했던 것이다. 또한 그랜트 선장이 남아메리카 원주민에게 붙잡혀 있을지 모른다는 것도 말하지 않았다. 아버지에 대한 걱정으로 슬픔에 빠져 있던 아이들이 이제 막 희망을 품기 시작했는데, 거기에 찬물을 끼얹어서 아이들을 절망에 빠뜨릴 필요가 있겠는가? 그래봤자 사태는 전혀 달라지지 않는다. 그래서 헬레나는 거기에 대해 침묵을 지키고 메리 그랜트의 온갖 질문에 대답해준 뒤, 이번에는 혼자서 동생을 돌보고 있는 메리의 생활과 생계에 대해 물어보았다.
 메리가 털어놓은 사연은 감동적이고 꾸밈없는 이야기였다. 그 말을 듣고 헬레나는 메리에게 더욱 호감을 갖게 되었다.
 메리와 로버트는 해리 그랜트 선장의 외딸과 외아들이었다. 해리 그랜트는 로버트가 태어났을 때 아내를 여의고, 원양 항해를 하는 동안에는 아이들을 하녀와 나이 든 사촌 누이에게 맡겼다. 그랜트 선장은 대담한 뱃사람이었다. 강인하고 뛰어난 항해가이자 무역상으로서, 상선 선장에게는 소중한 그 두 가지 재능을 겸비하고 있었다. 그는 스코틀랜드 퍼스 주의 던디 시*에 살고 있었다. 따라서 그랜트 선장은 스코틀랜드 토박이였다. 성 캐서린 교회 목사였던 아버지 덕분에 그는 완전한 교육을 받았다. 교육을 받는 것은 원양선 선장만이 아니라 누구에게도 해가 되지 않는다는 것이 아버지의 생각이었기 때문이다.

그는 처음에는 항해사로서, 나중에는 선장으로서 몇 차례 성공적인 항해를 했기 때문에, 로버트가 태어난 지 몇 년 뒤에는 상당한 재산을 모으게 되었다.

스코틀랜드에 그의 이름을 널리 알린 원대한 계획이 그의 머리에 떠오른 것은 바로 그 무렵이었다. 글레나번 가문이나 로랜드†의 몇몇 귀족 가문과 마찬가지로 그는 침략적인 잉글랜드와 화합하고 싶은 마음이 전혀 없었다. 그의 조국인 스코틀랜드의 이익은 그가 보기에 앵글로색슨‡의 이익과 일치하지 않았다. 그는 조국의 이익을 독자적인 입장에서 추진해 나가기 위해 오세아니아# 대륙 어딘가에 스코틀랜드인의 광대한 식민지를 건설하기로 결심했다. 미국이 모범을 보인 독립, 언젠가는 인도

---

* 영국 스코틀랜드 동부, 테이 만에 면한 항구 도시.
† 영국 스코틀랜드 남부의 저지대 지방. 북부의 하일랜드(고지대)에 대비한 호칭이다.
‡ 5세기경 독일 북부에서 브리튼 섬(영국)으로 건너가 여러 왕국을 세운 게르만 민족의 한 분파. 현재 영국 국민의 주류를 이루고 있다.
# 육대주의 하나. 오스트레일리아와 뉴질랜드 및 남태평양의 섬들(멜라네시아, 미크로네시아, 폴리네시아)로 이루어져 있다. '대양주'라고도 한다.

와 오스트레일리아도 획득할 게 분명한 독립을 그는 꿈꾸고 있었던 것일까? 어쩌면 그럴지도 모른다. 그리고 그 은밀한 열망을 남에게 털어놓았는지도 모른다. 그렇다면 정부가 그의 식민지 건설 계획에 협력하기를 거부한 것도 납득이 간다. 뿐만 아니라 정부는 그를 온갖 곤경에 빠뜨렸다. 그가 평범한 사람이었다면 분명 목숨을 잃었을 것이다. 하지만 해리 그랜트는 낙담하지 않았다. 그는 동포의 애국심에 호소하고 자신의 신념을 위해 사재를 털어 배 한 척을 만들었다. 그런 다음 아이들을 사촌 누이에게 맡기고, 엄선한 선원들의 도움을 얻어 태평양의 섬들을 탐색하러 떠났다. 그것이 1861년이었다. 그 후 1862년 5월까지 1년 동안은 그의 소식을 들을 수 있었다. 하지만 6월에 페루의 카야오를 출항한 뒤로는 '브리타니아'호의 소식이 끊겼고, 신문들도 배와 선장에 대해 기사를 쓰지 않게 되었다.

이런 상태에서 나이 많은 사촌 누이가 세상을 떠나고 아이들만 단둘이 남겨졌다.

메리 그랜트는 당시 열네 살이었다. 다기찬 메리는 자신의 처지 앞에서 꿈쩍도 하지 않았다. 그녀는 어린 동생을 위해 한 몸을 바쳤다. 동생을 키우고 교육시켜야 했다. 열심히 절약하고 신중함과 영리함을 발휘하여 밤낮을 가리지 않고 일하면서 모든 것을 동생에게 주고 자기는 모든 것을 포기했다. 누나는 동생을 충분히 교육시키고 동생에게 어머니 노릇을 했다. 이렇게 두 남매는 던디에서 가난을 당당하게 받아들이고 가난과 꿋꿋하게 싸우면서 기특하게 살고 있었다. 메리는 자나 깨나 동생밖에 염두에 없었고, 동생을 위해 행복한 미래를 꿈꾸고 있었다. '브리타니아'호는 이제 영원히 사라지고 아버지는 죽었다. 죽은

제1부 남아메리카 47

게 분명했다. 따라서 우연히 눈에 띈 《타임스》지의 광고가 갑자기 그녀를 절망 속에서 구해주었을 때 그녀의 감동은 말이나 글로는 도저히 표현할 수 없을 정도였다.

주저할 이유는 없었다. 그녀는 곧 결심했다. 그랜트 선장의 주검이 황량한 해안의 난파선 안에서 발견되었다는 말을 듣는다 해도 이 끊임없는 의심과 영원한 고통보다는 나았다.

그녀는 동생에게 모든 것을 이야기했다. 그날로 두 남매는 기차를 타고 저녁에 맬컴 성에 도착했다. 그리고 지금까지 그렇게 불안을 겪었던 메리는 이 맬컴 성에서 다시금 희망을 품기 시작했다.

이것이 메리 그랜트가 헬레나에게 털어놓은 애처로운 이야기였다. 그녀는 오랜 시련을 겪었음에도, 그런 기색은 전혀 없이 담담하게 털어놓았다. 헬레나는 눈물을 글썽이며 선장의 두 아이를 두 팔로 끌어안았다.

로버트는 이런 이야기를 처음 듣는 듯, 눈을 크게 뜨고 누나의 말에 귀를 기울이고 있었다. 그는 누나가 한 일과 고통을 이해하고, 마지막에는 누나를 두 팔로 끌어안으며 "누나는 엄마 같아! 사랑하는 엄마!" 하고 외쳤다. 마음속 깊은 곳에서 솟구치는 이 외침을 그는 억누르지 못했다.

대화를 나누는 동안 날이 저물었다. 헬레나는 두 아이가 지쳐 있음을 고려하여 더 이상 대화를 계속하려 하지 않았다. 메리와 로버트는 각자 방으로 안내되어 더 나은 미래를 꿈꾸면서 잠들었다. 두 아이가 가버리자 헬레나는 소령을 불러서 자초지종을 이야기했다.

"메리 그랜트라는 여자애, 정말 용감하구나." 맥내브스는 헬레나의 이야기를 듣고 나서 말했다.

"그이가 계획하는 일이 잘됐으면 좋겠어요!" 헬레나가 대답했다. "잘못되면 남매가 너무 딱하니까요."

"잘될 거다. 그 계획이 실패한다면 해군부의 높은 양반들은 포틀랜드*의 바위보다 더 딱딱한 마음을 갖고 있는 거겠지."

소령이 이렇게 단언했는데도 헬레나는 잠시도 편히 쉬지 못하고 불안 속에서 밤을 보냈다.

이튿날 메리와 로버트가 새벽에 일어나 성의 넓은 안뜰을 산책하고 있을 때 마차 바퀴 소리가 들려왔다. 글레나번이 전속력으로 말을 달려 맬컴 성으로 돌아온 것이다. 그와 거의 동시에 헬레나가 소령과 함께 안뜰에 나타나 남편 쪽으로 달려왔다. 남편은 침울하고 낙담하고 분개하고 있는 것처럼 보였다. 그는 아내를 품에 안고는 아무 말도 하지 않았다.

"여보, 어떻게 됐어요?" 헬레나가 외쳤다.

"헬레나, 그게 말이야." 글레나번이 대답했다. "그들은 너무 무정해!"

"거절하던가요?"

"응! 놈들은 나한테 배를 빌려주는 것을 거절했어. 프랭클린을 찾느라 많은 돈을 허비했다면서! 문서는 너무 아리송해서 뭐가 뭔지 모르겠다고 지껄이더군! 그 불운한 사람들은 벌써 2년 동안이나 방치되어 있으니까 그들을 찾아낼 가능성은 거의 없다는 거야. 그들은 분명 원주민에게 붙잡혀서 내륙으로 끌려갔

---

* 영국 잉글랜드 남부, 영국 해협에 있는 섬. 섬 전체가 석회암으로 이루어져 있어서 건축용 석재를 산출한다.

을 텐데, 그런 그들을 찾으려고 파타고니아 전역을 돌아다닐 수는 없대. 그런 수색은 위험하고 효과도 없을뿐더러, 희생자를 구하기는커녕 오히려 새로운 희생자를 내게 될 뿐이라는 거야. 요컨대 놈들은 아예 작정하고 온갖 반대 이유를 들고 나왔어. 놈들은 그랜트 선장의 계획을 기억하고 있었지. 이래서는 그랜트는 영원히 구출되지 못해!"

"아버지! 불쌍한 아버지!" 메리가 글레나번의 무릎에 매달리면서 외쳤다.

"아버지라고? 그럼 이 아가씨는……." 글레나번은 제 발치에 쓰러져 있는 처녀를 보고 놀라서 말했다.

"그래요, 여보. 메리 그랜트와 동생 로버트예요." 헬레나가 대답했다. "그랜트 선장의 딸과 아들이죠. 해군부는 이 아이들을 고아로 내버려둘 작정이군요!"

"아가씨가 있는 걸 알았다면……." 글레나번이 메리를 일으키면서 말했다.

하지만 더 이상 말하지 않았다. 이따금 흐느끼는 소리로 끊어지는 괴로운 침묵이 안뜰에 퍼졌다. 아무도 입을 열지 않았다. 글레나번도, 헬레나도, 소령도, 주인 주위에 말없이 늘어서 있는 하인들도. 하지만 이 스코틀랜드인들은 모두 그런 태도를 통해 정부의 방식에 항변하고 있었다.

얼마 후 소령이 글레나번에게 말했다.

"그럼 이젠 아무 희망도 없나?"

"그렇습니다."

"그렇다면 좋습니다." 어린 로버트가 외쳤다. "제가 그들을 만나러 가겠습니다. 만나서……."

"아버지! 불쌍한 아버지!" 메리가 외쳤다.

로버트는 그 위협적인 문장을 끝내지 않았다. 누나가 막았기 때문이다. 하지만 움켜쥔 로버트의 주먹은 그가 위험한 생각을 품고 있다는 것을 보여주었다.

"그만둬, 로버트." 메리가 말했다. "이 훌륭한 분들이 우리를 위해 해주신 일에 감사드리자. 이분들에게 영원히 감사하는 마음을 품고, 우리 둘이 함께 가자꾸나."

"메리!" 헬레나가 외쳤다.

"어디로 갈 작정이지?" 글레나번이 물었다.

"여왕님께 가서 발밑에 엎드려 부탁하겠어요." 메리가 대답했다. "아버지를 구해달라는 두 남매의 간청에 여왕님이 귀를 기울이실지 어떨지 보겠어요."

글레나번은 고개를 저었다. 여왕의 자비심을 의심해서가 아니라, 메리가 여왕을 만날 수 없다는 것을 알고 있었기 때문이다. 탄원자가 옥좌 계단까지 가는 경우는 아주 드물다. 영국인이 배에 붙여놓는 주의서가 왕궁 정문에 붙어 있는 것 같았다.

'승객은 조타수에게 말을 걸지 마시오.'

헬레나는 남편의 생각을 이해했다. 메리의 시도는 아무 소용도 없을뿐더러 가엾은 아이들을 더욱 깊은 절망에 빠뜨릴 뿐이라고 생각했다. 그때 고귀하고 의협적인 생각이 그녀의 마음에 떠올랐다.

"메리, 잠깐만." 그녀가 외쳤다. "이제 내가 하는 말을 잘 들어요."

메리는 동생의 손을 잡고 떠나려다가 그 말을 듣고 멈춰 섰다.

그러자 헬레나는 눈물을 글썽거리면서 남편에게 다가가 또렷한 목소리와 활기찬 태도로 말했다.

"여보, 그 편지를 써서 바다에 던졌을 때, 그랜트 선장은 그 편지를 하느님의 뜻에 맡겼을 거예요. 그리고 하느님은 그 편지를 우리한테 건네주셨어요. 우리한테요! 아마 하느님은 그 불운한 분들을 구하는 임무를 우리한테 맡기려고 그러셨을 거예요."

"그게 무슨 뜻이지?" 글레나번이 물었다.

사람들 사이에 깊은 침묵이 넘쳐흘렀다.

"신혼 초에 선행을 할 수 있다는 건 흔치 않은 행복이자 축복이라고 생각해야 한다는 뜻이에요." 헬레나가 대답했다. "여보, 당신은 나를 기쁘게 해주려고 유람 항해를 계획했어요! 하지만 국가로부터 버림받은 사람들을 구하는 것보다 더 진실하고 더 유익한 기쁨이 있을까요?"

"헬레나!" 글레나번이 외쳤다.

"당신은 내가 무슨 말을 하려고 하는지 아셨군요? 그래요. '덩컨'호는 튼튼하고 훌륭한 배예요! 남양에 도전할 수도 있을 거예요! 필요하다면 세계일주도 할 수 있을 거예요! 여보, 그랜트 선장을 찾으러 가요!"

이 말을 듣고 글레나번은 젊은 아내에게 두 팔을 내밀었다. 그는 미소를 지으며 그녀를 품에 끌어안았고, 메리와 로버트는 그녀의 손등에 입을 맞추었다. 이 감동적인 장면이 전개되는 동안 성의 하인들도 감동하고 감격하여 진심으로 외치고 있었다.

"마님 만세! 나리 만세!"

5
'덩컨'호의 출범

 헬레나가 야무지고 인정 많은 사람이라는 것은 앞에서 이미 이야기했다. 그녀가 지금 한 일은 그것을 보여주는 확실한 증거였다. 글레나번은 자신의 기분을 이해하고 자기를 따라올 능력이 있는 이 고귀한 아내를 자랑스럽게 생각했다. 런던에서 그의 요청이 거절당했을 때 그의 마음은 이미 그랜트 선장을 구하러 가자는 생각에 사로잡혀 있었다. 그가 헬레나에게 먼저 그 말을 하지 않은 것은 아내 곁을 떠난다는 생각에 아무래도 익숙해지지 않았기 때문이다. 하지만 헬레나가 항해를 떠나자고 말한 이상, 망설임은 말끔히 사라졌다. 하인들은 이 제안을 환호로 맞이했다. 동포인 스코틀랜드 사람을 구하는 일이다. 글레나번은 헬레나를 찬양하는 만세에 진심으로 화답했다.
 출발이 결정되자 이제 한 시간도 허투루 보낼 수 없었다. 그날로 당장 글레나번은 존 맹글스에게 지시를 내려, '덩컨'호를 글래스고로 보내어, 세계일주가 될지도 모르는 남양 항해를 위해 준비를 갖추게 했다. 항해를 제안했을 때 헬레나는 '덩컨'호의 성능을 그렇게 과대평가한 것은 아니었다. 그 배는 견고하게 만들어졌고 속도도 아주 빨랐기 때문에 아무 걱정 없이 원양 항해에 나설 수 있었다.

'덩컨'호는 최고급 기범선*이었다. 톤수는 210톤이었지만, 신세계에 도달한 초창기의 배들, 즉 콜럼버스와 베스푸치, 핀손과 마젤란[†]의 배는 그보다 훨씬 작았다.[‡]

'덩컨'호에는 두 개의 돛대—앞돛대와 주돛대—가 있었다. 돛은 앞돛대에 다섯 개, 주돛대에 네 개 달려 있었는데, 그것으로 충분했다. 그리고 보통 소형 쾌속선처럼 바람을 탈 수 있었다. 하지만 무엇보다도 '덩컨'호는 자체의 기계력에 의존할 수 있었다. 160마력의 실효 마력이 있었고, 새로운 방식에 따른 이 엔진은 수증기에 특히 높은 압력을 주는 과열기를 갖추고 있었다. 이 고압으로 두 개의 스크루를 돌린다. 최대 출력으로 '덩컨'호는 지금까지 다른 배들이 낸 모든 속도를 능가하는 빠른

---

* 범선 중에서 동력 기관을 함께 갖춘 배.
† 크리스토퍼 콜럼버스(1451~1506): 이탈리아 제노바 출신의 탐험 항해가. 지구가 둥글다는 것을 믿고 인도를 발견하기 위해 대서양을 서쪽으로 항해하여 신대륙을 발견했다. 아메리고 베스푸치(1454~1512): 이탈리아 피렌체 출신의 탐험 항해가. 오늘날의 중앙아메리카와 브라질 해안을 탐험하여 명성을 얻었으며, 아메리카는 그의 이름을 딴 것이다. 핀손: 스페인의 탐험 항해가 3형제(마르틴 알론소 핀손, 프란시스코 마르틴 핀손, 비센테 야녜스 핀손). 1492년 콜럼버스의 첫 신대륙 항해에 동참하여 큰 기여를 했다. 페르디난드 마젤란(1480?~1521): 포르투갈의 탐험 항해가. 1519년에 스페인을 출발하여 남아메리카 남단의 마젤란 해협을 발견하고 태평양을 횡단했다. 필리핀에서 원주민에게 피살되었으나, 그의 부하들이 항해를 계속하여 1522년 세계 일주를 완성했다.
‡ 콜럼버스의 네 번째 항해는 네 척의 배로 이루어졌는데, 그중에서 가장 큰, 콜럼버스가 타고 있었던 지휘함은 70톤, 가장 작은 것은 50톤이었다.

속도를 낼 수 있었다. 실제로 클라이드 만에서 시운전을 했을 때 패턴트 로그*로 측정해본 결과 시속 17노트†의 속도를 냈다. 따라서 지금 상태 그대로 출항해도 이 배는 충분히 세계를 일주할 수 있었다. 존 맹글스는 선내 정비에만 신경을 쓰면 되었다.

그가 맨 처음 한 일은 되도록 많은 석탄을 실을 수 있도록 선창을 넓히는 것이었다. 도중에 연료를 보급받기가 어렵기 때문이었다. 존 맹글스는 식량 창고도 넓혀서 2년 치 식량을 실을 수 있게 했다. 돈은 부족하지 않았다. 부족하기는커녕 회전식 대포까지 하나 사들여 뱃머리에 장착할 수 있었다. 무슨 일이 일어날지 모르니까, 4킬로그램짜리 포탄을 6킬로미터 거리까지 발사할 수 있다는 것은 어쨌든 나쁜 일은 아니었기 때문이다.

존 맹글스는 이런 일에는 훤했다. 그가 지휘하고 있는 배는 유람선에 불과했지만, 그는 글래스고에서 가장 훌륭한 선장 가운데 한 사람으로 꼽히고 있었다. 나이는 서른 살이었고, 얼굴은 조금 우락부락하게 생겼지만 용기와 선량함이 얼굴에 드러나 있었다. 그는 맬컴 성에서 태어나 글레나번 가에서 자랐고, 우수한 선원으로 키워졌다. 존 맹글스는 몇 차례의 원양 항해에서 빠르고 재치 있는 일솜씨와 과단성과 침착성을 보여주었다. 글레나번이 그에게 '덩컨'호 선장의 지위를 주었을 때 그는 기꺼운 마음으로 받아들였다. 그는 맬컴 성의 성주를 친형처럼 사

---

* 배의 속력을 측정하는 장치. 날개 달린 회전축을 바다에 띄우면, 그 한쪽 끝에 측정선(測程線)이 연결되어 있어서 배 위의 기록 장치에 날개 회전축의 회전을 전달하도록 되어 있다.
† 배의 속도를 나타내는 단위. 1노트는 한 시간에 1해리(1852미터)를 달리는 속도이다.

랑했고, 성주를 위해 헌신할 기회를 줄곧 찾았지만 지금까지 그 기회를 얻지 못했기 때문이다.

항해사인 톰 오스틴은 모든 점에서 신뢰할 수 있는 나이 지긋한 선원이었다. 선장과 항해사를 포함한 25명의 남자가 '덩컨'호의 승무원을 구성하고 있었다. 그들은 모두 덤바턴 주 사람이었다. 노련한 선원인 그들은 모두 글레나번 가에 딸린 소작인들의 자제로서 하나의 일족을 이루고 있었고, 스코틀랜드의 전통 악기인 백파이프를 가져가는 것도 잊지 않았다. 글레나번은 이렇게 헌신적이고 용감하며 무기와 배를 다루는 일에도 능숙한, 그리고 그가 아무리 위험한 탐험에 나설 때에도 어디든 흔쾌히 따라가는 부하들을 거느리고 있었다. '덩컨'호 선원들은 행선지를 들었을 때 기쁨을 억누르지 못했고, 그들의 열광적인 만세 소리가 덤바턴의 바위들에 메아리쳤다.

존 맹글스는 배에 연료와 식량을 싣는 데 신경을 쓰면서도 원양 항해를 위해 글레나번 부부의 거실을 정비하는 것도 잊지 않았다. 그와 동시에 그랜트 선장의 아이들이 쓸 선실도 마련해주어야 했다. 헬레나는 메리가 '덩컨'호를 타고 동행하는 것을 허락하지 않을 수 없었기 때문이다.

로버트 소년도 데려가지 않을 수 없었는데, 만약 그를 데려가지 않으면 배의 선창에 몰래 숨어서라도 따라갔을 것이다. 넬슨*이나 프랭클린처럼 견습 선원 일을 해야 한다 해도 로버트는 '덩컨'호에 탔을 것이다. 이런 꼬마 신사한테 거역할 수 있을

---

* 호레이쇼 넬슨(1758~1805): 영국의 해군 제독. 트라팔가르 해전에서 프랑스-스페인 연합 함대를 격파하고 전사했다.

턱이 없다! 그래서 아무도 거역하려 하지 않았다. 뿐만 아니라 승객 자격을 '사절'하는 로버트의 뜻에도 동의할 수밖에 없었다. 로버트가 견습이든 보조든 정식 선원이든, 어떤 자격을 갖고 배에서 일을 하고 싶다고 고집을 부렸기 때문이다. 존 맹글스가 그에게 선원 일을 가르치는 역할을 맡았다.

"좋습니다." 로버트가 말했다. "제대로 하지 못하면 서슴없이 채찍으로 때리셔도 됩니다."

"안심해." 글레나번이 진지한 얼굴로 말했다. 하지만 '덩컨' 호에서는 꼬리가 아홉 개 달린 고양이*를 사용하는 것은 금지되어 있고 그런 채찍은 전혀 필요 없다는 말은 굳이 덧붙이지 않았다.

승객 명단을 완성하려면 맥내브스 소령을 빼놓을 수 없다. 소령은 쉰 살쯤 되었고, 온화한 얼굴과 단정한 이목구비를 갖고 있었다. 그는 남이 시키는 일은 뭐든지 하고 남이 가라고 하면 어디든지 가는 원만한 성격에 겸손하고 과묵하고 온후한 인품을 지니고 있었다. 누가 무슨 말을 해도 동조하고, 절대로 논쟁을 벌이거나 다투지 않았고, 정색하고 화를 내지도 않았다. 이 세상의 어떤 일에도 흥분하지 않고, 포탄이 날아와도 태연하고, 제 침실로 통하는 계단을 올라갈 때도 포격으로 무너진 요새 비탈을 올라갈 때도 그 발걸음은 한결같았다. 아마 그는 죽을 때까지 화를 낼 기회가 없을 것이다. 그는 무인답게 육체적 용기만이 아니라 정신적 용기도 갖고 있었다. 그에게 결점이 있다면 머리끝부터 발끝까지 철저하게 순수한 스코틀랜드인이라는 것,

---

* 아홉 가닥의 가죽띠로 되어 있는 채찍. 영국 해군에서 자주 사용되었다.

조국의 오랜 관습을 완고하게 지키는 사람이라는 것이었다. 그래서 그는 영국 군인으로 복무하려 하지 않았고, 소령이라는 계급도 스코틀랜드 귀족만으로 구성된 '하일랜드 블랙워치 연대'에서 얻은 것이었다. 맥내브스는 글레나번의 친척 자격으로 맬컴 성에서 살고 있었지만, 자신이 소령 자격으로 '덩컨'호에 타는 것을 지극히 당연한 일로 여겼다.

이런 일행이 생각지도 못한 사정으로 근대에 가장 놀랄 만한 항해를 해내게 된 요트에 탄 것이다. 이 배는 글래스고의 기선용 부두에 도착한 뒤 사람들의 호기심을 독차지하고 있었다. 많은 사람들이 날마다 요트를 구경하러 왔다. 사람들의 흥미는 오로지 이 요트에만 쏠렸고, 모두 이 요트 이야기만 하고 있었다. 이런 사정은 같은 항구에 정박해 있는 다른 배의 선장들, 특히 '덩컨'호와 나란히 계류되어 있는 인도행 기선 '스코샤'호를 지휘하는 버턴 선장에게는 몹시 분통 터지는 일이었다.

배의 크기로 보면 '스코샤'호가 '덩컨'호를 얕볼 권리가 있었다. 그런데 모든 사람의 흥미는 '덩컨'호에 집중되었고, 게다가 그 흥미는 날이 갈수록 강해졌다.

이윽고 출범할 날이 다가왔다. 존 맹글스는 이미 노련함과 민첩함을 보여주고 있었다. 클라이드 만에서 시운전을 한 지 한 달 뒤 '덩컨'호는 바다로 나갈 준비를 모두 갖출 수 있었다. 출항일은 8월 25일로 결정되었고, 그래서 요트는 이른 봄에 남반구에 도착하게 되었다.

이 계획이 사람들에게 알려지자 항해의 고난과 위험에 대해 글레나번에게 주의를 주는 사람도 없지 않았다. 하지만 그는 그런 주의에 아랑곳하지 않고 맬컴 성에서 출발하려 하고 있었다.

물론 진심으로 그를 존경하는 사람들 중에도 그를 비난하는 사람이 적지 않았다. 하지만 이윽고 여론은 이 스코틀랜드 귀족을 확실히 지지하는 태도를 취하게 되었고, 어용 신문을 제외한 모든 신문은 이 문제에서 해군부 담당자의 행동을 일제히 비난하기 시작했다. 글레나번은 찬사만이 아니라 비난에 대해서도 무관심했다. 그는 자신의 의무를 다할 뿐, 그 밖의 것은 전혀 개의치 않았다.

8월 24일, 글레나번과 헬레나 부부, 맥내브스 소령, 메리와 로버트 남매, 요리사인 올비넷과 그의 아내(헬레나의 시중도 들었다)는 하인들의 진심 어린 작별 인사를 받은 뒤 맬컴 성을 떠났다. 그리고 몇 시간 뒤에는 이미 배에 자리를 잡고 있었다. 글래스고 주민들은 아무런 불편도 없는 조용하고 즐거운 생활을 버리고 조난자를 구하러 가는 용감한 헬레나에게 공감하고 감탄했다.

글레나번과 헬레나의 거실은 배의 뒷부분을 차지하고 있었다. 그들의 거실은 침실 두 칸과 객실과 화장실 두 칸으로 이루어져 있었다. 그다음에 공동식당이 있고, 여섯 개의 방이 식당을 둘러싸고 있었는데, 그 방들 가운데 다섯 개는 메리와 로버트, 올비넷 부부, 맥내브스 소령에게 하나씩 배당되었고, 나머지 하나는 예비로 남겨두었다. 선장과 항해사의 선실은 배의 앞부분에 있었고, 갑판을 향해 열려 있었다. 선원들의 거처는 중갑판에 있었고 아주 쾌적했다. 요트에는 석탄과 식량과 무기 외에는 아무것도 실려 있지 않았기 때문이다. 그래서 존 맹글스가 배 안을 정비할 여유는 충분히 있었고, 그는 교묘하게 그것을 이용했다.

'덩컨'호는 8월 24일에서 25일에 걸친 밤, 오전 3시의 썰물 때

출범할 예정이었다. 하지만 그 전에 글래스고 주민들은 감동적인 의식을 보았다. 오후 8시에 글레나번과 승객들, 화부에서 선장에 이르기까지 배에서 일하는 선원들, 즉 인명을 구하기 위한 항해에 참가한 사람들이 모두 요트를 떠나 글래스고의 유서 깊은 대성당으로 갔다. 종교개혁이 만들어낸 폐허의 한복판에 무사히 살아남았고 월터 스콧이 훌륭하게 묘사하고 있는 성 뭉고* 성당은 웅장한 돔 천장 밑에 '덩컨'호의 승객과 선원들을 맞아들였다. 수많은 군중이 그들을 따라갔다. 묘지처럼 무덤으로 둘러싸인 넓은 본당에서 그들은 하늘의 축복을 간청하고 신의 가호에 자신을 내맡겼다. 미사를 집전한 모턴 신부가 축복의 기도를 마치자 엄숙한 침묵이 흘렀다. 메리 그랜트의 목소리가 그 침묵을 깼다. 그녀는 은인들을 위해 기도하고 하느님 앞에서 감사의 눈물을 흘렸다. 일행은 깊은 감동에 젖은 채 성당을 나왔다. 그리고 11시에는 모두 배로 돌아와 있었다. 존 맹글스와 선원들은 마지막 준비를 하느라 바빴다.

자정에 보일러가 점화되었다. 선장은 계속 불을 때라고 명령했고, 곧 검은 연기가 밤안개와 섞였다. '딩컨'호의 돛들은 석탄 검댕에 그을리지 않도록 캔버스 덮개에 싸였다. 마침 바람이 남서쪽에서 불어와, 돛을 펴도 항해에는 도움이 되지 않았기 때문이다.

2시에 '덩컨'호는 보일러의 진동으로 흔들리기 시작했다. 압력계는 4기압을 가리키고 있었다. 뜨거워진 증기가 쉭쉭 소리를 냈다.

---

* 6세기 후반에 활동한 기독교 사제. 월터 스콧의 소설 《로브 로이》에 성 뭉고 성당을 묘사한 부분이 나온다.

그들은 하늘의 축복을 간청하고 신의 가호에 자신을 내맡겼다.

조류는 멈춰 있었다. 날은 벌써 밝아서 항로 표지와 비깅스* 사이를 누비는 수로를 분간할 수 있을 정도였고, 날이 밝을수록 그 표지나 비깅스를 밝혀주는 등불빛은 점점 희미해졌다. 이제 출범할 시간이었다.

존 맹글스는 글레나번에게 가서 출범을 알렸고, 글레나번은 곧 갑판으로 나왔다.

이윽고 썰물이 느껴지기 시작했다. '덩컨'호는 힘찬 기적 소리를 울리며 밧줄을 풀고 배들 사이에서 빠져나왔다. 스크루가 움직이기 시작하여 요트를 수로 쪽으로 밀어냈다. 존 맹글스는 도선사†를 고용하지 않았다. 그는 클라이드 강의 수로를 훤히 알고 있어서, 아무리 숙련된 도선사도 그보다 더 잘 배를 조종할 수는 없었을 것이다. 요트는 그의 신호에 따라 움직였다. 그는 묵묵히 자신 있게 오른손으로 기관사에게 지시를 내리고 왼손으로는 조타수에게 지시를 내렸다. 곧 공장들은 시야에서 사라지고, 강을 따라 늘어서 있는 언덕 여기저기 높은 별장들이 보이기 시작하면서 도회지의 소음도 멀리 사라져갔다.

한 시간 뒤에 '덩컨'호는 덤바틴의 암벽 비로 옆을 지나가고 있었다. 두 시간 뒤에는 클라이드 만으로 나왔고, 오후 6시에는 킨타이어 곶‡ 앞을 지나 노스 해협을 통과하여 넓은 바다를 달리고 있었다.

---

* 클라이드 만의 수로를 알려주는 작은 돌산.
† 수로 안내인. 일정한 지역에서 배들을 안전하게 수로로 인도하는 자격을 가진 사람.
‡ 영국 스코틀랜드 남서부 킨타이어 반도 남서쪽 끝.

6

6호 선실의 승객

항해 첫날은 파도가 꽤 높았고, 저녁에는 바람도 강해졌다. '덩컨'호는 심하게 흔들렸다. 그래서 여자들은 갑판 위로 나오지 않고 선실에 누워 있었다.

하지만 이튿날은 풍향이 다소 바뀌었고, 존 선장은 돛을 펴게 했다. '덩컨'호는 자세가 안정되어 흔들림을 별로 느끼지 않게 되었다. 새벽에 헬레나와 메리는 글레나번과 소령과 선장이 있는 갑판으로 나왔다. 해돋이는 아름다웠다. 금도금한 금속판 같은 태양은 거대한 전해조*에서 끌어 올려진 것처럼 바다에서 올라왔다. '덩컨'호는 눈부신 빛 속을 미끄러지듯 나아갔고, 햇빛에 떠밀려 돛이 팽팽하게 펴져 있는 것 같았다.

요트의 승객들은 이 눈부신 태양의 출현에 넋을 잃은 채 말없이 바라보고 있었다.

---

* 전기분해를 할 때에 전극과 전해액을 담는 그릇.

"정말 아름다워요!" 헬레나가 말했다. "오늘은 날씨가 맑을 것 같아요. 역풍이 불지 않고 '덩컨'호의 진행을 도와주는 순풍이 불면 좋으련만."

"더 이상 바라는 건 무리겠지." 글레나번이 대답했다. "항해 첫날이 이 정도면 불평할 수 없어."

"바다를 건너려면 오래 걸리나요?"

"그건 선장이 대답할 문제지. 존, 자네는 이 배에 만족하나? 배는 어떤가? 잘 나아가고 있나?"

"아주 만족하고 있습니다." 존 맹글스가 대답했다. "이건 훌륭한 배입니다. 선원이라면 누구나 이런 배를 타고 싶어 하겠죠. 선체와 기관이 이렇게 조화를 이루는 배는 없습니다. 그래서 항적이 저렇게 평평하고, 파도도 가볍게 피해 갑니다. 지금 배는 시속 17노트로 나아가고 있습니다. 그러니 5주도 지나기 전에 혼 곶*을 지나게 될 겁니다."

"메리, 들었지?" 헬레나가 말했다. "5주도 지나기 전에!"

"네, 마님." 메리가 대답했다. "들었어요. 선장님 말씀을 듣고 가슴이 두근거렸어요."

"그럼 이 항해를 견딜 수 있겠어?" 글레나번이 물었다.

"충분히 견딜 수 있어요. 별로 불편하지 않아요. 게다가 곧 익숙해질 거예요."

"로버트는 어때?"

---

* 남아메리카 가장 남쪽에 있는 곳. 바람이 심하고 파도가 거칠어 항해하기 힘든 곳으로 유명하다. 1914년에 파나마 운하가 개통되기까지 마젤란 해협과 함께 태평양과 대서양을 잇는 중요 항로였다.

"아, 로버트 말씀입니까?" 존 맹글스가 대답했다. "그 녀석은 기관실에 머리를 처박고 있거나 아니면 돛대 꼭대기에 올라가 있을 겁니다. 제가 보증하지만, 로버트는 뱃멀미 따위는 전혀 아랑곳하지 않는 아이입니다. 저기 보이시죠?"

선장의 몸짓을 보고 그들은 앞돛대 쪽으로 눈길을 돌렸다. 그리고 높이가 30미터나 되는 윗돛 밧줄에 매달려 있는 로버트의 모습을 보았다. 메리는 저도 모르게 흠칫 놀랐다.

"아, 안심하세요, 아가씨." 존 맹글스가 말했다. "저 아이에 대해서는 내가 책임질게요. 이제 조금만 지나면 어엿한 선원을 그랜트 선장에게 소개할 수 있을 겁니다. 우리는 그 훌륭한 선장님을 반드시 찾아낼 테니까요."

"선장님의 소망을 하느님께서 꼭 들어주시기를 바랄게요." 메리가 대답했다.

"메리." 글레나번이 끼어들었다. "지금까지 일어난 일에는 우리가 희망을 품지 않을 수 없는 뭔가 기적적인 데가 있어. 우리가 가는 게 아니라 무언가가 우리를 이끌고 있어. 우리가 찾는 게 아니라 무언가가 우리를 데려가고 있어. 그리고 이렇게 훌륭한 목적을 위해 애쓰고 있는 저 다기찬 사람들을 봐. 우리는 단순히 이 계획에 성공할 뿐만 아니라, 아무 어려움도 없이 계획을 성취할 수 있을 거야. 나는 헬레나에게 유람 여행을 시켜주기로 약속했는데, 예상이 크게 빗나가지 않는다면 이 약속은 실현될 수 있을 거야."

"여보, 당신은 세상에서 가장 훌륭한 남편이에요." 헬레나가 말했다.

"그렇지 않아. 하지만 나는 가장 훌륭한 선원들과 가장 훌륭한 배를 갖고 있지. 메리도 이 '덩컨'호가 훌륭한 배라고 생각지 않아?"

"물론 그렇게 생각해요. 저는 감탄하고 있고, 게다가 배를 제법 아는 전문가로서 감탄하고 있어요."

"아니, 그래?"

"저는 어릴 적부터 아버지가 지휘하는 다양한 배에서 놀았어요. 아버지가 저를 선원으로 키웠다면 좋았을 거예요. 필요하다면 돛을 접거나 밧줄을 꼬는 일도 어렵지 않게 해낼 수 있었을 텐데요."

"아니, 아가씨, 그런 엄청난 말씀을 하시다니!" 존 맹글스가 외쳤다.

"그런 식으로 말하면 메리는 존 선장의 친구가 될 수 있을 거야." 글레나번이 말했다. "존은 선원 생활보다 좋은 건 이 세상에 없다고 생각하니까. 여성의 직업으로도 선원 말고는 아무것도 생각하지 못해. 안 그런가, 존?"

"그럴지도 모르죠." 젊은 선장이 대답했다. "그래도 메리 씨는 윗돛을 삼기보다는 뒷갑판에 있는 편이 어울린다는 건 저도 인정합니다. 하지만 저로서는 역시 메리 씨가 그렇게 말해준 게 기쁘군요."

"그리고 무엇보다도 메리가 '덩컨'호에 감탄하고 있다면……." 글레나번이 말했다.

"실제로 감탄할 만하니까요." 존 선장이 말했다.

"당신이랑 선장님이 그렇게 자랑하는 것을 들으니 이 배의 선창 바닥까지 구경하고 싶어지네요." 헬레나가 말했다. "억센 선원들이 중갑판의 어떤 곳에서 지내고 있는지도 봐두고 싶어져요."

"훌륭한 방입니다. 다들 집처럼 지내고 있습니다." 존이 대답했다.

"선원들한테는 사실 이 배가 집이야, 헬레나." 글레나번이 말했다. "이 요트는 우리의 오랜 칼레도니아의 일부지! 덤바턴 주의 일부가 신의 특별한 은총으로 떨어져 나와서 바다를 항해하고 있는 거라고. 그러니까 우리는 고향땅을 떠난 게 아니야! '덩컨'호는 맬컴 성이고, 이 바다는 로몬드 호수지."

"그러면 여보, 우리에게 성을 좀 보여주세요."

"알아 모시겠습니다, 부인." 글레나번이 말했다. "하지만 우선 올비넷한테 알려둡시다."

올비넷은 훌륭한 요리사였고, 잘난 척 거드름을 피우는 태도는 프랑스인이라 해도 이상하지 않을 정도였지만, 실제로는 타고난 스코틀랜드인이었다. 그는 자신의 직무를 열심히 솜씨 좋게 수행하고 있었다. 그는 주인의 부름을 받고 주인 앞에 나타났다.

"올비넷, 우리는 식사하기 전에 배를 한 바퀴 돌아보겠네." 글레나번은 맬컴 성 부근의 호수로 산책이라도 가는 것처럼 말했다. "돌아왔을 때 식사 준비가 갖추어져 있으면 좋겠군."

올비넷은 정중하게 고개를 숙였다.

"소령님도 함께 가시겠어요?" 헬레나가 말했다.

"부인의 분부라면." 맥내브스가 대답했다.

"소령님은 담배 연기에 싸여 있군." 글레나번이 말했다. "그 연기 속에서 끌어내면 안 돼. 메리, 미리 소개해두겠는데 이분은 지독한 애연가라서 언제나 담배 연기를 내뿜고 있지. 자고 있을 때도."

소령은 고개를 끄덕였고, 글레나번 일행은 중갑판으로 내려갔다.

혼자 남은 맥내브스는 여느 때처럼 혼잣말을 하면서, 전혀 초조한 기색도 없이 짙은 담배 연기에 싸여 있었다. 그는 꼼짝도 하지 않고 배 뒤에 이어진 항적을 바라보고 있었다. 이렇게 몇 분 동안 말없이 생각에 잠겨 있다가 뒤를 돌아보니, 바로 앞에 지금까지 보지 못한 인물이 서 있었다. 이 세상에 맥내브스를 놀라게 할 수 있는 일이 있었다면 이 만남이야말로 그를 놀라게 했을 것이다. 그 승객은 그가 난생처음 보는 사람이었기 때문이다.

키가 크고 비쩍 마른 그 사내는 마흔 살쯤 되었을까. 마치 대가리가 크고 기다란 못 같았다. 실제로 머리는 크고 단단했다. 이마는 넓고, 코는 길고, 입은 크고 주걱턱이었다. 눈은 커다란 안경에 완전히 가려져 있고, 주맹증* 환자 특유의 종잡을 수 없는 눈을 갖고 있는 것 같았다. 그 용모는 지적이고 쾌활해 보였다. 웃지 않는 것을 신조로 삼고 진지한 표정으로 자신의 무능함을 감추고 있는 그 젠체하는 인간늘저럼 붙임성이 없어 보이지는 않았다. 그러기는커녕 이 낯선 사내의 싹싹한 태도는 상대가 인간이든 사물이든 모든 것에서 좋은 면을 볼 수 있다는 것을 확실히 증명하고 있었다. 하지만 아직 입을 열지 않았는데도 그는 수다쟁이라는 인상을 주었고, 자기 눈이 보고 있는 것을 보지 않고 자기 귀가 듣고 있는 것을 듣지 않는 얼빠진 사람이

---

* 환한 곳에서는 눈동자가 작아져 잘 안 보이지만 좀 어두운 곳에서는 눈동자가 커져 오히려 잘 보이는 증상.

키가 크고 비쩍 마른 그 사내는 마흔 살쯤 되었을까.

라는 느낌이 들었다. 여행용 사냥모를 쓰고 튼튼한 노란색 부츠를 신고 가죽 각반을 대고 밤색 벨벳으로 지은 바지와 저고리를 입었고, 그 상의에 수없이 달려 있는 주머니에는 수첩과 비망록, 노트와 종이끼우개, 그 밖에 도움은커녕 오히려 방해만 되는 물건들을 잔뜩 집어넣고 있는 것처럼 보였고, 게다가 망원경이 달린 가죽띠를 목에 걸고 있었다.

이 낯선 사내의 안절부절못하는 태도는 어떤 일에도 꿈쩍하지 않는 소령의 평온한 태도와 기묘한 대조를 이루었다. 그는 맥내브스 주위를 한 바퀴 돌고 나서 묻는 듯한 눈으로 빤히 바라보았지만, 소령은 그가 어디서 왔고 어디로 가는지, 어떤 사정으로 '덩컨'호에 타게 되었는지 알고 싶다는 태도를 전혀 보이지 않았다.

그 수수께끼의 인물은 무슨 짓을 해도 소령의 무관심에는 당할 수 없다는 것을 깨닫고는, 완전히 펼치면 길이가 1.2미터나 되는 망원경을 잡았다. 그리고 이정표처럼 두 다리를 벌린 다음, 꼼짝도 않고 우뚝 서서 바다와 하늘이 하나의 수평선에서 교차하고 있는 방향으로 망원경을 돌렸다. 5분쯤 살펴본 뒤에 망원경을 내리고, 망원경이 지팡이라도 되는 것처럼 거기에 몸을 기댔다. 하지만 당장 망원경은 주르르 접혔고, 갑자기 의지할 데가 없어진 사내는 하마터면 주돛대 밑으로 고꾸라질 뻔했다.

소령이 아니라면 누구나 그 꼴을 보고 킥킥 웃었을 것이다. 하지만 소령은 눈썹 하나 까딱하지 않았다. 낯선 사내는 이때 결심했다.

"급사!" 그는 외국인이라는 것을 알 수 있는 억양으로 외쳤다.

그러고는 기다렸다. 아무도 오지 않았다.

"급사!" 그는 아까보다 더 큰 목소리로 되풀이했다.

마침 그때 올비넷이 주방으로 가려고 그곳을 지나가다가, 한 번도 본 적이 없는 키다리가 부르는 소리를 듣고는 깜짝 놀랐다.

'저 사람은 어디서 튀어나온 거지?' 그는 속으로 생각했다. '나리의 친구인가? 아니, 그런 일은 있을 수 없어.'

하지만 그는 갑판 위로 올라가 외국인에게 다가갔다.

"자네가 이 배의 급사인가?" 외국인이 물었다.

"네, 그렇습니다. 그런데 실례지만……."

"나는 6호실 승객일세."

"6호실요?"

"그래. 그런데 자네 이름은?"

"올비넷입니다."

"그러면 올비넷, 식사를 진지하게 생각지 않으면 안 돼. 나는 벌써 서른여섯 시간 동안이나 식사를 하지 않았네. 아니, 서른여섯 시간이나 자고 있었지. 파리에서 곧장 글래스고에 온 사람에게는 그것도 무리가 아니겠지만. 식사는 몇 시에 하나?"

"아홉 시입니다." 올비넷이 기계적으로 대답했다.

외국인은 회중시계를 보려고 했다. 하지만 이것은 상당한 시간을 들여야 했다. 시계는 아홉 번째로 뒤진 주머니에서 겨우 발견되었기 때문이다.

"좋아. 아직 여덟 시도 안 됐군. 그럼 올비넷, 우선 비스킷과 셰리주를 한 잔 마실 수 없을까? 나는 배가 고파서 쓰러질 것 같네."

올비넷은 영문을 몰라서 상대의 말을 듣고만 있었다. 게다가 낯선 남자는 여전히 위세 좋게 지껄여대면서 이 화제에서 저 화제로 계속 화제를 바꾸었다.

"그러면 선장은 뭘 하고 있지? 아직 안 일어난 모양이군! 그럼 항해사는? 항해사는 뭘 하고 있지? 항해사도 자고 있나? 다행히 하늘은 맑고 바람도 좋으니까 배는 저절로 나아가겠지만……."

그가 이렇게 말하고 있을 때 존 맹글스가 뒷갑판 계단에 나타났다.

"이분이 선장님입니다." 올비넷이 말했다.

"아, 처음 뵙겠습니다." 낯선 사내가 외쳤다. "만나서 반갑습니다, 버턴 선장님."

여기서 누군가가 놀랐다면, 그것은 분명 존 맹글스였다. 외국인이 그를 '버턴 선장님'이라고 불렀기 때문만이 아니라, 그 외국인이 이 배에 타고 있다는 것도 그에 못지않게 놀라운 일이었기 때문이다.

상대는 계속 지껄여댔다.

"자, 우리 악수합시다. 그저께 저녁에 선장님과 악수하지 않은 것은 출항할 때는 아무도 방해하면 안 된다고 생각했기 때문입니다. 하지만 오늘은 선장님과 이렇게 가까워질 수 있어서 정말로 기쁘군요."

존 맹글스는 눈을 크게 뜨고 올비넷과 이 낯선 사내를 번갈아 바라보았다.

"이걸로 인사는 끝났습니다, 선장님. 이제 우리는 친구나 마찬가지예요. 그럼 잠깐 이야기를 나누어봅시다. 어떻습니까? '스코샤'*에는 만족하십니까?"

"'스코샤'가 도대체 뭡니까?" 존 맹글스가 되물었다.

---

* 스코틀랜드의 라틴어 이름. '스코트인의 나라'라는 뜻.

제1부 남아메리카 73

"우리가 타고 있는 이 배가 '스코샤'호 아닌가요? 훌륭한 배죠. 나는 이 배의 물리적 장점과 이 배를 지휘하는 버턴 선장님의 정신적 장점에 대해 여러 가지 칭찬을 들었어요. 선장님은 저 유명한 아프리카 탐험가인 리처드 버턴* 씨의 친척이 아닌가요? 그는 정말 대담무쌍한 분이었죠. 만약 그렇다면 정말로 유쾌한 일입니다!"

"아니." 존 맹글스가 대답했다. "나는 탐험가인 버턴 씨의 친척도 아닐뿐더러 버턴 선장도 아닙니다."

"아, 그래요? 그러면 지금 나와 이야기하고 있는 분은 '스코샤'호의 항해사인 버드네스 씨로군요."

"버드네스요?" 존 맹글스는 또 되물었지만, 그제야 겨우 상황을 알아차리기 시작했다. 그런데 상대는 미치광이일까? 아니면 얼빠진 사람일까? 그가 마음속에 의문을 품고 그 점을 확실히 밝혀내려고 했을 때, 글레나번과 헬레나와 메리 그랜트가 갑판으로 올라왔다. 외국인은 그들을 보고 외쳤다.

"아아, 승객이군요. 잘됐네요. 버드네스 씨, 저분들을 좀 소개해주세요."

하지만 그는 존 맹글스가 입을 열 때까지 기다리지도 않고 거리낌 없이 앞으로 나서서 말을 걸었다. 우선 메리에게 꾸벅 절을 하면서 "부인" 하고 말한 다음, 헬레나에게 절을 하면서 "아가씨" 하고 말하고, 글레나번에게 절을 하면서 "선생" 하고 말했다.

"글레나번 경이십니다." 존 맹글스가 말했다.

---

* 리처드 프랜시스 버턴(1821~1890): 영국의 탐험가·동양학자·기행문 작가. 탕가니카 호수를 발견하고 황금해안을 탐사하는 등 주로 아프리카 지역을 탐험했으며, 《아라비안나이트》를 영어로 번역한 것으로 유명하다.

그러자 낯선 사내가 말을 이었다.

"아, 나리시군요. 이렇게 자기소개를 하는 것을 용서하십시오. 하지만 바다 위에서는 예의범절을 다소 완화하지 않으면 안 됩니다. 금방 친해질 수 있을 테니까요. 그리고 이 부인들이 계시니까 '스코샤'의 항해도 한결 짧고 쾌적하게 느껴질 거라고 기대하고 있습니다."

헬레나와 메리는 이 말에 대답하려 해도 적당한 말을 찾지 못했을 것이다. 그들은 이 침입자가 '덩컨'호의 뒷갑판에 있는 것을 도무지 납득할 수가 없었다.

그때 글레나번이 말했다.

"실례지만 누구시죠?"

"자크-엘리아생-프랑수아-마리 파가넬이라고 합니다. 파리 지리학회의 간사, 베를린과 뭄바이, 다름슈타트, 라이프치히, 런던, 페테르부르크, 빈, 뉴욕 지리학회의 통신회원, 왕립 동인도 지리학·민족학 연구소 명예회원이지요. 20년 동안 서재에서 지리학을 연구한 뒤, 실천적 학문에 들어가려고 위대한 여행가들의 사업을 서로 관련짓기 위해 인도로 가는 길입니다."

7
자크 파가넬은 어디서 와서 어디로 가는가?

이 지리학자는 사랑스러운 인물임에는 틀림없었다. 그는 모든 것을 아주 매력적으로 이야기했다. 게다가 글레나번은 이 남자가 어떤 인물인지를 충분히 알고 있었다. 그는 자크 파가넬의 이름과 업적을 잘 알고 있었고, 지리학에 관한 그의 저술과 근대의 지리적 발견에 대한 그의 논문 및 전 세계 학자들과 주고받은 편지 덕분에 그는 프랑스에서 가장 뛰어난 학자들 가운데 하나로 꼽히고 있었다. 그래서 글레나번은 이 뜻밖의 손님을 진심으로 환영했다.

"이것으로 초대면 인사는 끝났으니까, 한 가지만 여쭤봐도 될까요?"

"얼마든지 물어보세요." 자크 파가넬이 대답했다. "당신과 이야기하는 것은 나에게는 언제나 기쁜 일입니다."

"선생이 이 배에 타신 건 그저께 저녁이지요?"

"그렇습니다. 그저께 저녁 여덟 시에 탔지요. 나는 기차역에서 내리자마자 영업용 마차에 올라탔고, 마차에서 내리자마자 '스코샤'호에 올라탔습니다. 파리에서 이 배의 6호실을 예약해두었으니까요. 어두운 밤중이었고, 배에서는 아무도 보지 못했습니다. 나는 서른 시간이나 여행을 계속했기 때문에 피곤했고, 뱃멀미를 막으려면 배에 타자마자 침대에 누워서 처음 며칠 동안은 침대에서 나오지 않는 게 상책이라는 걸 알고 있었기 때문에, 이것저것 생각할 겨를도 없이 침대에 들어가서 서른여섯 시간 동안 푹 잤습니다. 부디 믿어주십시오."

자크 파가넬의 말을 듣고 있던 사람들은 이제야 비로소 그가 이 배에 타게 된 자초지종을 알게 되었다. 이 프랑스 여행자는 배를 잘못 알고, '덩컨'호 선원들이 성 뭉고 성당에서 예배를 보고 있는 동안 배에 올라탄 것이다. 이제 납득이 갔다. 그런데 자기가 탄 배의 이름과 목적지를 알면 이 지리학자는 뭐라고 할까?

"그러면 파가넬 씨, 선생이 행선지로 택한 곳은 인도의 콜카타군요?" 글레나번이 말했다.

"그렇습니다. 인도에 가보는 것은 내가 지금까지 줄곧 마음속에 간직하고 있던 계획입니다. 나의 가장 멋진 꿈이 코끼리와 암살단의 나라에서 실현되려 하고 있지요."

"그러면 다른 나라를 방문해도 좋은 건 아니겠군요?"

"그렇게 되면 아주 곤란합니다. 인도 총독인 서머셋 경에게 제시할 소개장도 갖고 있고, 지리학회에서 맡긴 임무도 수행해야 하니까요."

"아아, 임무도 있습니까?"

"그럼요. 유익하고 진기한 여행을 시도해보기로 되어 있지요. 게다가 그 예정표는 내 친구이자 동료인 비비앵 드 생-마르탱

이 만든 것인데, 사실 이것은 쉴라긴트바이트 형제, 워 대령, 웨브, 호지슨, 선교사 위크와 가베, 무어크로프트 씨와 쥘 레미 씨 같은 유명한 여행가들의 발자취를 추적하는 일입니다. 나는 선교사 크리크 씨가 1846년에 실패한 일을 해내고 싶습니다. 요컨대 히말라야 북쪽 기슭을 따라 1500킬로미터에 걸쳐 티베트를 흐르는 야루장부 강을 따라가서, 이 강이 아삼* 북동부에서 브라마푸트라 강과 합류하는지를 알아내는 일이죠. 인도 지리학에서 가장 중요한 미해결 문제 중의 하나를 해결하는 데 성공한 여행자에게는 금메달이 약속되어 있답니다."

파가넬은 당당했고, 상상의 날개를 타고 높이 날아올라 활기찬 어조로 이야기했다. 그를 막는 것은 샤프하우젠 폭포†에서 라인 강을 막는 것만큼 어려웠을 것이다.

잠시 침묵이 흐른 뒤 글레나번이 말했다.

"파가넬 씨, 그건 확실히 훌륭한 여행이고, 선생이 그 일을 해주면 학계는 무척 고마워할 겁니다. 하지만 나는 더 이상 선생의 착각을 내버려둘 수 없군요. 적어도 당분간은 인도를 방문하는 즐거움을 단념하셔야겠습니다."

"단념하라고요? 그건 또 왜요?"

"선생은 지금 인도에 등을 돌리고 있으니까요."

"뭐라고요? 버턴 선장은……."

"나는 버턴 선장이 아닙니다." 존 맹글스가 말했다.

"하지만 '스코샤'호는?"

---

* 인도 북동부의 지방. 부탄과 국경을 접하고 있다.
† 샤프하우젠은 스위스 중북부, 독일과 국경을 접한 곳에 있는 도시이며, 이곳을 흐르는 라인 강은 유럽 최대의 폭포를 이룬다.

파가넬은 활기찬 어조로 이야기했다.

"이 배는 '스코샤'호가 아닙니다!"

자크 파가넬의 놀라움은 이루 형언할 수가 없었다. 여전히 진지한 글레나번, 그를 동정하며 걱정스러운 표정을 짓고 있는 헬레나와 메리 그랜트, 싱글거리고 있는 선장, 눈썹 하나 까딱하지 않는 소령을 그는 번갈아 바라보았다. 그러다가 어깨를 으쓱하고 이마로 밀어 올렸던 안경을 다시 눈으로 끌어내리며 말했다.

"무슨 그런 농담을!"

하지만 그때 그의 눈이 타륜에 새겨진 두 낱말에 꽂혔다.

덩 컨
글 래 스 고

"덩컨! 덩컨!" 그는 절망하여 외쳤다.

그러고는 계단을 구르듯 내려가 선실로 달려갔다.

불운한 학자의 모습이 사라지자마자 소령을 제외한 모든 사람은 더 이상 진지한 표정을 유지하지 못하고 웃음을 터뜨렸다. 웃음은 선원들한테까지 퍼져갔다. 기차를 착각해서, 덤바턴에 가고 싶은데 에든버러행 기차를 타는 일은 일어날 수도 있다. 하지만 배를 착각해서, 인도에 갈 작정인 사람이 칠레로 가는 배를 타는 것은 정말로 어처구니없는 실수다!

"하지만 상대가 자크 파가넬이라면 이 정도 일은 놀랍지도 않아." 글레나번이 말했다. "그 양반은 이런 불운을 자주 겪기로 유명하니까. 한번은 유명한 미국 지도를 출판했는데, 거기에 일본을 집어넣었지. 그렇다 해도 그가 프랑스에서 가장 뛰어난 지

리학자 가운데 하나라는 사실은 변함이 없어."

"그런데 그 딱한 분을 이제 어떡하죠? 파타고니아에 데려갈 수도 없고." 헬레나가 말했다.

"왜 안 돼?" 맥내브스가 엄숙하게 말했다. "우리는 그의 부주의한 실수에 책임이 없어. 그가 기차에 타고 있었다면, 노중에 내릴 수 있도록 기차를 세워줄까?"

"도중에 세워주지는 않더라도 다음 역에서 내리겠죠." 헬레나가 대답했다.

"그렇군." 글레나번이 말했다. "그가 원한다면 다음 기항지에서 내릴 수 있겠지."

그때 파가넬이 선실에 짐이 있는 것을 확인한 뒤, 한심하고 민망한 얼굴로 돌아왔다. 그는 "덩컨! 덩컨!" 하는 말을 끊임없이 되풀이하고 있었다. 그 밖에는 아무 말도 생각나지 않았다. 그는 이따금 멈춰 서서 요트의 돛을 살펴보거나 넓은 바다 너머 멀리 떨어진 수평선을 물끄러미 바라보면서 갑판 위를 끊임없이 오락가락했다. 그러다가 드디어 글레나번 쪽으로 돌아와서 말했다.

"그러면 이 '덩컨'호는 어디로 가는 겁니까?"

"아메리카 대륙입니다, 파가넬 씨."

"좀 더 정확히 말하면?"

"콘셉시온*으로 갑니다."

"칠레로?" 불운한 지리학자가 외쳤다. "그러면 인도에서 수행해야 할 임무는 어떡하지? 중앙위원회 의장인 드 카트르파주 씨는 뭐라고 할까? 다베자크 씨는? 코르탕베르 씨는? 그리고 비비앵 드 생-마르탱 씨는? 학회 회의에는 어떻게 얼굴을 내밀지?"

"자, 자, 파가넬 씨." 글레나번이 말했다. "절망하지 마세요. 어떻게든 되겠지요. 일이 예정보다 조금 늦어질 뿐입니다. 그건 별로 중요하지 않아요. 야루장부 강은 언제까지나 티베트 산속에서 당신을 기다리고 있고, 우리는 이제 곧 마데이라†에 기항할 겁니다. 거기 가면 선생을 유럽으로 데려다줄 배를 찾을 수 있을 겁니다."

"확실히 체념할 수밖에 없겠군요. 하지만 이건 정말 이례적인 사건이라고 사람들은 말할 겁니다. 그런데 오직 나한테만 그런 일이 일어나요. 게다가 '스코샤'호에는 내가 예약해둔 선실이 있습니다!"

---

* 칠레 중남부 비오비오 주의 주도. 비오비오 강 하류에 있는 교통의 요지이다.
† 북대서양에 있는 포르투갈령 섬. 이곳에서 생산되는 포도주가 유명한데, 보통 와인보다 알코올 도수가 높고 향이 강하다.

"'스코샤'호의 선실은 당분간 포기해야 할 겁니다."

파가넬은 다시 한 번 배를 둘러보고 나서 말했다.

"그런데 '덩컨'호는 유람용 요트인가요?"

"그렇습니다." 존 맹글스가 말했다. "그리고 글레나번 경의 소유지요."

"선주인 내가 흔쾌한 마음으로 이 배의 손님이 되어달라고 말하고 있는 겁니다." 글레나번이 말했다.

"어떻게 감사드려야 할지 모르겠군요." 파가넬이 대답했다. "호의는 고맙지만, 한 가지 제안을 하고 싶군요. 인도는 멋진 나라입니다. 여행자들에게 여러 가지 경탄할 만한 것을 보여주지요. 부인들은 아마 인도를 모르실 텐데, 조타수가 키를 한 바퀴만 돌리면 '덩컨'호는 콘셉시온에 가는 것만큼 쉽게 콜카타로 달려갈 수 있습니다. 어차피 댁들은 유람 여행을 하고 있으니까……."

파가넬의 제안에 대해 사람들은 고개를 저었다. 그래서 파가넬은 뒷말을 잇지 못하고 말을 끊었다. 그러자 헬레나가 말했다.

"파가넬 씨, 이게 유람 여행일 뿐이라면 저는 우리 모두 함께 인도로 가자고 말했을 테고, 글레나번 경도 반대하시 않을 거예요. 하지만 '덩컨'호는 파타고니아 연안의 조난자를 구조하러 가는 길이랍니다. 이런 인도적인 목적을 바꿀 수는 없어요."

몇 분 뒤에 프랑스 여행자는 자초지종을 알게 되었고, 감동하지 않을 수 없었다.

"부인, 실례지만 부인이 하신 일에 나는 탄복했습니다. 진심으로 감복합니다. 요트는 지금의 침로를 계속 유지해야 합니다. 단 하루라도 늦어지면 내 마음이 괴로울 거예요."

"우리의 수색에 동참해주실래요?"

"그건 불가능합니다, 부인. 임무를 수행해야 하니까요. 나는 다음 기항지에서 내리겠습니다."

"그럼 마데이라에서 내리세요." 존 맹글스가 말했다.

"마데이라도 좋습니다. 거기는 리스본*에서 700킬로미터밖에 떨어져 있지 않아요. 거기서 배편을 기다리겠습니다."

"그렇다면 파가넬 씨, 원하는 대로 하세요." 글레나번이 말했다. "어쨌든 나는 며칠 동안이나마 선생을 내 배에서 대접할 수 있어서 행복합니다. 우리와 함께 보내는 시간이 너무 따분하지 않았으면 좋겠군요."

"천만에요!" 학자가 외쳤다. "이렇게 유쾌한 실수를 한 것을 나는 지나칠 만큼 행복하게 생각하고 있는걸요. 그렇다 해도 역시 인도에 가려고 출발했는데, 올라탄 배가 아메리카 대륙을 향해 달리고 있는 것은 정말 우스꽝스러운 곤경이군요!"

이렇게 우울한 얼굴로 말했지만 파가넬은 자기 힘으로는 어쩔 수 없는 이 지연을 체념하기로 결심했다. 그는 상냥하고 쾌활하고 익살스러운 면까지 드러내 보였다. 게다가 좋은 기분으로 여자들을 즐겁게 해주었고, 해가 질 무렵에는 벌써 모든 사람과 친해져 있었다. 그의 요구에 따라 그 문서도 보여주었다. 그는 오랫동안 주의 깊게 문서를 검토했다. 그 문서를 달리 해석할 수 없다는 데에는 그도 동의했다. 메리 그랜트와 동생에게 그는 강한 관심을 보였다. 그는 그랜트 남매에게 큰 희망을 주었다. 맡은 임무만 없었다면 그는 분명 그랜트 선장 수색대의 일원이 되었을 것이다.

* 포르투갈의 수도.

그는 헬레나가 윌리엄 터프넬의 딸이라는 말을 듣고 온갖 감탄사를 쏟아냈다. 그는 헬레나의 아버지를 알고 있었고, 윌리엄 터프넬이 지리학회의 통신회원이었을 때 편지를 주고받은 사이였다. 터프넬을 말트-브룅* 씨에게 소개한 것도 바로 파가넬이었다. 그런 터프넬의 딸과 함께 여행하는 것은 얼마나 즐거운 일인가!

---

* 빅토르 아돌프 말트-브룅(1816~1889): 프랑스의 지리학자.

8
지리학자의 결심

 그러는 동안에도 요트는 아프리카 북부의 조류를 타고 적도를 향해 빠른 속도로 달리고 있었다. 8월 30일에는 마데이라 제도가 보이기 시작했다. 글레나번은 약속대로 낯선 승객을 상륙시키기 위해 마데이라에 기항하겠다고 말했다.

"친애하는 나리." 파가넬이 말했다. "나리께 굳이 격식을 차리지는 않겠습니다. 내가 이 배에 나타나기 전부터 마데이라에 기항할 작정이셨습니까?"

"그렇진 않습니다."

"좋습니다. 그러면 내가 그 경솔한 실수의 결과를 역이용하는 것을 허락해주시겠습니까? 마데이라는 너무나 잘 알려져 있어서 지리학자에게는 별로 흥미로운 곳이 아닙니다. 마데이라에 대해서는 이미 많은 사람이 말이나 글로 이야기해버렸고, 게다가 포도 재배는 쇠퇴하고 있지요. 마데이라에는 이제 포도밭이 없다는 것을 상상할 수 있습니까? 1813년에는 2만 2000파이프*에 이르렀던 포도주 생산량이 1845년에는 2670파이프로 뚝 떨어졌습니다! 요즘에는 500파이프도 안 됩니다! 이건 슬픈 광경이지요. 그러니까 카나리아 제도†에 기항해도 상관없다면……?"

"물론 상관없습니다. 카나리아에 기항해도 우리 침로에서 벗어나지는 않습니다."

"나도 알고 있습니다. 카나리아에는 연구할 만한 대상이 세 개 있지요. 내가 늘 보고 싶었던 테이데 산‡은 빼고 말입니다. 이건 아주 좋은 기회니까, 이 기회를 이용하고 싶군요. 그리고 유럽으로 돌아가는 배를 기다리는 동안 그 유명한 산에 올라가보겠습니다."

"좋을 대로 하십시오, 파가넬 씨." 글레나번은 대답하면서 미소를 금치 못했다. 그가 웃는 것도 당연했다.

카나리아는 마데이라에서 별로 멀지 않다. 두 제도 사이의 거리는 400킬로미터도 채 안 된다. 그 정도는 '덩컨'호처럼 빠른 쾌속선에는 하찮은 거리였다.

8월 31일 오후 2시, 존 맹글스와 파가넬은 뒷갑판을 어슬렁어슬렁 돌아다니고 있었다. 파가넬은 맹글스에게 칠레에 대해 열심히 캐물었다. 갑자기 선장이 파가넬의 말을 가로막고 남쪽 수평선을 가리키며 말했다.

"파가넬 씨."

---

* 기름이나 포도주를 넣는 통. 1파이프는 5000리터.
† 아프리카 대륙 북서쪽의 대서양에 자리 잡고 있는 스페인령 화산 열도.
‡ 카나리아 제도의 테네리페 섬에 있는 산. 높이는 3178미터.

"왜요?"

"이쪽으로 눈을 돌려보세요. 아무것도 안 보이십니까?"

"안 보이는데요."

"보아야 할 쪽으로 시선이 가 있지 않군요. 수평선이 아니라 그 위의 구름 속을 보세요."

"구름 속? 아무리 찾아도 안 보이는데?"

"저기, 제1사장* 위쪽 끝 바로 옆을 보세요."

"아무것도 안 보이는데요."

"그건 볼 마음이 없기 때문입니다. 75킬로미터나 떨어져 있긴 하지만, 테이데 산이 수평선 위에 또렷이 보입니다."

파가넬은 볼 마음이 있든 없든 두 시간 뒤에는 시각적 증거에 굴복하거나 아니면 자기가 장님이라고 인정할 수밖에 없었다.

"드디어 보셨군요." 존 맹글스가 말했다.

"보입니다. 보이고말고요." 파가넬은 대답하고 나서 경멸하는 투로 덧붙였다. "저건가? 저게 테이데라고 불리는 봉우리인가?"

"저겁니다."

"그렇게 대단한 높이는 아닌 것 같은데요?"

"저래 봬도 해발 3700미터나 됩니다."

"그러면 몽블랑†의 높이에도 미치지 못하는군요."

"그럴지도 모르지만, 올라갈 때는 충분히 높다고 생각할걸요."

"저걸 올라가다니! 그런데 저걸 올라가봤자 무슨 소용이 있

---

* 뱃머리에서 앞으로 비스듬히 튀어나온 돛대 모양의 둥근 목재.
† 알프스 산맥의 최고봉. 높이 4807미터. 프랑스와 이탈리아의 국경에 위치하며, '흰 산'이라는 뜻이다.

는지 묻고 싶군요. 훔볼트*가 이미 올라간 산인데. 그 훔볼트란 사람은 위대한 천재였어요. 저 산을 올라갔고, 저 산에 대해 하나도 빠짐없이 기술했지요. 훔볼트에 따르면 저 산은 다섯 지대로 이루어져 있습니다. 포도나무 지대, 월계수 지대, 소나무 지대, 고산지대, 마지막으로 황량한 불모지대. 훔볼트는 그 봉우리 꼭대기에 발자국을 찍었는데, 꼭대기에는 앉을 자리조차 없었지요. 산 위에서 그는 스페인의 4분의 1에 해당하는 면적을 시야에 담았습니다. 그런 다음 화산 속으로 내려가 죽은 분화구를 조사했지요. 그가 이렇게 모든 일을 다 했는데 내가 뭘 할 수 있겠습니까?"

"그렇군요. 그러면 조사할 게 별로 남아 있지 않겠는데요. 그거 참 유감입니다. 테네리페 항에서 배를 기다리는 동안 무척 따분하시겠군요. 기분전환이 될 만한 일이 있을 것 같지도 않고……."

"나는 언제나 정신이 산만하니까 굳이 기분전환을 할 필요는 없어요." 파가넬이 웃으면서 말했다. "그런데 카보베르데 제도†에는 이 배가 접안할 만한 항구가 없습니까?"

"있습니다. 프라이아에서 선생님을 내려드리는 건 아주 쉬운 일이죠."

"거기서 내리면 결코 무시할 수 없는 한 가지 이점이 있지요. 카보베르데 제도는 우리 동포가 많이 사는 세네갈에서 그리 멀

---

* 알렉산더 폰 훔볼트(1769~1859): 독일의 자연과학자·지리학자. 1799년부터 5년 동안 라틴아메리카를 탐사하여 이 지역의 자연지리를 밝히는 데 이바지했다.
† 아프리카 서쪽 끝의 베르데 곶(세네갈의 중서부)에서 서쪽으로 약 500킬로미터 떨어진, 대서양에 있는 섬 무리. 15세기 이래 포르투갈의 식민지였다가 1975년에 독립했다. 수도는 프라이아.

지 않다는 겁니다. 카보베르데는 미개하고 건강에 좋지 않다는 평을 받고 있는 건 나도 잘 알고 있습니다. 하지만 지리학자의 눈에는 모든 게 신기하지요. 보는 게 곧 과학입니다. 자기 눈을 어떻게 써야 할지 모르는 사람들, 갑각류 정도의 지능밖에 갖지 못한 채 무작정 돌아다니는 사람들도 있지만, 그런 여행은 내 성미에 맞지 않아요."

"좋을 대로 하세요, 파가넬 씨." 존 맹글스가 대답했다. "지리학은 선생님이 카보베르데에 체류한 덕분에 이익을 얻게 될 겁니다. 마침 이 배도 석탄을 싣기 위해 프라이아에 기항할 예정이니까, 선생님을 그곳에 내려드려도 우리는 전혀 지체되지 않을 겁니다."

이렇게 말하고 선장은 카나리아 제도의 서쪽을 지나는 침로를 택했다. 유명한 봉우리를 좌현 쪽에 둔 채 '덩컨'호는 여전히 빠른 속도를 유지하여 9월 2일 오전 5시에 북회귀선*을 통과했다. 이때 날씨가 바뀌었다. 우기의 습하고 찌무룩한 날씨가 되었다. 스페인 사람들이 '물의 계절'이라고 표현하는 이 계절은 항해자에게는 괴롭지만, 나무가 없고 따라서 물이 부족한 아프리카의 섬사람들에게는 고마운 계절이다. 파도가 너무 높아서 승객들은 갑판에 나올 수 없었다. 하지만 식당에서는 여전히 활기찬 대화가 이루어졌다.

9월 3일, 파가넬은 상륙하기 위해 짐을 꾸리기 시작했다. '덩컨'호는 카보베르데 제도의 섬들 사이를 누비며 나아갔다. 모래

---

* 북위 23도 27분의 위도를 연결한 선. 춘분에 적도에 있던 해가 점점 북으로 올라가 하지에 이 선을 통과하고, 다시 남으로 내려간다.

로 이루어진 묘지라고 말해야 할 만큼 황량한 불모지인 살 섬 앞을 지난다. 배는 넓은 산호초를 따라 나아간 뒤 산티아고 섬을 옆으로 보면서 나아간다. 이 섬에는 북쪽에서 남쪽으로 현무암 산맥이 달리고 있고, 그 양끝은 언덕으로 되어 있다. 존 맹글스는 프라이아 만으로 들어가 수심 14미터 되는 곳에 닻을 내렸다. 날씨는 몹시 거칠어서, 만에는 난바다의 바람이 들어오지 않는데도 불구하고 파도가 아주 높았다. 비가 억수같이 쏟아져, 높이가 90미터쯤 되는 화산암벽 위의 평지에 서 있는 마을이 거의 보이지 않을 정도였다. 이 두꺼운 빗줄기의 베일을 통해 보이는 섬의 풍경은 몹시 음침했다.

헬레나는 마을을 구경하려는 계획을 실행에 옮길 수 없었다. 석탄을 싣는 것도 어려웠다. 그래서 '덩컨'호의 승객들은 바다와 하늘이 뒤섞여 있는 동안 갑판 밑 선실에 갇혀 있어야 했다. 날씨가 배에서 주요 화제가 된 것은 당연했다. 모두 날씨에 대해 뭔가 할 말이 있었지만 소령은 폭우를 무심하게 바라볼 뿐 말이 없었다. 파가넬은 고개를 설레설레 저으면서 오락가락하고 있었다.

"이건 재앙이야." 그가 말했다.

"자연이 우리에게 불리한 것은 분명합니다." 글레나번이 받았다.

"그래도 나는 자연에 맞설 겁니다."

"비가 이렇게 쏟아지는데 밖에 나갈 수는 없어요." 헬레나가 말했다.

"나는 할 수 있습니다. 내가 걱정하는 건 짐과 기구가 있기 때문이에요. 비를 맞으면 그게 다 엉망진창이 되어버리니까요."

제1부 남아메리카 91

두꺼운 빗줄기의 베일을 통해 보이는 섬의 풍경은 몹시 음침했다.

"가장 힘든 건 배를 내릴 때입니다." 글레나번이 대답했다. "일단 프라이아에 도착하면 좋은 숙소를 찾을 수 있을 겁니다. 물론 숙소가 깨끗하지는 않고, 원숭이나 돼지와 함께 지내야 하는 경우가 많죠. 원숭이나 돼지와 함께 지내는 게 유쾌한 일이 아닐 수도 있겠지만, 여행자는 지나치게 까다로우면 안 됩니다. 게다가 7개월이나 8개월 뒤에는 유럽행 배를 탈 수 있을 테니까요."

"7개월이나 8개월이라고요?" 파가넬이 외쳤다.

"적어도 그 정도는 기다려야 할 겁니다. 우기에는 카보베르데 제도에 오는 배가 거의 없습니다. 하지만 선생은 시간을 유익하게 보낼 수 있을 겁니다. 이 제도는 아직 잘 알려져 있지 않습니다. 지형학이나 기상학이나 민족학을 연구할 수도 있고, 고도 측정이라든가 그 밖에 여러 가지로 할 일이 있을 거예요."

"강도 조사해야 돼요." 헬레나가 말했다.

"강 같은 건 없습니다." 파가넬이 대답했다.

"그러면 개울은요?"

"개울도 없습니다."

"그러면 졸졸 흐르는 시내도 없나요?"

"없습니다."

"그렇다면 숲으로 방향을 바꿔보시오." 소령이 말했다.

"숲이 있으려면 나무가 있어야 하는데, 나무가 없습니다."

"매력적인 나라로군!" 소령이 대꾸했다.

"진정하세요, 파가넬 씨. 그래도 어쨌든 산은 있겠죠?"

"그렇게 높은 산도 없고 흥미로운 산도 없습니다. 게다가 산은 이미 조사가 끝났습니다."

"벌써 조사가 끝났다고요?"

"그렇습니다. 나는 늘 그렇게 운이 나빠요. 카나리아에서는 훔볼트가 나를 앞질렀고, 여기 카보베르데에서는 지질학자인 샤를 생-클레르 드빌 씨가 나를 앞질렀지요."

"그럴 수가!"

"정말입니다." 파가넬은 한심하다는 투로 말했다. "드빌 씨는 프랑스 정부의 코르벳함*인 '라데시데'호가 카보베르데에 기항했을 때 그 배에 타고 있었지요. 그리고 카보베르데 제도에서 가장 흥미로운 섬을 탐험하고 포고 섬에 있는 화산 꼭대기에 올라갔습니다. 그런데 내가 이제 가서 할 일이 뭐가 남아 있겠습니까?"

"그건 정말 유감이군요." 헬레나가 말했다. "파가넬 씨, 그럼 이제 어떻게 하실 거예요?"

파가넬은 잠시 침묵을 지켰다.

그러자 글레나번이 다시 입을 열었다.

"마데이라에 포도주가 전혀 없다 해도 그 섬에 상륙하는 편이 훨씬 나았을 겁니다."

한동안 입을 다물고 있던 파가넬이 마침내 입을 다시 열었다.

"글레나번 경, 다음에는 어디에 기항하실 작정입니까?"

"콘셉시온까지는 기항하지 않을 겁니다."

"큰일났군! 그렇게 되면 인도에서 너무 멀어져버리는데……."

"그렇지 않습니다. 혼 곶을 통과한 순간부터 인도에 점점 가까워지니까요."

---

* 17~19세기에 활동했던, 돛을 단 소형 군함.

"그건 의심스러운데요."

"게다가 인도에 간다면, 동인도에 가든 서인도에 가든 아무래도 상관없지 않습니까?"

"뭐라고요? 그게 아무래도 상관이 없다고요?"

"뿐만 아니라 파타고니아의 팜파스에 사는 원주민도 펀자브의 원주민과 마찬가지로 인디언입니다."

"아니, 정말로 그런 논리는 상상도 해보지 못했습니다!"

"그리고 금메달 같은 건 어디에 가도 받을 수 있습니다. 티베트의 산속과 마찬가지로 안데스의 산속에도 할 일이 있고, 찾고 조사하고 발견할 게 있지요."

"하지만 야루장부 강은?"

"그 강 대신 콜로라도 강*을 조사하세요. 이 강은 별로 알려져 있지 않고, 지도상으로 그 물줄기는 지리학자의 변덕에 지나치게 좌우되고 있답니다."

"알고 있습니다. 위도와 경도에 몇 도나 되는 오차가 있지요. 내가 요구하기만 하면 지리학회는 인도와 마찬가지로 파타고니아에도 나를 파견해주었을 겁니다. 하지만 나는 그런 건 생각해보지도 않았어요."

"선생다운 일입니다."

"파가넬 씨, 우리와 함께 가시지 않을래요?" 헬레나가 최대한 유혹적인 목소리로 말했다.

"부인, 그러면 내 임무는요?"

---

* 아르헨티나 중남부를 흐르는 강. 안데스 산맥에서 시작하여 대서양으로 흘러든다. 길이는 853킬로미터. 이 강을 경계로 팜파스와 파타고니아 지방이 나누어진다.

"분명히 말해두겠지만 이 배는 마젤란 해협*을 통과할 겁니다." 글레나번이 끼어들었다.

"나리께선 유혹을 아주 잘하시는군요."

"덧붙여 말하면 우리는 푸에르토암브레†를 방문할 겁니다."

"푸에르토암브레라고요?" 사방에서 포위공격을 받은 프랑스인이 외쳤다. "지리학 기록에서 유명한 그 항구를 말입니까?"

"그리고 파가넬 씨." 헬레나가 다시 말했다. "우리 계획에 참여하면 프랑스와 스코틀랜드를 연결하게 된다는 것도 고려하세요."

"예, 그럴지도 모르지요."

"지리학자라면 우리 탐험에 도움이 될 수 있을 텐데, 인류애를 위해 과학을 이용하는 것보다 더 고귀한 일이 있을까요?"

"부인, 아주 좋은 말씀이군요."

"정말이에요. 우연, 아니 신의 뜻에 맡기세요. 우리 본보기를 따르세요. 하느님은 그 문서를 우리에게 보내셨고, 그래서 우리는 출발했어요. 선생님이 '덩컨'호에 올라탄 것도 하느님의 뜻이니까, '덩컨'호를 떠나지 마세요."

이 말을 듣고 파가넬이 말했다.

"좋다고 말할까요? 그럼 여러분, 내가 이 배에 머무는 것을 간절히 원한다고 말씀해주시겠습니까?"

"그리고 선생은 여기 머물고 싶어서 죽을 지경이죠. 안 그렇

---

* 남아메리카 대륙 남쪽 끝과 티에라델푸에고 섬 사이에 있는 해협. 대서양과 태평양을 이어주는 해협으로, 1520년 마젤란이 세계일주를 하다가 발견했다.
† 마젤란 해협 북쪽 해안에 있었던 백인 정착촌. '배고픔의 항'이라는 뜻이다. 108쪽을 참고할 것.

습니까?" 글레나번이 대꾸했다.
 "맞아요! 나는 다만 예의에 어긋나지 않을까 해서 망설인 겁니다!"

9
마젤란 해협

파가넬의 결심을 알았을 때 배에 탄 사람들은 모두 크게 기뻐했다. 로버트 소년은 파가넬의 목에 매달려 자신의 기분을 나타냈다. 존경할 만한 지리학자는 하마터면 나동그라질 뻔했다.

"만만찮은 꼬마로군. 내가 지리학을 가르쳐주마." 그가 말했다.

그런데 존 맹글스는 로버트를 선원으로, 글레나번은 그를 고상하고 너그러운 남자로, 소령은 그를 냉정하고 차분한 남자로, 헬레나는 그를 상냥하고 고결한 인간으로, 누나인 메리 그랜트는 이런 스승들을 고마워할 줄 아는 제자로 그를 키우는 일을 떠맡았기 때문에, 로버트는 장차 완벽한 신사가 될 게 분명했다.

'덩컨'호는 당장 석탄 싣는 일을 끝내고 이 음울한 해역을 떠나 서쪽으로 향했다. 배는 브라질 연안의 조류와 북쪽에서 불어오는 순풍을 타고 9월 7일에는 적도를 가로질러 남반구로 들어갔다.

듣는 사람들은 모두 이의를 제기했다. 파가넬은 자기가 한 말을 번복하려 하지 않았다. 그는 이렇게 덧붙였다.

"나는 결코 콜럼버스의 명예를 끌어내리려는 게 아니에요. 하지만 이 사실은 확실합니다. 15세기 말에 사람들의 염두를 차지하고 있었던 것은 오로지 아시아와의 교통을 쉽게 하고 서쪽 항로를 이용하여 동양에 도착하는 것이었습니다. 요컨대 최단거리로 '향료의 나라'에 가려는 것이었지요. 콜럼버스가 시도한 것도 그것이었습니다. 그는 네 번 항해하여 쿠마나, 온두라스, 모스키토스, 니카라과, 벨라과, 코스타리카, 파나마 해안에서 아메리카 대륙을 만났지만, 그는 그것을 동양의 인도 땅으로 생각하고 광대한 대륙의 존재를 알아차리지 못한 채 죽었던 겁니다. 그래서 이 대륙에다 자기 이름을 주지도 못했지요. 그 후 아메리고 베스푸치라는 항해가가 이 대륙이 새로운 대륙이라는 것을 세상에 알렸고, 그래서 이 신대륙은 그의 이름을 따서 '아메리카'라고 불리게 된 것이지요."

"솔직히 말해서 놀랐습니다, 파가넬 씨. 하지만 선생의 말을 믿겠습니다." 글레나번이 말했다.

"우리는 비센테 핀손이 15세기 마지막 해에 통과한 것과 같은 장소에서 적도를 통과하여, 그가 브라질 해안에 상륙한 남위 8도선에 지금 접근하고 있습니다. 1년 뒤에 포르투갈의 카브랄은 세구루 항까지 남하했고, 1502년에는 베스푸치가 3차 원정대를 이끌고 더 남쪽으로 내려갔지요. 1508년에는 핀손과 솔리스가 협력하여 남아메리카 대륙의 연안을 정찰했고, 1514년에 솔리스는 라플라타 강의 입구를 발견했지만, 대륙을 도는 명예는 마젤란에게 양보하고 거기서 원주민에게 잡아먹히고 말았지요. 마젤란이라는 위대한 항해가는 1517년에 배 다섯 척을 이끌고 출발하여, 파타고니아 연안을 따라 나아가다가 데세아도 항과 산훌리안 항을 발견하고 그곳에 오랫동안 정박했고, 남위 52도에서 훗날 그의 이름을 따서 마젤란 해협이라고 불리게 된 해협을 발견했고, 1520년 11월 20일에 태평양으로 나왔습니다. 아아, 새로운 바다가 하늘 끝에서 햇빛을 받아 반짝이고 있는 것을 보았을 때 그는 얼마나 큰 기쁨을 맛보았을까요?"

"그래요, 선생님." 로버트가 지리학자의 말에 감격하여 외쳤다. "저도 그 자리에 있었다면 감동으로 가슴이 벅찼을 거예요."

"하느님이 나를 300년 일찍 태어나게 해주셨다면 나도 그런 기회를 결코 놓치지 않았을 거다!"

"하지만 그러면 우리한테는 재미가 없었을 거예요." 헬레나가 말했다. "그랬다면 선생님은 지금 이 '덩컨'호에 없을 것이고, 그 이야기도 해주지 못하셨을 테니까요."

"나 대신 다른 누군가가 했겠지요. 어쨌든 17세기에 들어서자 새로운 항해자들이 등장하기 시작했습니다. 당시에는 네덜란드의 동인도회사*가 마젤란 해협을 통해 이루어지는 모든 무역에 대해 권리를 가지고 있었는데, 유럽에서 서쪽으로 돌아서 아시아로 가는 다른 뱃길이 알려져 있지 않았기 때문에 이 권리는 독점권이나 마찬가지였지요. 그래서 다른 무역상들은 다른

---

* 1602년 네덜란드가 동양 무역 활성화를 위해 세운 회사. 1600년 영국이 먼저 인도에 동인도회사를 세우고 무역 독점권을 부여하자, 이에 자극받은 네덜란드도 2년 뒤 아시아 지역에 난립해 있던 무역회사들을 통합하여 동인도회사를 세웠다. 이 회사는 아시아의 여러 섬을 정복하고 특산품을 강제로 재배하게 한 뒤 이를 헐값에 사들이는 등 사실상 제국주의적 수탈을 자행했다.

해협을 찾기 위해 노력했는데, 그들 가운데 이삭 르메르라는 사람이 있었어요. 이 사람은 아들인 야코브 르메르와 호른 태생의 뛰어난 선원인 빌렘 쇼우텐에게 자금을 대주었답니다. 그래서 이 용감한 항해자들은 마젤란보다 백 년쯤 뒤인 1615년 6월에 항해를 떠났지요. 그리고 푸에고 섬과 에스타도스 섬 사이에서 르메르 해협을 발견하고 1616년 2월 12일에는 그 유명한 혼 곶을 돌았는데, 이곳은 희망봉*보다 더 '폭풍우의 곶'이라고 부르기에 어울리는 곳이었지요."

"아, 정말로 내가 거기에 있었다면 얼마나 좋을까!" 로버트가 외쳤다.

"그랬다면 가장 강렬한 감동을 현지에서 맛볼 수 있었을 텐데 말이다!" 파가넬이 활기차게 말했다. "실제로 자기가 발견한 것을 해도에 기입할 때 항해자가 맛보는 것보다 더 확실한 만족감, 그보다 더 절실한 기쁨이 있을까요? 아아, 여러분! 육지를 발견한 사람은 정말로 발명가와 다를 게 없습니다. 발명가와 똑같은 감동과 경이감을 맛보지요. 하지만 지금은 그 보물 창고도 거의 바닥을 드러냈습니다! 신대륙이나 신세계에 대해서는 이제 모든 것이 답사되고 발견되었습니다. 그리고 지리학의 맨 후위에 있는 우리는 이제 아무것도 할 일이 없습니다!"

"있어요, 파가넬 씨." 글레나번이 대답했다.

"그게 뭔데요?"

"우리가 지금 하고 있는 일입니다."

그러는 동안에도 '덩컨'호는 베스푸치와 마젤란이 지나간 항

---

* 남아프리카 공화국 서남쪽 끝에 있는 곳. 케이프타운 남쪽에 있다.

로를 빠른 속도로 달리고 있었다. 9월 15일에는 남회귀선을 통과했고, 뱃머리를 그 유명한 해협 입구로 돌렸다. 파타고니아의 낮은 해안은 몇 번 보였지만, 그것은 수평선 위에 어렴풋이 보이는 하나의 선에 불과했다. 배는 해안에서 15킬로미터가 넘게 떨어져 있어서, 파가넬의 유명한 망원경을 이용해도 이 남아메리카 대륙 연안은 어렴풋이 보일 뿐이었다.

9월 25일, '덩컨'호는 마젤란 해협 어귀에 다다랐다. 배는 망설이지 않고 해협으로 들어갔다. 태평양으로 가는 기선은 일반적으로 이 수로를 더 좋아했다. 해협의 전체 길이는 약 6000킬로미터. 아무리 큰 배라도 이 수로라면 어디서나 안전했다. 해안에 스칠 만큼 가까운 곳도 수심이 깊어서 어디에 닻을 내려도 배가 안정되고, 물도 얼마든지 구할 수 있고, 강과 숲에서는 얼마든지 물고기와 사냥감을 잡을 수 있고, 접근하기 쉬운 안전한 기항지가 20군데나 되고, 요컨대 돌풍이나 태풍이 끊임없이 몰아치는 르메르 해협이나 암초가 많은 혼 곶에는 없는 수많은 이점이 이곳에는 있었기 때문이다.

항해를 시작한 뒤 처음 몇 시간, 즉 해협 어귀에서 그레고리오 곶까지 100킬로미터 내지 150킬로미터를 가는 동안은 해안이 낮고 모래와 자갈에 덮여 있었다. 자크 파가넬은 전체적인 조망도 해안의 세부도 놓치지 않으려 애쓰고 있었다. 해협을 횡단하는 데에는 기껏해야 36시간밖에 걸리지 않을 터였지만, 해협 양쪽에 펼쳐지는 파노라마는 남쪽 태양의 찬란한 빛 아래에서 이 학자가 애써 감상할 만했다. 북쪽 육지에는 주민의 모습이 하나도 보이지 않았다. 비참한 푸에고인 몇 명이 푸에고 섬의 삭막한 바위 위를 헤매고 있을 뿐이었다. 그래서 파가넬은 파타곤(파타고니아인)을 볼 수 없는 것이 유감스러웠다. 그가 몹시 아쉬워하는 것을 보고 길동무들은 소리 내어 웃었다.

"파타곤이 없는 파타고니아는 파타고니아라고 말할 수 없어요." 그가 말했다.

"참으세요, 선생." 글레나번이 대답했다. "언젠가는 보게 될 테니까."

"나는 그렇게 확신할 수 없는데요."

"하지만 파타고니아인은 틀림없이 존재하잖아요." 헬레나가 말했다.

"나는 그게 좀 의심스럽습니다. 보이지 않으니까요."

"어쨌든 스페인어로 '큰 발'이라는 뜻을 가진 파타곤이라는 이름이 가공의 인간에게 붙여지지는 않았을 거예요."

"이름 같은 건 상관없습니다." 파가넬은 논쟁을 부추기려고 끝까지 제 주장을 고집하면서 대답했다. "게다가 사실을 말하면 파타곤이 정말로 그들의 이름인지도 확실치 않습니다!"

"놀랍군요!" 글레나번이 외쳤다. "소령님은 알고 계셨습니까?"

"몰라." 맥내브스 소령이 대답했다. "하지만 1파운드만 내면 가르쳐주겠다고 해도 나는 낼 마음이 없네."

"그래도 들어보세요, 소령님." 파가넬이 말했다. "마젤란은 이 지방 원주민을 파타곤이라고 불렀지만, 푸에고인들은 그들을 티레메넨, 칠레인들은 카우칼후에, 아라우카니아인들은 우일리체라고 불렀고, 부갱빌은 차우아, 포크너는 테우엘체라는 이름을 붙여주었지요. 그리고 그들 자신은 자신들을 통틀어 이나켄이라고 부른답니다. 세상에! 이렇게 많은 이름을 가진 민족이 실제로 존재할 수 있을까요?"

"그건 정말 이상한 주장이군요!" 헬레나가 대답했다.

"파타곤의 이름에 대해서는 의문이 존재한다 해도 그들의 키에 대한 의문은 존재하지 않는다는 걸 선생은 인정해야 할 겁니다!" 글레나번이 말을 이었다.

"그런 어처구니없는 이야기는 절대로 인정하지 않겠습니다." 파가넬이 대답했다.

"그 사람들은 키가 아주 큽니다." 글레나번이 말했다.

"그건 모르겠습니다."

"그럼 키가 작은가요?" 헬레나가 물었다.

"아무도 그렇게 단언할 수는 없습니다."

"그러면 보통인가요?" 맥내브스 소령이 양쪽의 체면을 모두 세워주려고 말했다.

"그것도 모르겠습니다."

"그들을 본 여행자들이 그렇게 말하고 있습니다." 글레나번이 말했다.

"그들을 본 여행자들은 저마다 설명이 달라요." 파가넬이 대답했다. "예컨대 마젤란은 자신의 머리가 그들의 허리에 간신히 닿았다고 말했지요."

"그렇군요."

"그런데 드레이크*는 가장 키가 큰 파타곤도 잉글랜드인보다 작다고 주장했습니다!"

"잉글랜드인이라면 그렇게 말할지도 모르지요." 소령이 경멸

---

* 프랜시스 드레이크(1540?~1596): 영국의 해적·항해가. 1580년에 세계일주 항해에 성공하고 1588년에 영국 함대의 사령관으로서 스페인의 무적함대를 격파했다.

조로 말했다. "하지만 스코틀랜드인이라면……."

"캐번디시*는 그들이 키가 크고 건장하다고 단언합니다. 호킨스는 그들이 거인이라고 주장했고, 르메르와 쇼우텐은 그들의 키가 3미터라고 했지요. 반면에 우드나 나버러는 그들이 보통 체격이라고 말했고, 그 지역을 가장 잘 알고 있었던 도르비니†는 파타곤의 평균 키가 160센티라고 말했습니다."

"그렇다면 서로 모순되는 그 많은 의견들 가운데 진실은 어느 거죠?" 헬레나가 물었다.

"진실은 이렇습니다. 파타곤은 다리가 짧고 상체가 발달했다는 겁니다. 그래서 앉아 있을 때는 180센티미터지만 일어섰을 때는 150센티미터밖에 안 된다고 농담으로 말할 수 있는 거죠."

"브라보!" 글레나번이 말했다. "아주 좋은 표현인데요."

"다만 그 민족이 실제로 존재하지 않는다면, 누가 맞고 틀리고 할 것도 없이 모두 똑같은 입장이 되겠지요. 하지만 어쨌든 위로가 될 만한 사실이 한 가지 있습니다. 파타곤이 없어도 마셀란 해협은 참으로 아름답군요!"

그때 '덩컨'호는 양쪽에 펼쳐지는 아름다운 경치를 보면서 브룬스위크 반도를 따라 나아가고 있었다. 그레고리오 곶을 지나 130킬로미터쯤 간 곳에서 우현 쪽에 푼타아레나스 유형지가 나타났다. 칠레 국기와 교회 종탑이 나무들 사이로 얼핏 보였다.

---

* 토머스 캐번디시(1560~1592): 영국의 항해가. 1586년 배 세 척을 이끌고 영국을 떠나 대서양을 남하하여 남아메리카에서 필리핀과 희망봉을 거쳐 1588년에 귀국, 세 번째로 세계일주를 했다.
† 알시드 도르비니(1802~1857): 프랑스의 박물학자. 1826년부터 1833년까지 남아메리카 대륙을 답사했으며, 그 결과를 가지고 고생물학을 창안했다.

이어서 해협은 위압적인 느낌을 주는 거대한 암벽 사이를 굽이굽이 지나갔다. 산기슭은 넓은 숲으로 덮여 있고, 만년설이 드문드문 흩어져 있는 산꼭대기는 구름에 가려져 있었다. 남서쪽에는 타른 산이 1100미터 높이로 우뚝 솟아 있었다. 긴 황혼에 이어 밤이 찾아왔다. 빛은 어느새 부드러운 어둠 속으로 녹아들었다. 하늘에는 빛나는 별들이 점점이 나타나기 시작했고, 남십자성이 항해자들에게 남극으로 가는 길을 알려주었다. 이 빛을 머금은 어둠 속에서 '덩컨'호는 후미에 닻을 내리지 않고, 문명국의 해안 등대를 대신하는 밝은 별빛을 받으며 계속 앞으로 나아갔다. 활대 끝이 물 위에 늘어져 있는 너도밤나무 가지를 스쳤다. 배의 스크루는 강물을 휘저어, 기러기나 오리나 도요새나 쇠오리처럼 물가에 모이는 새들의 잠을 깨웠다. 이윽고 폐허가 나타났다. 그리고 밤의 어둠 덕분에 웅장해 보이는 허물어진 건물이 몇 채 보였다. 그것은 버려진 식민지의 슬픈 유적이었다. '덩컨'호는 푸에르토암브레 앞을 지나고 있었다. 그 식민지의 이름은 이 연안의 비옥함과 사냥감이 많은 이 숲의 풍요로움에 대해 영원히 큰 소리로 항변하고 있었다.

스페인 사람인 사르미엔토가 1581년에 400명의 이주자와 함께 정착한 곳이 바로 여기였다. 그는 이곳에 산펠리페라는 도시를 세웠다. 혹독한 추위가 많은 이주자의 목숨을 앗아갔고, 기근이 겨울을 견디고 살아남은 사람들의 숨통을 끊었다. 1857년에 사략선* 선장 캐번디시는 그 400명 가운데 마지막까지 살아

---

* 국가로부터 특허장을 받아 개인이 무장시킨 선박. 16~17세기에 유럽에서 성행했으며, 습격과 약탈을 일삼았다는 점에서 해적선과 별 차이가 없었다.

남은 한 사람을 발견했는데, 그는 폐허에서 6년 동안 생활한 뒤 굶어 죽기 직전이었다.

'덩컨'호는 이 황량한 해안을 따라 나아갔다. 해가 뜰 무렵 배는 너도밤나무와 물푸레나무, 자작나무 사이에 낀 좁은 수로 한가운데를 지나고 있었다. 숲 속에서는 초록색 돔(둥근 지붕)이나 호랑가시나무에 덮인 작은 언덕이나 뾰족한 봉우리가 나타나, 그 사이에 오벨리스크*가 엄청난 높이로 우뚝 솟아 있었다. 배는 일찍이 부갱빌†이 '프랑스인의 만'이라고 불렀던 산니콜라스 만 앞을 지났다. 저 멀리 바다표범 무리가 보이고 바닷물이 솟구쳐 오르는 것으로 미루어보아 큰 고래가 떼를 지어 놀고 있는 게 분명했다. 고래 떼와의 거리는 8킬로미터쯤 떨어져 있었다.

드디어 배는 지난겨울의 얼음이 아직도 잔뜩 남아 있는 프로워드 곶 앞을 지났다. 해협 맞은편에 있는 푸에고 섬에는 사르미엔토 산이 1800미터 높이로 우뚝 솟아 있었다. 눈이 띠처럼 빙 둘러 있는 이 거대한 바위산은 바다가 아니라 하늘에서 섬무리를 이루고 있는 것처럼 보였다. 아메리카 대륙이 정말로 끝나는 것은 프로워드 곶이다. 혼 곶은 남위 56도의 바닷속에 외따로 떨어져 있는 바위에 불과하기 때문이다.

이 지점을 지나면 해협은 브룬스위크 반도와 모래톱으로 올라간 거대한 고래처럼 수많은 섬들 한가운데에 길게 뻗어 있는

---

* 고대 이집트 왕조 때 태양신앙의 상징으로 세워진 기념비. 하나의 거대한 석재로 만들며 단면은 사각형이고 위로 올라갈수록 가늘어져 끝은 피라미드 꼴이다.
† 루이 앙투안 부갱빌(1729~1811): 프랑스의 해군 장교이자 탐험가. 1766년 12월 세계일주를 시작하여, 마젤란 해협을 거쳐 남태평양으로 들어가 타히티 섬·사모아 제도·뉴헤브리디스 제도 등을 탐험했다.

'덩컨'호의 활대 끝이 너도밤나무 가지를 스쳤다.

데솔라시온 섬 사이를 지난다. 아메리카 대륙의 끝인 이곳은 몹시 울퉁불퉁해서, 아프리카나 오스트레일리아나 인도의 명확한 끝과는 전혀 다르다. 어떤 미지의 천재지변이 두 대양 사이에 튀어나온 이 거대한 곳을 이렇게까지 조각낸 것일까?

이윽고 비옥한 해안 대신 수많은 작은 해협들이 복잡한 미로를 이루고 있는 황량한 해안이 이어졌다. '덩컨'호는 한 번의 실수나 머뭇거림도 없이 이 변덕스러운 우여곡절을 따라 나아갔다. 배가 토해내는 연기가 소용돌이치며, 바위에 부딪혀 갈라지는 안개와 섞였다. 버려진 해안에 서 있는 스페인 사람들의 건물 앞을 배는 속도를 늦추지 않고 지나갔다. 타마르 곶에서 해협의 폭이 넓어졌다. 요트는 나버러 제도의 깎아지른 듯한 해안을 멀찌감치 떨어져서 돌 수 있었고, 그 후 다시 남쪽 해안으로 다가갔다. 해협에 들어온 지 36시간 뒤에 드디어 데솔라시온 섬의 북쪽 끝에 필라르 곶의 바위가 우뚝 솟아 있는 것이 보였다. 반짝반짝 빛나는 드넓은 바다가 뱃머리 앞에 펼쳐졌다. 파가넬은 열광적으로 손을 흔들어 그 바다에 인사하면서 '트리니다드'호*가 태평양의 해풍을 받아 기울어졌을 때 마젤란이 맛본 것과 비슷한 감동을 느꼈다.

---

* 마젤란이 세계일주 항해를 떠날 때 탄 배.

10
남위 37도

 필라르 곶 앞을 지난 지 일주일 뒤, '덩컨'호는 길이 20킬로미터, 너비 15킬로미터인 아름다운 석호를 이루는 탈카우아노 만으로 들어갔다. 날씨는 아주 좋았다. 이 지방의 하늘은 11월부터 3월까지는 구름 한 점 없고, 안데스 산맥의 보호를 받는 긴 해안을 따라 남풍이 끊임없이 불고 있다.
 존 맹글스는 글레나번의 명령에 따라 칠레의 군도나 남아메리카 대륙의 수많은 파편 옆을 아슬아슬하게 스치듯 나아갔다. 부러진 돛대나 인공이 가해진 나뭇조각 같은 표류물로 난파선의 단서를 잡을 수 있을지도 모른다. 하지만 아무것도 보이지 않았다. 요트는 항해를 계속하여, 안개 자욱한 클라이드 만을 떠난 지 42일 뒤에 탈카우아노 만에 닻을 내렸다.
 보트에서 내린 글레나번은 자크 파가넬을 데리고 부두로 올라갔다. 박식한 지리학자는 이 기회를 이용하여 자기가 그렇게 열심히 공부한 스페인어를 써보기로 마음먹었다. 그런데 놀랍게도 현지 주민들은 그의 말을 알아듣지 못했다.

"억양이 틀렸나 보군요." 그가 말했다.

"세관으로 갑시다." 글레나번이 대답했다.

세관원은 손짓 발짓을 섞어가며 더듬거리는 영어로 영국 영사는 콘셉시온에 주재한다고 말했다. 콘셉시온은 말을 타고 한 시간 걸리는 거리였다. 글레나번은 발 빠른 말 두 마리를 쉽게 구할 수 있었다. 그리고 얼마 후 그와 파가넬은 피사로*의 용감한 부관인 발디비아†의 진취적 재능 덕분에 건설된 그 대도시의 성벽 안으로 들어갔다.

이 도시는 과거의 영화를 얼마나 잃어버렸는가! 걸핏하면 원주민에게 약탈당하고, 1819년에는 대화재가 일어나 폐허가 되었다. 성벽은 지금도 도시를 삼킨 불길 때문에 거무스름했다. 이미 탈카우아노에 압도당하고 있는 이 도시의 인구는 이제 겨우 8000명에 불과했다. 주민들의 게으른 발길 아래에서 시내 도로는 풀밭으로 변했다. 어떤 거래나 사업도 존재할 수 없었고, 사실상 어떤 활동도 불가능했다. 모든 발코니에서 만돌린 소리가 울려 퍼지고 구슬픈 노랫소리가 창문에 친 커튼 틈새로 새어 나왔다. 과거에는 남자들이 활발하게 활동하는 도시였던 콘셉시온은 이제 아녀자들의 마을이 되어버렸다.

글레나번은 이 쇠락의 원인을 알고 싶은 욕망을 전혀 느끼지

---

* 프란시스코 피사로(1471?~1541): 스페인의 탐험가. 1531년에 잉카 제국을 멸망시키고 식민지를 세웠다.
† 페드로 데 발디비아(1498~1553): 스페인의 군인·탐험가. 1537년에 피사로를 따라 페루 정복에 나섰으며, 피사로가 죽은 뒤에는 칠레로 진출하여 정복자·총독으로서 군림했다.

않았지만, 파가넬은 그 문제에 대한 토론으로 그를 끌어들이려고 애썼다. 그는 한순간도 지체하지 않고 곧장 영국 영사인 J. R. 벤틱 씨의 집으로 갔다. 벤틱 씨는 그들을 정중하게 맞아들였고, 그랜트 선장을 구조하러 왔다는 말을 듣자 연안 일대에서 정보를 수집하는 일을 맡아주었다.

삼대선 '브리타니아'호가 남위 37도선에서 칠레나 아라우카니아 해안에 상륙했는가 하는 문제에 대해서는 부정적인 결론이 나왔다. 그런 사건에 대한 보고는 영국 영사는 물론 다른 나라 영사한테도 들어오지 않았기 때문이다. 하지만 글레나번은 낙담하지 않았다. 그는 탈카우아노로 돌아가 모든 해안을 철저히 조사하기 위해 수고와 비용을 아끼지 않았다. 하지만 그 탐색도 헛수고로 끝났다. 해안 지대 주민들을 상대로 조사해보았지만 아무 성과도 거두지 못했다. '브리타니아'호는 조난의 흔적을 전혀 남기지 않았다고 결론지을 수밖에 없었다.

글레나번은 배로 돌아와 탐색이 실패했다고 알렸다. 메리와 로버트는 슬픈 표정을 억누르지 못했다. 그것은 '덩컨'호가 탈카우아노에 도착한 지 엿새째 되는 날이었다. 승객들은 뒷갑판에 모여 있었다. 파가넬은 다시 문서를 집어 들고 거기서 무언가 새로운 비밀을 찾아내려는 것처럼 주의 깊게 들여다보고 있었다. 그가 한 시간이 넘도록 문서를 들여다보고 있을 때 글레나번이 그의 이름을 불렀다.

"파가넬 씨, 지혜로운 선생께 묻겠는데, 우리가 그 문서를 잘못 해석한 게 아닐까요? 문서의 의미에 무언가 비논리적인 데는 없습니까?"

파가넬은 대답하지 않고 계속 생각에 잠겨 있었다.

"조난 장소를 잘못 추정한 걸까요?" 글레나번이 다시 물었다. "하지만 아무리 머리가 명석하지 않은 사람이라도 그걸 보면 파타고니아라는 지명이 금방 머리에 떠오르지 않나요?"

그래도 파가넬은 계속 침묵을 지키고 있었다.

"게다가 인디언이라는 낱말은 우리의 추정이 옳다는 것을 입증해주지 않습니까?" 글레나번이 다시 물었다.

"맞아." 맥내브스가 대답했다.

"그렇다면 조난자는 이 문서를 썼을 때 인디언에게 붙잡힐 것을 예상했던 게 아닐까요?"

"잠깐만요." 마침내 파가넬이 말했다. "나리의 다른 결론들은 옳다 해도, 최소한 그 마지막 결론은 합리적으로 여겨지지 않는군요."

"그건 무슨 뜻이죠?" 헬레나가 물었다. 다른 사람들의 눈길도 모두 지리학자에게 쏠렸다.

"내가 말하고자 하는 것은……" 파가넬은 한 마디 한 마디에 힘을 주어 대답했다. "그랜트 선장은 '지금 인디언에게 붙잡혀 있다'는 겁니다. 덧붙여 말하면 이 문서는 분명히 그렇게 말하고 있어요."

"설명 좀 해주시겠어요?" 메리 그랜트가 말했다.

"메리, 이보다 더 명백한 건 없어. 이 문서에서 '인디언에게 붙잡힐 것이다'를 '붙잡혔다'로 읽으면 모든 게 확실해져요."

"하지만 그런 일은 있을 수 없습니다!" 글레나번이 대답했다.

"있을 수 없다고요? 그건 또 왜죠?" 파가넬이 미소를 지으며 되물었다.

"병이 바다에 던져진 것은 배가 암초에 부딪혀 부서졌을 때라고 생각할 수밖에 없으니까요. 따라서 경도도 위도도 조난 현장을 말하고 있다는 결론이 나옵니다."

"그렇다는 증거는 전혀 없습니다." 파가넬이 곧바로 반박했다. "그리고 조난자들이 인디언에게 붙잡혀 내륙으로 끌려간 뒤 그 유리병을 이용하여 자신들이 붙잡혀 있는 장소를 알리려 했다고 가정하면 안 될 이유도 전혀 없습니다."

"그 이유는 아주 명백합니다, 선생. 유리병을 바다에 던지려면 적어도 바다가 가까이에 있어야 한다는 거지요."

"조난자들이 바다로 흘러드는 강에 유리병을 던졌다면요?"

이 대답은 전혀 생각지도 못한 것이었지만 충분히 납득할 만했기 때문에 꼬박 1분 동안 아무도 입을 열지 못했다. 하지만 모든 사람의 눈이 빛나는 것을 보고 파가넬은 그들의 마음속에서 희망의 불이 다시 켜진 것을 알았다. 맨 먼저 입을 연 것은 헬레나였다.

"놀라운 발상이군요!" 그녀가 외쳤다.

"게다가 아주 멋진 발상이지요!" 지리학자는 천진하게 덧붙였다.

"그럼 선생의 생각은?" 글레나번이 물었다.

"남위 37도선이 아메리카 대륙과 만나는 지점부터 그 선이 대서양에 잠기는 곳까지, 위아래로 0.5도 이상 벗어나지 않는 범위를 더듬어가는 겁니다. 어쩌면 그 선상에서 조난자들을 발견할 수 있을지도 몰라요."

"가능성은 별로 없어요!" 소령이 대답했다.

"가능성이 아무리 적다 해도 우리는 그걸 소홀히 해서는 안 됩니다." 파가넬이 대답했다. "그 유리병이 이 대륙의 강에 던져져서 강물을 타고 바다에 이르렀다는 내 추정이 옳다면, 인디언에게 붙잡힌 사람들의 흔적을 틀림없이 찾을 수 있을 겁니다. 이 지도를 보면 그걸 쉽게 납득할 수 있을 거예요."

이렇게 말하면서 파가넬은 칠레와 아르헨티나의 지도를 탁자 위에 펼쳐놓았다.

"잘 보세요. 그리고 나를 따라 이 대륙을 잠시 횡단해보세요. 좁은 띠 모양의 칠레는 한 걸음입니다. 이제 안데스 산맥을 넘어서 팜파스 한복판으로 내려갑니다. 이 지방에는 크고 작은 하천이 없을까요? 아니, 여기에 네그로 강, 여기에 콜로라도 강, 그리고 그 강들의 지류가 이렇게 남위 37도선을 가로지르고 있군요. 이 강들도 그 문서를 보내는 데 이용되었을지 모릅니다. 아마 이 근처의 어느 부족들 가운데 잘 알려져 있지 않은 강가나 골짜기에 정착해 사는 인디언의 손아귀 속에서 조난자들이 기적적인 구조의 손길을 기다리고 있을지도 모릅니다! 그런데 우리가 그들의 기대를 저버려도 될까요? 내 손가락이 지금 이 순간 지도 위에서 가리키고 있는 이 선을 따라가는 것이 우리의 의무라는 생각에 여러분도 모두 동의하지 않습니까? 그리고 결국 내 예측이 틀렸다면 그들을 찾을 때까지 37도선을 따라 지구를 한 바퀴 도는 것도 감수해야 한다고 생각지 않으십니까?"

의협적인 열의가 담긴 이 말은 듣는 사람들에게 깊은 감동을 불러일으켰다. 그들은 모두 일어나서 그에게 다가가 손을 잡았다.

"맞아요, 우리 아버지는 여기 계세요!" 로버트 그랜트가 지도를 들여다보면서 외쳤다.

"어디에 계시든 우리는 너희 아버지를 찾아낼 거야." 글레나번이 대답했다. "파가넬 씨의 해석은 충분히 이치에 맞아. 우리는 선생이 가르쳐준 길을 망설이지 말고 가야 돼. 그랜트 선장은 큰 부족에게 붙잡혀 있을지도 모르고 작은 부족한테 붙잡혀 있을지도 몰라. 후자인 경우에는 우리 손으로 해방시킬 수 있겠지만, 전자인 경우라면 서해안으로 돌아가 '덩컨'호를 타고 부에노스아이레스로 가세. 거기서 소령님이 구조대를 편성하면 아르헨티나의 모든 주에 사는 인디언도 제압할 수 있을 거야."

"그렇습니다!" 존 맹글스가 대답했다. "그리고 이 대륙 횡단 여행에는 위험 따위는 없을 겁니다."

"위험하지도 않고 고생스럽지도 않아요." 파가넬이 말했다. "이미 많은 사람들이 우리만큼 갖춰진 실행 수단도 없이, 우리만큼 고상한 목적도 없이 대륙을 횡단했지요. 1782년에는 바실리오 비야르모라는 사람이 카르멘에서 안데스 산맥까지 갔고, 1806년에는 콘셉시온 주의 장관인 돈 루이스 데 라 크루스라는 칠레 사람이 안투코를 출발하여 바로 이 37도선을 따라 안데스를 넘어서 40일 만에 부에노스아이레스에 도착했지요. 뿐만 아니라 가르시아 대령, 알시드 드루비니 씨, 그리고 존경할 만한 내 동료인 마르탱 드 무시 박사도 이 나라를 종횡으로 돌아다니면서, 우리가 지금 인도주의를 위해 하려는 것과 똑같은 일을 과학을 위해 했잖습니까."

"선생님!" 메리 그랜트가 감동한 나머지 목쉰 소리로 말했다. "그렇게 많은 위험을 무릅써주시는데, 어떻게 감사를 드려야 좋을지 모르겠군요."

"위험이라니?" 파가넬이 외쳤다. "누가 위험하다고 했지?"

"저는 말하지 않았어요!" 로버트가 반짝반짝 빛나는 눈으로 결연한 표정을 지으며 말했다.

"위험이라니?" 파가넬이 일행을 돌아보면서 말을 이었다. "그런 게 존재할까요? 직선을 따라서 가는 거니까 여행하는 거리는 1500킬로미터도 채 안 됩니다. 북반구라면 스페인과 시칠리아, 그리스에 해당하는 위도니까, 대체로 그 나라들과 비슷한 기후 조건에서 떠나는 여행이지요. 그렇다면 기껏해야 한 달 남짓밖에 걸리지 않을 겁니다. 산책이나 마찬가지예요!"

"그러면 선생님은 조난자들이 인디언에게 붙잡혀 있다 해도 목숨을 잃지는 않았을 거라고 생각하시나요?" 헬레나가 물었다.

"물론입니다! 인디언은 식인종이 아닙니다! 내 동포이자 지리학회 동료인 기나르 씨는 3년 동안이나 팜파스의 인디언에게 붙잡혀 있었습니다. 고생도 하고 시달림을 당하긴 했지만, 마지막에는 시련을 이겨냈지요. 이 지방 인디언들에게 유럽인은 매우 유용한 존재입니다. 인디언은 유럽인의 가치를 알고, 값비싼 동물로 여겨서 소중히 다루고 있지요."

"그러면 더 이상 망설일 필요가 없겠군요." 글레나번이 말했다. "지금 당장 출발하도록 합시다. 어느 길로 갈까요?"

"이왕이면 걷기 쉽고 기분 좋은 길로 가죠." 파가넬이 대답했다. "처음에는 산이 조금 있지만, 그다음은 안데스 동쪽 산 중턱의 완만한 비탈, 마지막은 정원이라고 해도 좋을 만큼 평탄한 초원과 모래밭입니다."

"지도를 봅시다." 소령이 말했다.

"자, 보세요. 우리는 루메나 곶과 카르네로 만 사이의 칠레 해안에서 37도선 끝에 다다릅니다. 아라우카니아를 가로질러 안투코 고개에서 화산을 남쪽으로 보면서 안데스 산맥을 넘게 됩니다. 그런 다음 길게 뻗은 산비탈을 내려와 네우켄 강과 콜로라도 강을 건너 팜파스로 나와서 살리나스, 과미니 강, 타팔케 산맥에 이르게 되는데, 여기가 바로 부에노스아이레스 주의 경계가 되지요. 우리는 그 경계를 지나 탄딜 산맥을 넘어서 대서양 연안의 메다노스 곶까지 탐색을 계속할 겁니다."

파가넬은 눈앞에 펼쳐진 지도를 보려고도 하지 않고 그렇게 탐색 계획을 설명했다. 지도 따위는 아무래도 좋았기 때문이다. 프레지에, 몰리나, 훔볼트, 마이어스, 도르비니의 저작을 탐독한 그의 뛰어난 기억력이 잘못을 저지르거나 허를 찔리는 것은 있을 수 없는 일이었다. 그는 이렇게 지명을 열거한 뒤 덧붙여 말했다.

"그러니까 길은 똑바릅니다. 30일이면 그 길을 다 걸어서, '덩컨'호가 서풍 덕분에 지연되지 않는다 해도 '덩컨'호보다 먼저 동쪽에 도착할 수 있을 겁니다."

"그러면 '덩컨'호는 코리엔테스 곶과 산안토니오 곶 사이를 지나가야 합니까?" 존 맹글스가 물었다.

"그렇다네."

"그러면 탐험대는 어떻게 구성할 건가요?" 글레나번이 물었다.

"되도록 간단하게 구성할 겁니다. 목적은 단순히 그랜트 선장을 구출하는 것이고, 인디언과 총격전을 벌이는 건 아니잖습니까. 탐험대 대장은 당연히 글레나번 경이 맡아야 한다고 생각합니다. 소령님은 누구한테도 자리를 양보하지 않으실 테고, 그다음은 내가……."

"저도요!" 로버트 소년이 외쳤다.

"로버트!" 메리가 말렸다.

"왜 안 되지?" 파가넬이 되물었다. "여행은 소년을 단련시키지. 그러니까 우리 네 사람과 '덩컨'호의 선원 세 명……."

존 맹글스는 주인을 보고 말했다.

"왜 저도 탐험대에 가담하라고 말씀해주시지 않습니까?"

"존." 글레나번이 대답했다. "우리는 손님을 배에 남기고 갈 거야. 이 세상에서 가장 귀중한 존재를 배에 남기고 가는 거라네. '덩컨'호의 충실한 선장 말고 누가 그들을 지켜줄 수 있겠나?"

"그러면 우리는 함께 갈 수 없나요?" 헬레나가 슬픔에 흐려진 눈으로 말했다.

"헬레나, 우리는 아주 빠른 속도로 여행하지 않으면 안 돼. 헤어져 있는 기간은 짧고 게다가……."

"그래요, 당신 말은 알겠어요." 헬레나가 대답했다. "가세요. 그리고 꼭 성공하고 오세요."

"그런데 이건 여행이 아닙니다." 파가넬이 말했다.

"그럼 뭐죠?"

제1부 남아메리카

"그냥 통과하는 것뿐입니다. 정직한 인간으로서 최대한 공덕을 쌓으면서 지나가는 것뿐이죠. '착한 일을 하면서 지나간다.' 이것이 우리의 좌우명입니다."

파가넬의 이 말로 토의는 끝났다. 모두 같은 의견을 가지고 이야기를 나누는 것을 토의라고 부를 수 있을지는 모르겠지만……. 준비는 그날로 당장 시작되었다. 인디언들이 경계하지 않도록 탐험에 대해서는 비밀로 해두기로 결정했다.

출발은 10월 14일로 예정되었다. 육지에 올라갈 선원을 선발하는 단계가 되자 모두 탐험에 참가하겠다고 나서는 바람에 글레나번은 누구를 뽑아야 할지 난감해졌다. 그래서 그는 정직하고 충실한 그들의 기분을 해치지 않으려고 제비뽑기를 하기로 했다. 제비를 뽑은 결과 항해사인 톰 오스틴, 힘이 장사인 윌슨, 권투 선수 출신인 멀래디가 행운을 얻었다.

글레나번은 탐험 준비를 위해 크게 활약했다. 그는 출발 예정일까지 준비를 마치려 했고, 실제로 준비를 끝냈다. 한편 존 맹글스는 언제라도 바다에 나갈 수 있도록 석탄을 보급했다. 그는 아르헨티나 해안에 여행자들보다 먼저 도착하고 싶었다. 이리하여 글레나번과 젊은 선장 사이에 진정한 경쟁이 벌어졌지만, 이것은 모두에게 도움이 되었다.

10월 14일 예정된 시각에 모든 준비가 끝났다. 출발 시각에 요트 승객들은 식당에 모였다. '덩컨'호는 언제라도 출항할 수 있는 상태였고, 스크루는 벌써 탈카우아노의 투명한 물을 휘젓고 있었다. 글레나번, 파가넬, 맥내브스, 로버트 그랜트, 톰 오스틴, 윌슨, 멀래디는 카빈총과 권총으로 무장하고 배를 떠나려 하고 있었다. 안내인과 노새들은 부두 끝에서 기다리고 있었다.

톰 오스틴, 윌슨, 멀래디.

"이제 갈 시간이야." 마침내 글레나번이 말했다.

"가세요, 여보." 헬레나는 감정을 억누르며 말했다.

글레나번은 아내를 가슴에 끌어안았고, 한편 로버트는 누나의 목을 끌어안았다.

"자, 친구들." 자크 파가넬이 말했다. "마지막 악수를 합시다. 대서양 연안에 도착할 때까지 우리를 지탱해줄 진심 어린 악수를."

그렇게 많은 악수를 나누기는 어려웠지만, 사람들은 이 존경스러운 학자의 소원을 어느 정도는 이루어줄 수 있도록 열렬한 포옹을 나누었다.

배를 타고 갈 사람들은 갑판에 나왔고, 일곱 명의 여행자는 '덩컨'호를 떠나 곧 부두에 내렸다.

헬레나는 갑판 위에서 마지막으로 외쳤다.

"하느님이 도와주실 거예요!"

"걱정 마세요, 부인." 파가넬이 대답했다. "하늘은 스스로 돕는 자를 돕는 법이고, 우리는 우리 자신을 도울 테니까요."

"전진!" 존 맹글스가 기관사에게 외쳤다.

"출발!" 글레나번이 거기에 응하여 외쳤다.

그리고 여행자들이 노새의 고삐를 늦추어 해안 길을 내딛는 것과 동시에 '덩컨'호는 전속력을 내어 다시 바다로 향했다.

11
칠레 횡단

 글레나번이 조직한 현지인 보조대는 어른 세 명과 아이 한 명으로 이루어져 있었다. 우두머리는 벌써 20년 전에 이 나라에 귀화한 영국인이었는데, 그는 여행자들에게 노새를 빌려주고 안데스 산맥의 여러 통로를 안내하는 일을 직업으로 삼고 있었다. 산맥을 넘은 뒤에는 팜파스의 길을 잘 알고 있는 '바케아노'(현지 안내인)가 여행자들을 맡아 안내하게 된다. 이 영국인은 오랜 세월 노새와 원주민을 상대하며 살면서도 모국어를 잊어버리지 않았는데, 이것이 글레나번 일행에게는 행운이었다. 파가넬의 스페인어는 아직도 원주민들이 알아듣기 어려운 탓에, 그들에게 명령을 내리기는 쉬워도 그 명령이 실행되는 것을 보기는 어려웠기 때문이다.
 칠레어로 '카파타스'(십장)라고 불리는 우두머리는 '페온'(막일꾼)이라고 불리는 원주민 두 명과 열두 살쯤 된 소년을 부하로 거느리고 있었는데, 페온들은 일행의 짐을 실은 노새를 돌보았고, 아이는 크고 작은 방울을 달고 앞장서서 노새 열 마리를 이끌고 가는 '마드리나'라고 불리는 젊은 노새를 다루었다. 그 열 마리의 노새 가운데 일곱 마리는 여행자들이 탔고 한 마리는 카파타스가 탔다. 나머지 두 마리는 식량과 도중에 만나게 될 인디언 추장들에게 선물로 줄 물품을 싣고 있었다. 페온들은 평소의 습관에 따라 걸어갔다.

안데스 산맥을 넘는 것은 보통 여행이 아니었기 때문에 안전하고 빠르게 여행하기 위해 만반의 준비를 갖추었다. 그 여행은 강인하기로 유명한 아르헨티나산 노새의 도움이 없이는 해낼 수 없었다. 아르헨티나에서 사육된 노새는 조상들보다 훨씬 뛰어나다. 먹이에 까다롭지 않아서 아무거나 잘 먹고, 물은 하루에 한 번만 마시고, 50킬로미터를 여덟 시간 만에 너끈히 걸을 수 있고, 150킬로그램이나 되는 짐을 거뜬히 짊어진다.

바다에서 바다로 가는 이 길에는 여관이 없다. 식량은 말린 고기와 고추로 버무린 쌀, 그리고 도중에 재수 좋게 잡은 사냥감뿐이다. 산골짜기를 흐르는 시냇물이나 평원의 개울물에 럼주를 몇 방울 타서 마신다. 그들은 각자 '치플레'라고 불리는 쇠뿔 속에 럼주를 담아서 가지고 다녔다. 하지만 알코올음료를 너무 많이 마시지 않도록 조심해야 한다. 이 지방은 기후 자체가 신경계를 특별히 흥분시키기 때문이다. 이부자리는 원주민이 사용하는 '레카도'(양가죽으로 만든 안장) 속에 모두 들어 있는데, 이 안장의 한쪽은 무두질이 되어 있고 또 한쪽은 털로 덮여 있으며, 화려하게 수놓은 끈으로 고정된다. 여행자는 이 따뜻한 이불로 몸을 감싸면 축축한 밤공기에도 얼마든지 몸을 드러내고 깊이 잘 수 있다.

글레나번은 여행에 익숙해서 여러 나라의 풍습에 적응할 수 있는 사람답게 칠레의 전통 복장을 하고, 동료들도 모두 그렇게 하도록 했다. 파가넬과 로버트는 커다란 판초의 한복판에 뚫린 구멍에 머리를 집어넣고 기다란 가죽 장화에 다리를 집어넣으면서, 나이는 달랐지만 둘 다 어린애처럼 즐거워했다. 노새들은 화려하게 치장하고 있었다. 입에는 재갈을 물렸고, 채찍 대신 가죽끈을 꼬아서 만든 기다란 고삐를 달았다. 굴레 끈은 금속으로 장식되어 있고, 두 개의 안장주머니에는 그날 먹을 식량이 들어 있었다. 허약한 파가넬은 몇 번 내팽개쳐진 뒤에야 겨우 노새에 올라탔지만, 절대로 몸에서 떼어놓지 않는 망원경을 어깨에 메고 일단 안장에 자리를 잡자 발을 등자에 단단히 넣고 노새의 총명함을 전적으로 믿으면서 잘 버텼다. 로버트는 첫 번째 시도에서 노새에 올라타는 데 성공하여, 뛰어난 기수가 될 소질을 갖고 있다는 것을 입증했다.

출발할 때는 날씨가 좋았다. 하늘은 구름 한 점 없이 짙푸르고, 바닷바람이 대기의 열기를 누그러뜨려 지독한 더위는 느낄 수 없었다. 이 소규모 수색대는 50킬로미터쯤 남쪽에 있는 남위 37도선의 기점과 만나기 위해 탈카우아노 만의 구불구불한 해안을 빠른 걸음으로 더듬어갔다. 첫날은 바싹 마른 소택지의 갈대를 헤치고 쑥쑥 전진했지만 일행은 별로 입을 열지 않았다. 배에 남은 사람들과 헤어질 때의 일이 여행자들의 마음에 강한 인상을 남기고 있었다. 아직도 수평선에서 '덩컨'호가 내뿜는 연기가 보였다. 파가넬은 스페인어로 자문자답하면서 혼잣말을 하고 있었다.

게다가 카파타스는 천성적으로 과묵한 남자였고, 직업 때문에 후천적으로 말이 많아지지도 않았다. 그는 부하인 페온들과도 별로 이야기를 나누지 않았다. 이 페온들은 전문가답게 자기 일에 대해서는 잘 알고 있었다. 어느 노새가 멈춰 서면 그들은 목에서 쥐어짜내는 듯한 소리를 지르며 독려하곤 했다. 복대가 풀리거나 고삐가 떨어지면 페온들은 제 판초를 벗어서 노새 머리에 씌우고 원래대로 손을 봐주었다. 그러면 노새들은 다시 걷기 시작했다.

아침을 먹은 뒤 8시에 출발하여 오후 4시에 숙박지에 도착할 때까지 계속 걷는 것이 노새몰이꾼의 습관이었다. 글레나번은 이 습관에 따랐다. 여행자들이 아라우코에 도착하자 카파타스가 멈추라는 신호를 했다. 만 끝에 자리 잡은 이 도시는 바닷가에서 그리 멀지 않다. 카르네로 만에 있는 남위 37도선의 기점에 다다르려면 여기서 다시 30킬로미터쯤 올라가야 했다. 하지만 글레나번이 고용한 사람들이 이미 해안의 그 지역을 정찰했지만 난파선의 흔적은 하나도 발견하지 못했으니까, 탐색을 되풀이해봤자 헛수고였을 것이다. 그래서 그들은 아라우코를 출발점으로 삼기로 결정했다. 이 도시에서 동쪽으로 곧장 전진하기로 한 것이다.

수색대는 밤을 보내기 위해 시내로 들어가 여인숙 안뜰에서 노숙했는데, 이 여인숙의 시설은 아직도 지극히 원시적이었다.

아라우코는 길이가 600킬로미터, 너비가 120킬로미터나 되는 아라우카니아 주의 수도로서, 칠레 인종의 첫 자손인 마푸체족*

---

* 칠레 중남부에서 아르헨티나 남부에 걸쳐 살고 있는 원주민. '마푸체'는 '대지의 사람들'이라는 뜻이다. 마푸체족은 남아메리카 남부를 지배했고, 잉카 제국과 스페인의 침략에 오래 저항을 계속한 민족으로 알려져 있다.

이 살고 있는데, 이들은 남북 아메리카를 통틀어 이국인의 지배를 한 번도 받지 않은 유일한 종족이어서 그만큼 긍지가 높고 강건하다. 아라우코는 한때 스페인에 복속되어 있었지만, 적어도 이곳 주민은 복종하지 않았다. 그들은 오늘날 칠레의 침략적인 움직임에 저항하고 있는 것과 마찬가지로 그 당시에도 저항했다. 그리고 그들의 독립기*는 도시를 지키는 요새가 된 언덕 꼭대기에서 지금도 나부끼고 있다.

저녁을 준비하는 동안 글레나번과 파가넬과 카파타스는 초가집들 사이를 돌아다녔다. 교회와 프란체스코회† 수도원의 잔해를 제외하면 아라우코에는 볼만한 게 하나도 없었다. 글레나번은 정보를 수집하려고 애써보았지만, 그런 정보는 아무 쓸모도 없었다. 파가넬은 주민과 의사소통이 되지 않아 실망하고 있었다. 하지만 이곳 주민들은 아라우칸어를 사용하니까, 파가넬의 스페인어는 헤브라이어만큼이나 소용이 없었다. 그래서 그는 귀 대신 눈을 많이 사용했다. 그리고 결국 자기 앞에 나타나는 마푸체족의 다양한 유형을 관찰하면서 진정한 학자적 기쁨을 맛보았다. 남자들은 키가 크고 얼굴이 납작하고 피부는 구릿빛이고 턱수염은 짧고 눈빛은 의심이 많아 보이고 넓은 머리는 검은 장발에 가려져 있었다. 그들은 평화로울 때에는 몸을 주체하지 못하는 전사들 특유의 게으름에 빠져 있는 것처럼 보였다. 여자들은 비참하지만 용감했고, 힘든 집안일을 열심히 해내고,

---

* [원주] 감청색 바탕에 하얀 별이 하나 떠 있는 깃발.
† 1209년에 아시시의 프란체스코가 세운 최초의 탁발 수도회. 청빈한 생활을 강조하며, 교육과 포교 따위의 사업을 통해 그리스도의 사랑을 전한다.

말과 무기를 손질하고 밭을 갈고 남편 대신 사냥을 하고, 그러고도 짬을 내어 판초를 만들었는데, 이 하늘빛 판초는 완성하는 데 2년이나 걸리고 제일 싼 것도 100달러나 나간다.

요컨대 마푸체족은 상당히 미개한 풍습을 지닌 민족이었다. 그들은 독립을 좋아한다는 유일한 미덕을 지닌 대신, 인류의 온갖 악덕을 거의 다 갖고 있었다.

산책을 끝내고 저녁 식탁에 앉았을 때 파가넬은 "정말로 스파르타인과 똑같다"는 말을 되풀이했다.

이 존경할 만한 학자는 과장하고 있었다. 아라우코 시내를 둘러보는 동안 프랑스인으로서 심장이 높이 고동쳤다고 덧붙였을 때 사람들은 그의 말을 이해하지 못했다. 소령이 '심장이 높이 고동친' 이유를 묻자 그는 자기와 같은 프랑스인이 최근까지 아라우카니아의 왕위에 앉아 있었기 때문에 그런 감동을 느끼는 것도 당연하다고 대답했다. 소령은 그 군주의 이름을 가르쳐달라고 부탁했다. 그러자 파가넬은 용감한 드 토낭 씨의 이름을 자랑스럽게 말했다. 원래는 페리괴*에서 변호사로 일했던 그는 왕위에서 쫓겨난 국왕들이 즐겨 '인민의 배은망덕'이라고 부르는 것을 맛보았다. 소령이 왕위에서 쫓겨난 변호사를 생각하고 히죽거리자, 파가넬은 왕이 좋은 변호사가 되기보다는 변호사가 좋은 왕이 되기가 훨씬 쉬울 거라고 진지하게 대꾸했다. 모두 이 말에 웃음을 터뜨리고, 아라우카니아의 전 국왕인 오렐리-앙투안 1세의 만수무강을 축원하며 치차(옥수수를 발효시킨 음료)를 몇 모금 마셨다. 그리고 몇 분 뒤에 여행자들은 판초로

---

* 프랑스 남서부 아키텐 주의 도르도뉴 현에 있는 도시.

몸을 감싸고 깊이 잠들었다.

이튿날 아침 8시에 일행은 마드리나를 앞세우고 페온들이 후미에 서서 37도선을 따라 동쪽으로 출발했다. 그들은 이렇게 포도밭과 가축 떼가 많은 비옥한 땅 아라우카니아를 가로질렀다. 인디언 부족의 오두막이 띄엄띄엄 서 있을 뿐이다. 이따금 버려진 여인숙이 있어서 평원을 헤매는 원주민이 비나 이슬을 피하기 위해 사용하고 있다. 이날 여행자들은 앞길을 가로막는 강을 두 번 만났는데, 라케 강과 투발 강이다. 하지만 카파타스가 걸어서 건널 수 있는 얕은 곳을 찾아내어 강을 건널 수 있었다. 안데스 산맥은 북쪽을 향해 뾰족한 봉우리 수를 늘리면서 지평선에 펼쳐져 있었는데, 여기서는 아직 신세계의 골조를 떠받치고 있는 그 거대한 등뼈의 낮은 척추골에 불과했다.

50여 킬로미터를 걸은 뒤, 오후 4시에 일행은 넓은 평원에 서 있는 거대한 도금양 밑에서 걸음을 멈추었다. 안장주머니에서 여느 때처럼 육포와 양념쌀이 나왔다. 땅에 펼쳐놓은 안장이 이부자리도 되고 베개도 되다. 일행은 각자 임시변통으로 만든 잠자리에서 체력을 회복하기 위해 휴식을 취하고, 그러는 동안 카파타스와 페온들은 교대로 불침번을 섰다.

날씨가 아주 좋았고, 로버트를 포함한 여행자들은 모두 건강을 유지하고 있었다. 요컨대 이 여행의 전조는 아주 좋았기 때문에 노름꾼이 '기세를 타는' 것과 마찬가지로 그 기회를 타서 전진하지 않으면 안 된다. 그것이 모든 사람의 의견이었다. 이튿날 일행은 걷는 속도를 빨리 하여 페루의 급류를 무사히 건넜고, 밤이 되어 독립 칠레와 스페인령 칠레를 가르는 비오비오 강가에서 야영했을 때 글레나번은 35킬로미터를 더 전진한 것을 확인

얕은 곳을 걸어서 투발 강을 건너다.

할 수 있었다. 이 지방은 지금까지와 별로 다르지 않았다. 여전히 비옥하고, 아마릴리스나 제비꽃, 플루스키아, 흰독말풀, 황금색 꽃이 피는 선인장이 잔뜩 자라나 있었다. 그곳에는 몇 종류의 동물, 그중에서도 특히 살쾡이가 덤불 속에 숨어 있었다. 조류를 대표하여 나타난 것은 왜가리 한 마리와 고독한 올빼미 한 마리, 그리고 매의 발톱을 피해 도망치는 가마우지와 논병아리뿐이었다. 하지만 원주민은 거의 보이지 않았다. '구아소'(인디언과 스페인인의 혼혈) 몇 명이 맨발에 단 커다란 박차 때문에 피투성이가 된 말을 몰고 유령처럼 지나갈 뿐이었다. 도중에는 이야기를 나눌 수 있는 사람을 하나도 만나지 못해서 정보를 전혀 얻을 수 없었다. 글레나번은 각오를 굳혔다. 인디언에게 붙잡힌 그랜트 선장은 안데스 산맥 너머로 끌려간 게 분명하다고 생각했다. 팜파스로 들어가지 않으면 수색은 성과를 거두지 못할 것이다. 이쪽에서는 안 된다. 따라서 끈기를 가지고 빠르게 쉬지 않고 전진하지 않으면 안 된다.

17일에 일행은 여느 때와 같은 시각에 여느 때와 같은 순서로 출발했다. 로버트는 이 순서를 잘 지키지 않았다. 마음이 급한 나머지 선두보다 앞으로 나가는 바람에 그가 타고 있는 노새를 당황하게 만들곤 했다. 글레나번이 엄하게 다시 불러들이지 않으면 소년을 행렬 속의 자기 위치에 붙잡아둘 수가 없었다.

지형은 전보다 기복이 많아졌다. 군데군데 비탈이 나타나 산이 가까워진 것을 알려주었다. 강줄기가 많아지고, 비탈에서 요란한 물소리를 내고 있었다. 파가넬은 자주 지도를 보았다. 그런 개울들 가운데 지도에 실려 있지 않은 것이 있으면 지리학자의 피가 그의 혈관 속에서 끓어올라 분개한 태도를 보이곤 했지만, 일행에게는 그 모습이 유쾌하기 이를 데 없었다.

"이름이 없는 강은 호적이 없는 거나 마찬가지야. 지리학 세계의 법률에 따르면 그런 강은 존재하지 않는 셈이지."

그래서 그는 주저하지 않고 그런 이름 없는 강에 이름을 붙여 주었다. 그 이름을 자기 지도에 적어 넣고, 가장 울림이 좋은 스페인어 형용사로 그 이름을 장식하곤 했다.

"얼마나 멋진 언어인가!" 그는 되풀이해서 말했다. "얼마나 충실하고 낭랑한 언어인가! 이건 금속으로 만들어진 언어야. 이 언어는 종을 만들기 위한 청동처럼 구리 78퍼센트와 은 22퍼센트를 함유하고 있는 게 분명해."

"그런데 조금은 스페인어 실력이 늘었습니까?" 글레나번이 물었다.

"물론이죠. 억양이 없으면 좋겠지만, 이 억양이라는 게 있어서!"

그래서 파가넬은 여행을 계속하면서 어려운 발음을 목구멍이 찢어질 만큼 열심히 연습했다. 하지만 지형을 관찰하는 것도 잊지 않았다. 그는 관찰에 관해서는 놀랄 만큼 뛰어나서, 아마 그를 능가할 사람은 아무도 없었을 것이다. 글레나번이 그곳의 색다른 점에 대해 길잡이인 카파타스에게 질문하면, 이 박식한 지리학자는 반드시 길잡이보다 먼저 대답하곤 했다. 그러면 카파타스는 깜짝 놀란 얼굴로 그를 돌아보았다.

그날 저녁 6시쯤, 지금까지 온 방향과 교차하는 길이 나타났다. 물론 글레나번은 이게 무슨 길이냐고 물었고, 그 질문에 대답한 것은 물론 파가넬이었다.

"로스앙헬레스로 가는 길입니다."

글레나번은 카파타스를 바라보았다.

"맞습니다." 카파타스가 대답했다. 그러고는 지리학자를 돌아보면서 물었다. "이 나라를 가로지른 적이 있나 보군요?"

"그럼요." 파가넬은 진지한 얼굴로 대답했다.

"노새를 타고 여행하셨습니까?"

"아니요. 안락의자에 앉아서 여행했소."

카파타스는 말뜻을 이해하지 못했다. 그는 어깨를 으쓱하고 행렬의 선두로 돌아갔다.

오후 5시에 그는 로하라는 마을에서 조금 떨어진 별로 깊지 않은 골짜기에 말을 세웠다. 이날 밤에 여행자들은 안데스 산맥의 전위를 이루는 산줄기의 기슭에서 야영했다.

12
고도 3600미터

이제까지 칠레를 횡단하는 동안은 중대한 일이 일어나지 않았다. 그런데 여기서, 산을 넘을 때면 늘 따라다니는 장애와 위험이 동시에 나타났다. 자연이 들이대는 난제와의 싸움이 드디어 시작되려 하고 있었다.

출발하기 전에 한 가지 중요한 문제를 해결해야 했다. 어느 길을 택하면 예정된 진로에서 벗어나지 않고 안데스 산맥을 넘을 수 있을까? 이 질문을 받은 카파타스가 대답했다.

"산맥의 이 지점에서 걸어갈 수 있는 통로는 두 개밖에 모릅니다."

"하나는 발디비아 멘도사가 발견한 아리카 고개겠지요?" 파가넬이 물었다.

"그렇습니다."

"그리고 또 하나는 비야르카 화산 남쪽에 있는 비야르카 고개지요?"

"그렇습니다."

"그런데 그 두 고개에는 양쪽 다 한 가지 곤란한 점이 있어요. 필요 이상으로 북쪽이나 남쪽으로 가버리게 된다는 거예요."

"그러면 거기 말고 우리한테 권할 만한 고개가 또 있나요?" 소령이 물었다.

"그럼요." 파가넬이 대답했다. "바로 안투코 고개입니다. 남위 37도 30분, 즉 우리 진로에서 별로 떨어지지 않은 화산 중턱을 지나는데, 높이는 2000미터도 채 안 됩니다."

"좋습니다." 글레나번이 말했다. "그런데 카파타스, 안투코 고개를 알고 있나?"

"물론입죠, 나리. 지나간 적도 있는걸요. 제가 그 고개를 제안하지 않은 것은 동쪽 비탈에 사는 인디언 목동들이 가축과 함께 지나가는 것 말고는 아무도 그 길을 가지 않기 때문입니다."

"페우엔체족의 말이나 양이나 소가 가는 곳이라면 우리도 갈 수 있겠지. 그리고 그 길이라면 우리는 직선에서 멀리 벗어나지 않아도 되니까 안투코 고개를 택하기로 하세."

당장 출발 신호가 떨어졌고, 일행은 거대한 석회암 덩어리 사이에 있는 레하스 골짜기로 들어갔다. 거의 느낄 수 없을 만큼 완만한 경사가 시작되었다. 11시쯤 작은 호수 가장자리를 돌아가지 않으면 안 되었는데, 근처의 모든 강물이 합류하여 그림처럼 아름다운 천연 저수지를 이루고 있었다. 강물은 투덜거리면서 호수로 흘러들어 맑고 조용한 물속에서 서로 섞였다. 호수 위쪽에는 드넓은 평야가 펼쳐져 있었는데, 인디언의 가축 떼가 풀을 뜯고 있는 그 고원은 억새로 뒤덮여 있었다. 거기서 남북으로 뻗어 있는 늪을 만났지만, 노새의 본능 덕분에 빠져나올 수 있었다. 1시에 바예나르 요새가 뾰족한 바위산 위에 나타났다. 그 꼭대기에는 요새가 무너진 흔적이 보였다. 일행은 그곳을 지났다. 경사는 어느새 가팔라졌고, 돌이 많아지고, 노새의 발굽에 채인 돌멩이들이 굴러떨어졌다. 3시쯤, 1598년의 봉기*로 파괴된 요새의 아름다운 폐허가 다시 나타났다.

"정말이지 산만 가지고는 인간과 인간 사이를 충분히 갈라놓을 수 없군요. 산에 또 요새를 쌓아야 하다니!" 파가넬이 말했다.

이 지점부터 길은 걷기 어려워졌고 위험해지기까지 했다. 경사는 점점 더 가팔라졌고, 벼랑길은 점점 좁아졌으며, 절벽은 깎아지른 듯해서 무서울 정도였다. 노새들은 코를 땅바닥에 대고 길을 냄새 맡으면서 신중하게 나아갔다. 일행은 한 줄로 행진했다. 이따금 심하게 굽이진 길에서는 앞장선 말이 보이지 않게 되었고, 그러면 후위는 멀리서 희미하게 들리는 마드리나의 방울 소리에 의지하여 전진했다. 때로는 구불구불한 산길의 장난으로 행렬이 두 개의 평행선을 그리는 경우도 있었다. 그래서 선두에 선 카타파스가 후위에 있는 페온들과 이야기를 나눌 수 있었지만, 둘 사이에는 4미터도 채 안 되는 너비에 깊이는 60미터나 되는 균열이 건널 수 없는 심연을 이루고 있었다.

그래도 초본식물이 암석의 침입에 맞서 싸우고 있었지만, 이미 광물계와 식물계의 각축이 느껴졌다. 안투코 화산에 다가가고 있다는 것은 바늘 모양의 노란색 결정에 덮인 검푸른 용암의 흐름을 보고 알 수 있었다. 서로 겹쳐 쌓여 있는 바위들은 금방

---

* 칠레 원주민인 마푸체족이 스페인 정복자들을 상대로 봉기하여, 칠레 남부 쿠랄라바에서 총독 마르틴 가르시아 데 로욜라를 죽였다.

이라도 무너져 내릴 것처럼 보였지만, 평형 법칙을 완전히 무시하고 서 있었다. 물론 천재지변이 일어나면 이런 바위산의 양상은 간단히 바뀔 게 분명했다. 그리고 이런 불안정한 자세의 뾰족한 봉우리들, 일그러진 등성이, 불안정한 돌기를 보면, 이 산악 지방에는 최종적인 안정기가 아직 찾아오지 않았음을 쉽게 알 수 있었다.

이런 상태인 만큼 길을 좀처럼 분간하기 어려운 것도 당연했다. 안데스 산맥의 골조는 끊임없이 흔들리고 있어서 길이 자주 변하고, 과거의 이정표는 이제 그 자리에 존재하지 않았다. 그래서 카파타스는 머뭇거리고, 멈춰 서서 주위를 둘러보고, 바위의 모양을 보고, 무른 바위 위에서 인디언의 발자국을 찾았다. 방위를 확인하는 것은 완전히 불가능해졌다.

글레나번은 길잡이 뒤에 바싹 붙어서 따라갔다. 길이 힘들어질수록 길잡이도 더욱 난감해지는 것을 그는 느끼고 이해했다. 그는 길잡이에게 굳이 물어보려고 하지 않고, 노새몰이꾼은 노새의 본능과 비슷한 것을 지니고 있을 테니까 그에게 모든 것을 맡기는 게 좋다고 생각했다. 아마 옳은 생각이었을 것이다.

한 시간 동안 카파타스는 정처 없이 헤매고 있었지만, 그래도 점점 높은 곳으로 올라갔다. 그러다가 갑자기 멈춰 서지 않을 수 없었다. 그곳은 인디언들이 '케브라다'(계곡)라고 부르는 좁은 협곡이 끝나는 막다른 곳이었다. 수직으로 깎인 암벽이 출구를 막고 있었다. 카파타스는 헛되이 통로를 찾다가 노새에서 내려서 팔짱을 끼고 기다렸다. 글레나번이 다가갔다.

"길을 잃었나?"

"그런 건 아닙니다." 카파타스가 대답했다.

"하지만 여기는 안투코 고개가 아니잖나?"

"여깁니다."

"잘못 안 거 아냐?"

"아닙니다. 여기 인디언이 피운 모닥불 흔적이 있습니다. 저곳엔 말과 양 떼가 남긴 발자국이 있고요."

"그러면 이 길을 누군가가 지나갔군?"

"예, 나리. 하지만 이젠 지나갈 수 없습니다! 지난번 지진 때문에 통로가 막혀버려서……."

"노새는 못 지나가겠지." 소령이 말했다. "하지만 사람은 불가능하지 않아."

"아, 그건 당신들 문제고 나는 내가 할 수 있는 만큼 최선을 다했을 뿐입니다. 당신들이 돌아가서 다른 고개를 찾아도 좋다면 나는 노새를 데리고 다른 고개를 찾아보겠습니다."

"하지만 그렇게 하면 많이 늦어지겠지?"

"적어도 사흘은 늦어지겠지요."

글레나번은 묵묵히 카타파스의 말을 듣고 있었다. 카타파스는 계약 조건을 어기지는 않았다. 그의 노새는 더 이상 앞으로 갈 수 없었다. 하지만 돌아가는 게 어떠냐는 제안이 나오자 글레나번은 동료들을 돌아보며 말했다.

"이래도 돌파할 텐가?"

"저희는 나리를 따라가겠습니다." 톰 오스틴이 대답했다.

"따라가는 게 아니라 앞서가도 좋습니다." 파가넬이 덧붙였다. "결국 뭡니까? 산맥을 넘는 것뿐이잖습니까? 게다가 저쪽 비탈은 쉽게 내려갈 수 있어요. 그러면 팜파스를 안내해줄 '바케아노'도 발 빠른 말을 찾을 겁니다. 자, 계속 나아갑시다. 주저하지 말고."

"전진!" 글레나번의 동료들도 외쳤다.

"자네는? 우리와 함께 가지 않겠나?" 글레나번이 카파타스에게 물었다.

"저는 노새몰이꾼이니까요." 상대가 대답했다.

"좋을 대로 하게."

"저 친구는 없어도 괜찮아요." 파가넬이 말했다. "이 암벽 너머로 가면 다시 안투코 고갯길을 만나게 될 겁니다. 장담하지만, 나는 가장 뛰어난 산악 안내인 못지않게 건너편 산기슭까지 곧장 당신들을 데려갈 수 있어요."

그래서 글레나번은 카파타스에게 돈을 치르고 노새와 몰이꾼들을 돌려보냈다. 무기와 도구와 약간의 식량은 일곱 명의 여행자에게 분배되었다. 그들은 당장 등반을 시작하고 필요하다면 밤이 된 뒤에도 계속 걷기로 결정했다. 이의를 제기한 사람은 하나도 없었다. 왼쪽 비탈에는 노새들이 지나갈 수 없는 험하고 좁은 길이 구불구불 뻗어 있었다. 무척 힘든 길이었지만, 두 시간 동안 고생하고 길을 우회한 끝에 글레나번과 일행은 다시 안투코 고갯길로 나올 수 있었다.

이때 그들은 안데스 산맥의 대들보에서 그리 멀지 않은 산중에 있었다. 하지만 뚫린 산길이나 고개는 이미 흔적도 남아 있지 않았다. 이 일대는 최근에 일어난 몇 차례의 지진으로 마구 휘저어져 있어서, 산등성이의 봉우리 쪽으로 계속 올라가지 않으면 안 되었다. 파가넬은 뚫린 길을 찾지 못해서 상당히 당혹스러워하고 있었다. 안데스 산맥 꼭대기에 도착하려면 힘이 많이 들 거라고 그는 각오했다. 봉우리의 평균 고도가 3300미터

내지 3800미터였기 때문이다. 운 좋게도 날씨는 온화하고 하늘은 맑게 개었고 계절은 유리했다. 하지만 5월부터 10월까지 계속되는 겨울에는 이런 등반이 불가능했을 것이다. 혹독한 추위는 순식간에 여행자의 목숨을 빼앗고, 설령 얼어 죽는 비극을 면한다 해도 이 지방 특유의 폭풍을 벗어나지 못했을 것이다. 해마다 이 폭풍은 안데스 산맥의 깊은 골짜기에 수많은 주검을 남기곤 한다.

일행은 밤새도록 계속 산을 올라갔다. 거의 접근할 수도 없는 바위산을 팔다리의 힘으로 기어올랐고, 넓고 깊은 크레바스*를 뛰어넘었다. 팔과 팔을 얽어서 밧줄 대용으로 삼고, 사람의 어깨가 발판이 되었다. 이 대담무쌍한 남자들은 온갖 줄타기를 연기하는 곡예사들과 비슷했다. 이때야말로 멀래디의 체력과 윌슨의 재주가 충분히 발휘되었다. 이 충직한 두 사람은 모든 일을 도맡아 처리하면서 대활약을 했다. 그들의 헌신과 용기가 없다면 이 작은 무리가 통과할 수 없을 뻔한 적도 한두 번이 아니었다!

글레나번은 젊음과 활력 때문에 무모해지기 쉬운 로버트 소년한테서 눈을 떼지 않았다. 파가넬은 프랑스인답게 저돌적이었고, 소령은 꼭 필요한 만큼만 빨리 걸었다. 그 이상도 그 이하도 아니었다. 그리고 눈에 보이는 노력도 거의 하지 않고 산을 올라갔다. 아마 그는 자기가 산을 올라가고 있다는 것도 거의 몰랐을 것이다. 아니, 어쩌면 산을 내려가고 있다고 상상했을지도 모른다.

* 빙하가 갈라져 생긴 깊은 틈.

오전 5시에 일행은 기압계 측정으로 해발 2250미터 높이에 도달했다. 이때 그들이 있었던 곳은 삼림 한계를 이루는 고지였다. 그곳에는 사냥꾼에게 기쁨을 주거나 돈을 벌게 해줄 만한 동물들이 뛰어다니고 있었다. 그 재빠른 동물들은 그 사실을 충분히 자각하고 있었다. 인간이 다가가려고 하면 멀리 도망쳐버렸기 때문이다. 그 동물들 가운데 하나인 야마는 양이나 소나 말을 대신하는 산지의 귀중한 동물로서, 노새가 살 수 없는 곳에서 살고 있었다. 또한 친칠라는 풍부한 모피를 가진 온순하고 겁 많은 소형 설치류로서 토끼와 날쥐의 중간쯤 되는 크기이고, 뒷다리를 보면 전체가 캥거루처럼 보인다. 몸이 날랜 이 동물이 다람쥐처럼 우듬지 사이를 날고 있는 모습만큼 매력적인 것은 없었다. 파가넬은 "아직 새는 아니지만, 더 이상 네발짐승도 아니군" 하고 말했다.

하지만 이런 동물들이 산의 마지막 주민은 아니었다. 만년설 지대가 시작되는 2700미터 고지에도 비할 데 없는 아름다움을 지닌 반추동물들, 예컨대 긴 명주실 같은 털을 가진 알파카, 우아하고 당당한 체구에 뿔이 없는 비쿠냐* 따위가 작은 무리를 이루어 살고 있었다. 하지만 이 동물에게 접근하는 것은 도저히 생각할 수도 없는 일이었다. 그 모습을 볼 기회도 별로 없었다. 그 짐승들이 눈부시게 하얀 눈의 융단 위를 소리도 없이 미끄러지듯 도망치는 모습은 날개를 펼쳤다고 말할 수 있을 정도였다.

이 시간에는 주위의 경치가 완전히 달라져 있었다. 반짝반짝 빛나는 커다란 얼음덩어리가 깎아지른 듯이 늘어서서 아침 햇

---

* 안데스 산악 지대에 서식하는 낙타과의 포유류 초식동물.

오전 5시에 일행은 해발 2250미터 높이에 도달했다.

빛을 반사하고 있었다. 여기저기 비탈에는 푸르스름한 색을 띤 얼음덩어리도 있었다. 이 무렵부터 등반은 더욱 위험해졌다. 크레바스를 피하기 위해 주의 깊게 살펴본 뒤에야 비로소 발을 내디딜 수 있었다. 윌슨이 맨 앞에 서서 발로 얼어붙은 지면을 시험해본 다음 걸음을 내디디면, 동료들은 정확하게 그의 발자국에 발을 놓았고, 소리를 지르는 것도 삼갔다. 아주 작은 소리도 공기를 흔들어, 그들의 머리보다 200미터 내지 250미터 위에 걸려 있는 눈덩이가 쏟아져 내릴지도 모르기 때문이다.

이때 그들은 관목 지대에 와 있었는데, 500미터쯤 올라가면 그 관목 지대도 억새와 선인장 지대로 바뀌었다. 고도 3300미터에서는 이런 식물조차 사라져, 식물이라고는 흔적도 찾아볼 수 없게 되었다. 일행은 간단한 식사로 체력을 보충하기 위해 8시에 딱 한 번 멈추었을 뿐, 초인적인 용기를 가지고 끊임없이 커지는 위험에 맞서 등반을 재개했다. 날카로운 바위 능선을 넘고, 감히 내려다볼 수도 없을 만큼 아찔한 심연을 건너야 했다. 군데군데 서 있는 나무 십자가가 길을 알려주는 동시에 거듭된 조난의 흔적을 보여주고 있었다. 2시쯤 사막이라고 말할 수 있을 만큼 식물의 흔적도 찾아볼 수 없는 고원이 메마른 봉우리 사이에 펼쳐졌다. 대기는 건조하고 시원하게 탁 트인 하늘은 푸르렀다. 이 고지에는 비가 전혀 내리지 않는다. 수증기는 눈이 되거나 우박이 된다. 여기저기에 반암이나 현무암 봉우리가 하얀 수의에서 해골처럼 나와 있고, 이따금 석영이나 편마암 덩어리가 바람에 벗겨져 둔탁한 소리를 내며 떨어졌지만, 희박한 공기 때문에 그 소리도 희미하게 들렸다.

그러는 동안 일행은 용기에도 불구하고 기진맥진해버렸다.

글레나번은 동료들이 지친 것을 보고 산속으로 이렇게 깊이 들어와버린 것을 후회했다. 로버트는 피로에 지지 않으려고 힘껏 버티고 있었지만 더 이상 걸을 수가 없었다. 3시에 글레나번은 걸음을 멈추었다.

"좀 쉬어야겠어." 그가 말했다. 아무도 쉬자는 말을 하지 않을 거라고 생각했기 때문이다.

"쉰다고요?" 파가넬이 물었다. "하지만 쉴 곳이 없는데요?"

"그래도 어떻게든 쉴 필요가 있겠어요. 로버트 때문에라도."

"저는 괜찮아요." 용감한 소년이 말했다. "아직 걸을 수 있어요. 멈추지 말아주세요."

"내가 업고 가주마." 파가넬이 말했다. "어떻게든 동쪽 비탈로 나가지 않으면 안 됩니다. 비탈에만 가면 대피소 같은 걸 찾을 수 있을 겁니다. 두 시간만 더 걸읍시다."

"다른 사람들도 모두 그렇게 생각하나?" 글레나번이 물었다.

"그렇습니다." 동료들이 대답했다.

멀래디가 덧붙여 말했다.

"로버트는 제가 맡겠습니다."

그래서 일행은 다시 동쪽으로 향했다. 두 시간 동안 힘든 등반이 계속되었다. 마지막 산봉우리에 도달하기 위해 일행은 오르고 또 올랐다. 공기가 희박해서 '고산병'이라는 이름으로 알려진 '호흡 곤란'이 시작되었다. 기압과의 균형을 잃었기 때문에, 또한 높은 곳에서는 공기를 탁하게 하는 눈의 영향도 있어서 잇몸과 입술에서 피가 배어나왔다. 이 공기 밀도의 부족을 보충하기 위해 숨을 가쁘게 몰아쉬고 그것으로 순환을 왕성하게 해야 했지만, 단단해진 눈에 반사되는 햇빛 못지않게 이것도 피로를 재촉했다. 그래서 이 용감한 사람들의 의지와는 관계없이 가장 건장한 사람조차도 더 이상 버틸 수 없는 순간이 왔다. 게다가 현기증이라는 그 무서운 산악병은 단순히 육체적인 힘만이 아니라 정신력까지도 꺾어버렸다. 무언가를 희생하지 않고는 이런 피로에 저항할 수 없다. 곧 넘어지는 일이 잦아지고, 일단 넘어진 사람들은 무릎걸음을 치지 않고는 앞으로 나아갈 수가 없었다.

피로 때문에 지나치게 오랫동안 계속된 이 등반도 슬슬 한계에 도달하려고 했다. 글레나번이 이 광대한 설산과 황량한 일대를 뒤덮은 한기, 우뚝 솟은 봉우리들 쪽으로 올라오는 어둠, 밤을 지낼 곳조차 없는 두려움 따위를 생각하며 공포를 느끼고 있을 때, 소령이 그를 잡아당기며 조용한 어조로 말했다.

"오두막이야."

13
산맥을 내려가다

맥내브스가 아닌 다른 사람이라면 그 오두막의 옆이나 주위, 아니 바로 그 위를 백 번 걸어가도 그 존재를 알아차리지 못했을 것이다. 일대를 뒤덮은 눈이 그곳에만 조금 불룩하게 올라와 있는 것이 오두막과 주위의 바위를 구분하고 있을 뿐이었다. 오두막 안으로 들어가려면 우선 눈을 치워야 했다. 윌슨과 멀래디가 30분이나 열심히 작업한 끝에 '오두막' 입구를 파냈고, 일행은 서둘러 오두막 안으로 들어가 쭈그리고 앉았다.

인디언이 세운 이 오두막은 햇볕에 말려서 굳힌 '아도베'라는 벽돌로 지어져 있었다. 사방이 3.5미터쯤 되는 정육면체 건물이 현무암 덩어리 위에 서 있었다. 돌계단이 오두막의 유일한 출입구로 이어져 있었지만, 아무리 좁은 문이라 해도 폭풍이 산을 습격할 때는 비바람이나 눈이나 우박은 그 문을 얼마든지 통과할 수 있었다.

오두막에는 열 명이 너끈히 들어갈 수 있었고, 벽도 우기에는

충분히 방수가 되지 않는다 해도 지금 이 계절에는 영하 10도까지 내려가는 추위를 어떻게든 막아주었다. 게다가 벽돌 굴뚝이 달려 있는 화덕 덕분에, 불을 피워 바깥의 추위로부터 효과적으로 몸을 지킬 수도 있을 터였다.

"쾌적하다고는 말할 수 없지만 잠자리로는 충분하군." 글레나번이 말했다. "하느님이 우리를 여기로 안내해주셨어. 우리로서는 그저 감사할 수밖에."

"이건 궁전입니다!" 파가넬이 대답했다. "경비병과 신하가 없을 뿐이지, 정말 훌륭하군요."

"특히 화덕에서 불이 활활 타오를 때는 더 훌륭하겠지요." 톰 오스틴이 말했다. "우리는 배도 고프지만 그에 못지않게 춥기도 하니까요. 나로서는 고기 한 점보다 장작이 잔뜩 있는 편이 더 기뻤을 겁니다."

"그러면 밖에 나가서 땔감을 찾아봅시다." 파가넬이 말했다.

"안데스 꼭대기에서 땔감을 찾는다고요?" 멀래디가 미심쩍은 얼굴로 고개를 저으면서 말했다.

"이 오두막에 화덕이 만들어져 있는 걸 보면, 이 근처에서 땔감을 찾을 수 있을 걸세." 소령이 대답했다.

"소령님 말이 옳아." 글레나번이 말했다. "저녁식사를 준비해 두게. 나는 나무꾼 일을 하고 올 테니까."

"나도 윌슨과 함께 나리를 따라가겠습니다." 파가넬이 말했다.

"저도 할 일이 있다면……." 로버트가 일어나면서 말했다.

"아니, 너는 쉬고 있어." 글레나번이 말했다. "네 또래의 아이들이 아직 어린애일 때 너는 어엿한 어른이 될 거다."

글레나번과 파가넬과 윌슨은 오두막을 나갔다. 오후 6시였다. 바람 한 점 없었지만 추위는 날카롭게 살을 찔렀다. 하늘은 이미 어두운 색으로 바뀌고, 태양은 안데스 산맥의 높은 봉우리에 마지막 빛깔을 칠하고 있었다. 기압계를 가져온 파가넬이 눈금을 보았지만, 수은은 0.495밀리에서 움직이지 않았다. 이렇게 낮은 기압은 고도 3700미터에 해당했다. 안데스 산맥의 이 높이는 몽블랑보다 겨우 1100미터 낮을 뿐이었다. 이 산봉우리들이 스위스의 그 고산과 마찬가지로 수많은 장애에 둘러싸여 있었다면, 아니 단지 폭풍이나 돌풍이 그들을 향해 미친 듯이 날뛰었을 뿐이라 해도, 여행자들은 신세계의 이 거대한 산맥을 아무도 넘지 못했을 것이다.

높은 반암 위로 올라온 글레나번과 파가넬은 사방의 지평선으로 눈길을 던졌다. 이때 그들은 안데스 산맥의 눈 덮인 봉우리 위에서 650평방킬로미터의 공간을 내려다보고 있었다. 동쪽은 인간이 걸을 수 있을 정도의 완만한 비탈을 이루고 있어서, 페온들은 이 비탈을 수백 미터나 미끄러져 내려간다. 저 먼 곳에는 빙하의 움직임 때문에 밀려난 돌이나 표석이 세로로 늘어서서 길게 선을 긋고 있었다. 콜로라도 강의 골짜기는 해가 기울면서 올라오는 어둠 속에 이미 잠겨 있었다. 석양빛을 받은 땅의 융기나 돌출부, 뾰족한 봉우리는 점점 사라져가고, 안데스 산맥 동쪽 비탈 전체에 서서히 어둠이 먹물처럼 번지고 있었다.

서쪽에서는 산 중턱의 깎아지른 암벽을 떠받치고 있는 지맥이 아직 햇빛을 받고 있었다. 이 햇빛 속에 잠겨 있는 바위나 빙하는 보기에도 눈부셨다. 북쪽에는 봉우리들이 물결처럼 이어지다가 어느새 한데 뒤섞여 연필로 서투르게 그은 삐뚤빼뚤한 선처럼 보였다. 거기서는 시선이 혼돈에 빠져버렸다. 하지만 남쪽에서는 그와 반대로 경치는 웅장해지고, 밤이 이슥해질수록 그 규모는 더욱 장대해졌다. 실제로 시선은 황량한 토르비도 골짜기로 떨어지고, 3킬로미터 거리에 입을 딱 벌리고 있는 안투코 화산을 내려다보고 있었다.

이 화산은 성서에 나오는 레비아탄*과 비슷한 괴물처럼 포효하며, 누리끼리한 검은색 불길과 뒤섞인 뜨거운 연기를 토해내고 있었다. 그것을 원형으로 둘러싸고 있는 산들도 불타고 있는 듯이 보였다. 뜨겁게 달구어진 돌멩이들이 싸라기눈처럼 쏟아져 내리고, 불그스름한 연기가 구름처럼 피어오르고, 용암 불꽃이 모여서 반짝반짝 빛나는 묶음이 되었다. 시시각각 커지는 거대한 섬광, 눈부신 폭발이 이 넓은 원둘레를 강렬한 반사광으로 가득 채우고, 빛을 빼앗겨 서서히 희미해지는 태양은 지평선 너머로 사라진 천체처럼 가라앉았다.

* 구약성서에 등장하는 바다의 괴물.

파가넬과 글레나번은 대지의 불과 하늘의 불 사이에 벌어진 이 웅장한 대결을 오랫동안 바라보고 있었다. 급조된 나무꾼이 이때는 예술가가 되었다. 하지만 어떤 일에도 별로 감격하지 않는 윌슨이 그들의 현실 감각을 일깨웠다. 과연 땔나무는 없었다. 다행히 바싹 마른 지의류*가 바위를 뒤덮고 있었다. 그들은 그 지의류와 '야레타'라는 식물을 잔뜩 모았다. 이 식물은 뿌리가 아주 잘 탄다. 이 귀중한 땔감을 오두막으로 가져와서 화덕에 쌓아올렸다. 불을 지피기는 어려웠고, 일단 피운 불을 꺼뜨리지 않기도 어려웠다. 공기가 희박해서 땔감에 충분한 산소가 공급되지 않기 때문이었다. 적어도 소령은 그것을 이유로 들었다.

"그 대신, 물을 끓일 때 100도까지 온도를 올릴 필요가 없지." 소령이 덧붙여 말했다. "100도의 물로 끓인 커피를 좋아하는 사람들은 불만스러워도 참아야 해, 이 고도에서는 90도가 되기 전에 물이 끓기 시작하니까."

소령의 지적은 틀리지 않았다. 막 끓기 시작한 냄비의 물에 온도계를 넣어보니 물의 온도는 87도밖에 안 되었다. 이 따끈한 커피를 모두 황홀한 기분으로 맛보았다. 육포는 조금 부족하게 느껴졌다. 이것이 계기가 되어 파가넬은 아주 당연하지만 한편으로는 무익하기도 한 말을 내뱉었다.

"여기에다 야마† 불고기를 조금 곁들이면 나쁘지 않겠지요? 야마라는 동물은 소와 양을 대신한다지만, 음식으로서도 쇠고

---

* 균류와 조류의 공생체. 균류는 조류를 싸서 보호하고 수분을 공급하며, 조류는 동화 작용을 하여 양분을 균류에 공급한다. 나무껍질이나 바위에 붙어서 자라는데 열대·온대 및 남북극으로부터 고산지대까지 널리 분포한다.
† 낙타과의 포유류. 야생의 과나코를 가축화한 종으로 낙타와 비슷하나 훨씬 작다.

기와 양고기를 대신할 수 있을지 궁금하군요!"

"뭐라고요?" 소령이 말했다. "선생은 우리 저녁식사에 만족하지 않으시오?"

"대만족입니다, 소령님. 하지만 솔직하게 말하면 고기가 한 접시 있어도 나쁘진 않겠지요."

"당신은 쾌락주의자로군." 맥내브스 소령이 말했다.

"그 말은 감수하겠습니다. 하지만 소령님도 비프스테이크가 나오면 싫은 얼굴은 하지 않겠지요?"

"그야 그럴지도……." 소령이 대답했다.

"그리고 야마를 사냥하기 위해 잠복해달라고 부탁하면, 아무리 춥고 어두워도 전혀 망설이지 않고 그렇게 하시겠지요?"

"물론이오. 그게 당신에게 조금이라도 즐거움을 준다면……."

동료들이 소령에게 감사하자마자 멀리서 외침 소리가 들려왔다. 그 소리는 한참 동안 계속되었다. 그것은 한두 마리의 동물이 내는 소리가 아니라, 빠른 속도로 다가오고 있는 한 무리의 동물이 내는 소리였다. 그렇다면 하느님은 오두막을 주었을 뿐만 아니라 저녁식사까지 베풀어주시려는 길까? 그것이 지리학지의 생각이었다. 하지만 글레나번은 이렇게 높은 곳에서 네발짐승을 볼 수는 없다고 주의를 주어 그의 기쁨에 찬물을 끼얹었다.

"그러면 저 소리는 어디서 나는 거죠?" 톰 오스틴이 말했다. "점점 다가오는 소리가 들리지 않습니까?"

"눈사태다!" 멀래디가 외쳤다.

"그럴 리가…… 저건 분명 동물이 울부짖는 소리예요." 파가넬이 반박했다.

"나가서 확인해봅시다." 글레나번이 말했다,

"그래. 그리고 사냥할 준비를 하세." 맥내브스가 카빈총을 챙겨들면서 대답했다.

일행은 오두막 밖으로 뛰쳐나갔다. 어두운 하늘에 별을 아로새기며 밤이 와 있었다. 하현달은 아직 뜨지 않았다. 남쪽과 동쪽에 있는 산들은 어둠에 잠겨, 이제 유난히 높은 몇몇 바위산의 기괴한 실루엣밖에는 보이지 않았다. 외침 소리—겁먹은 짐승이 울부짖는 소리—는 점점 더 격렬해졌다. 그것은 산맥의 어두운 부분에서 들려왔다. 무슨 일이 일어난 것일까? 그때 갑자기 사태가 밀려왔다. 그것은 공포에 미쳐버린 동물들이었다. 고원 전체가 술렁거리는 것 같았다. 동물들은 수백 마리, 어쩌면 수천 마리에 이르렀다. 그들은 희박한 공기에도 불구하고 귀가 먹먹해질 정도의 소음을 일으켰다. 팜파스의 야생동물일까? 아니면 야마나 비쿠냐 무리일까? 그 동물의 소용돌이가 그들한테서 두세 걸음 떨어진 곳을 지나가기 직전에 글레나번과 맥내브스와 로버트, 오스틴과 윌슨과 멀래디는 땅바닥에 납작 엎드렸다. 특별히 좋은 시력을 이용하려고 혼자 서 있던 파가넬은 눈 깜짝할 사이에 나가 떨어졌다.

그 순간 총성이 울려 퍼졌다. 소령이 대충 어림짐작으로 총을 쏜 것이다. 가까운 곳에 동물 한 마리가 쓰러진 것 같았다. 나머지 무리는 전보다 더 요란한 소리를 내며 화산의 불빛으로 환하게 밝혀진 비탈 사이로 사라졌다.

"아, 잃어버리지 않았군." 파가넬의 목소리가 말했다.

"뭘 잃어버리지 않았다는 거죠?" 글레나번이 물었다.

"내 안경 말입니다. 이런 소동 속에서는 안경 정도는 충분히 잃어버릴 수 있지요."

"어디 다치지는 않으셨겠죠?"

"예, 뭔가에 부딪혀서 넘어졌을 뿐입니다. 그런데 뭐에 부딪혔을까요?"

"이 녀석입니다." 소령이 총에 맞아 쓰러진 동물을 끌면서 대답했다.

모두 서둘러 오두막으로 돌아갔다. 그리고 희미한 화덕 불빛으로 소령의 전리품을 조사했다.

그것은 혹이 없는 작은 낙타처럼 생긴 예쁜 동물이었다. 머리는 작고 몸통은 납작하고 다리는 길고 가늘었다. 가죽은 부드럽고 털은 황갈색이었으며, 배에는 하얀 반점이 있었다. 파가넬은 그것을 보자마자 외쳤다.

"과나코*다!"

"과나코가 뭐죠?" 글레나번이 물었다.

"먹을 수 있는 동물입니다." 파가넬이 대답했다.

"맛있나요?"

"맛있는 정도가 아니라, 최고의 진미랍니다. 저녁에는 신선한 고기를 먹게 되리라는 건 알고 있었지만, 과나코 고기라니! 그런데 누가 이 동물을 잡죠?"

"내가 하겠습니다." 윌슨이 말했다.

"좋아요. 고기를 굽는 일은 내가 맡지요." 파가넬이 대답했다.

"그럼 선생님은 요리사세요?" 로버트가 물었다.

"물론이지. 나는 프랑스인이니까! 프랑스인은 누구나 요리사거든."

---

* 남아메리카의 페루에서 아르헨티나의 파타고니아에 걸쳐 서식하는 포유류.

5분 뒤에 파가넬은 활활 타고 있는 야레타 뿌리 위에 큼직하게 자른 고기 토막을 늘어놓았다. 그리고 10분이 지나자 '과나코 스테이크'라고 이름 붙인 먹음직스러운 고기를 동료들에게 권했다. 아무도 사양하지 않았다. 모두 그 고기를 덥석 물어뜯었다.

그런데 한 입 먹자마자 모두 얼굴을 찡그렸기 때문에 지리학자는 깜짝 놀랐다.

"너무 질겨!"

"이건 지독하군!"

"도저히 먹을 수 없는걸!"

사정이 어떻든 불쌍한 학자는 아무리 굶주린 사람도 그 고기는 도저히 먹을 수 없다는 것을 인정하지 않을 수 없었다. 그래서 동료들은 그를 조금 놀려준 다음, 그의 '최고의 진미'로 전골을 만들기 시작했다. 파가넬은 실제로 진미인 과나코 고기가 이렇게 지독한 맛을 내게 된 이유를 생각하고 있었지만, 갑자기 어떤 생각이 머리에 번득였다.

"알았다!" 그가 외쳤다. "하하하! 그렇군! 알았어. 그랬구나!"

"썩은 고기요?" 소령이 침착하게 물었다.

"아닙니다. 이 녀석은 너무 많이 걸었어요. 내가 왜 그걸 깜박했을까?"

"그게 무슨 뜻입니까?" 톰 오스틴이 물었다.

"과나코는 쉬고 있을 때 잡아야만 맛이 있어요. 오래 쫓겨서 오랫동안 달린 뒤에 잡은 과나코 고기는 먹을 수 없습니다. 그래서 나는 고기 맛으로 보아 이 동물만이 아니라 그 무리 전체는 멀리서 왔다고 단언할 수 있습니다."

"확실합니까?" 글레나번이 물었다.

"절대로 확실합니다."

"하지만 무엇 때문에 과나코들이 그렇게 겁을 먹고, 보금자리에서 편안히 자고 있을 시간에 그렇게 먼 길을 달려왔을까요?"

"그 질문에는 나도 대답할 수 없군요. 내 말을 믿으신다면 더이상 이것저것 생각지 말고 잠이나 자기로 합시다. 나는 졸려서 견딜 수가 없어요. 소령님은 어떻습니까? 이제 잘까요?"

"그럽시다."

그래서 밤새 계속 타도록 화덕불을 돋우어두고 모두 판초를 뒤집어썼다. 얼마 안 있어 다양한 음색과 다양한 리듬으로 코를 고는 소리가 나기 시작했지만, 그중에서도 지리학자의 베이스는 소리로 이루어진 이 건축물의 토대를 이루면서 화음을 완성시켰다.

하지만 글레나번은 잠들지 않았다. 남모를 불안 때문에 그는 불면을 벗어날 수 없었다. 그는 같은 방향으로 도망쳐간 동물 무리, 그들이 공포에 질린 이유를 생각하고 있었다. 과나코들이 사나운 짐승에게 쫓기고 있었다고는 생각할 수 없었다. 이 고지에는 포식 동물이 거의 없고 사냥꾼은 더욱 드물다. 그렇다면 어떤 공포가 그들을 안투코의 깊은 골짜기로 몰아넣은 것일까? 그리고 그 공포의 원인은 무엇이었을까? 글레나번은 위험이 다가오고 있음을 예감했다.

그러는 동안 반쯤 수면 상태에 빠진 덕분에 그의 생각은 서서히 변화하고 불안은 희망으로 바뀌었다. 그는 이튿날 안데스 평원으로 나갔을 때의 일을 상상했다. 본격적인 수색은 평원에서 시작될 터였고, 아마 머지않아 성공할 것이다. 그는 괴로운 노예 상태에서 해방된 그랜트 선장과 두 선원을 생각했다. 이런 이미지는 그의 눈앞에 급속히 나타났다가 사라져갔다. 탁탁 소리를 내며 타고 있는 화덕불, 공중에 튀는 불꽃, 갑자기 확 밝아지며 동료들의 잠든 얼굴을 비추고 오두막 벽에 종잡을 수 없는 그림자를 춤추게 하는 불길에 끊임없이 쫓기면서. 그러고 나면 그 예감은 더욱 강렬하게 되살아났다. 그는 바깥의 고립된 봉우리들에서 나는 설명할 수 없는 소리를 멍하니 듣고 있었다.

어느 순간, 그는 멀리서 나는 둔탁하고 기분 나쁜 굉음을 들은 듯한 기분이 들었다. 그것은 우레 소리 같았지만, 하늘에서 나는 소리는 아니었다. 그 굉음은 산꼭대기에서 2000미터 내지 3000미터 밑에 있는 산 중턱에 사납게 퍼붓고 있는 뇌우의 소리로밖에는 생각되지 않았다. 글레나번은 상황을 확인하려고 밖으로 나갔다.

달은 이미 떠 있었다. 대기는 맑고 조용했다. 위에도 아래에도 구름 한 점 없다. 여기저기에 안투코 화산의 불길이 어른어른 반사되고 있다. 뇌우는 내리지 않는다. 번개도 치지 않는다. 하늘에는 수천 개의 별이 아로새겨져 있다. 그런데 굉음은 여전히 계속되고 있다. 그 소리는 안데스 산맥을 가로질러 이쪽으로 달려오는 것처럼 느껴졌다. 글레나번은 이 땅울림과 과나코의 도주 사이에 무슨 연관이 있을까 하는 생각에 더욱 불안해져서 오두막으로 돌아갔다. 여기에는 어떤 인과관계가 있을까? 그는 시계를 보았다. 시계는 오전 2시를 가리키고 있었다. 하지만 위험이 임박했다는 확증은 없었기 때문에 그는 지쳐서 깊이 잠들어 있는 동료들을 깨우지 않고 그 자신도 깊은 잠 속으로 빠져들었다. 그 잠은 몇 시간 동안 계속되었다.

갑자기 요란한 소리가 나서 그는 다시 일어났다. 포병의 탄약차가 자갈길 위를 지나갈 때의 불규칙한 소리처럼 귀를 먹먹하게 하는 소음이었다. 갑자기 글레나번은 발밑의 땅이 사라지는 것을 느꼈다. 오두막이 흔들리고 좌우로 갈라지는 것이 보였다.

"큰일 났다!" 그가 외쳤다.

동료들은 모두 눈을 떴지만 한데 뒤섞여 쓰러진 채 가파른 비탈을 미끄러져 내려갔다. 그때 해가 떴다. 그 장면은 보기에도 끔찍했다. 산들은 갑자기 모양을 바꾸었다. 원뿔은 이지러졌고, 흔들리던 뾰족한 봉우리는 그 근원에 있던 뚜껑 문이 열리기라도 한 것처럼 흔적도 없이 사라졌다. 안데스 산맥 특유의 현상 때문에 너비가 7, 8킬로미터에 이르는 한 무더기의 산 전체가 이동하여 평야 쪽으로 무너져 내린 것이다.

"지진이다!" 파가넬이 외쳤다.

그랬다. 칠레 가장자리의 산악 지대, 바로 이 지역에 자주 일어나는 자연 재해의 하나였다. 지난 14년 동안 코피아포라는 도시는 두 번 파괴되었고 산티아고는 네 번 무너졌다. 지구의 이 부분은 땅속의 불에 시달리고 있고, 최근에 생긴 이 산맥의 화산은 지하의 열기 분출을 억누르는 밸브 역할을 충분히 하지 못하고 있다. 그래서 '템블로르'(지진)라고 불리는 그 끊임없는 진동이 생겨나는 것이다.

그러는 동안, 일곱 사람이 어리둥절한 채 공포에 사로잡혀 지의류 덩어리를 움켜잡고 달라붙어 있는 이 대지가 급행열차처럼 시속 80킬로미터의 빠른 속도로 미끄러지기 시작했다. 소리를 지르는 것도 불가능했고, 도망치거나 제동을 거는 동작 하나도 할 수 없었다. 무슨 말을 해도 들리지 않았을 것이다. 땅속의

제1부 남아메리카 159

대지가 급행열차처럼 빠른 속도로 미끄러지기 시작했다.

굉음, 산사태의 소음, 화강암이나 현무암 덩어리가 충돌하는 소리, 피어오르는 눈보라의 소용돌이, 이런 것들 때문에 어떤 의사소통도 불가능했다. 산은 때로는 충돌도 동요도 없이 무너져 내렸고, 때로는 파도에 흔들리는 배의 갑판처럼 종횡으로 흔들리고, 암석이 낙하하는 심연 가장자리를 따라 수백 년 묵은 나무들을 뿌리째 뽑으면서 거대한 낫처럼 정확하게 동쪽 비탈의 모든 돌기를 깎아냈다.

수십억 톤의 흙덩어리가 경사 50도의 비탈을 가속도로 낙하할 때의 힘을 생각해보라.

이루 형언할 수 없는 낙하가 얼마나 오래 계속되었는지는 아무도 확실히 알 수 없었을 것이다. 얼마나 깊은 골짜기에서 그 낙하가 끝날지도 감히 예측할 수 없었을 것이다. 모두 살아 있을지, 아니면 누군가는 이미 나락의 밑바닥에 죽어 있을지도 알 수 없었을 것이다. 진행 속도 때문에 숨이 막히고, 몸에 스며드는 한기로 몸이 얼어붙고, 눈보라의 소용돌이에 장님이 되어, 살아 있는 기분도 나지 않을 정도였다. 그들은 거의 실신 상태로 숨을 헐떡이며 자기보존의 마지막 본능으로 겨우 바위에 매달려 있었다.

갑자기 격렬한 충격과 함께 그들은 매달려 있던 바위에서 나가떨어졌다. 앞으로 내동댕이쳐진 다음 산맥의 맨 아래 기슭으로 굴러떨어졌다. 요동치던 대지가 갑자기 멈춘 것이다.

몇 분 동안 아무도 움직이지 않았다. 마침내 한 사람이 충격에 멍해진 얼굴로 일어나 두 발로 땅바닥을 딛고 섰다. 소령이었다. 그는 눈을 덮고 있는 흙먼지를 털어내고 주위를 둘러보았다. 동료들은 작은 원을 이루며 서로 포개진 채 쓰러져 있었다.

소령은 인원을 헤아려보았다. 한 사람을 제외하고는 모두 땅바닥에 누워 있었다. 보이지 않는 사람은 로버트 소년이었다.

14
천우신조의 총성

안데스 산맥 동쪽은 평원 속으로 어느새 사라지는 긴 비탈로 이루어져 있지만, 무너진 부분은 그 평원 속에 갑자기 정지해버렸다. 풀이 무성하게 우거지고 멋진 나무가 여기저기 서 있는 이 일대에는 정복 시대*에 심어진 수많은 사과나무가 반짝이는 황금빛 열매를 달고 진짜 숲을 이루고 있었다. 이런 경우가 아니었다면 여행자들은 주위 풍경이 사막에서 오아시스로, 눈 덮인 산봉우리에서 푸른 목장으로, 겨울에서 여름으로 갑자기 바뀐 데 놀랐을 것이다.

이제 지면은 전혀 움직이지 않게 되었다. 지진은 가라앉았고, 땅속의 힘은 아마 멀리서 그 파괴력을 발휘하고 있을 것이다.

---

* 스페인 정복자들이 칠레를 정복하여 군림하던 시대. 1541년 페드로 데 발디비아가 칠레에 도착하면서 시작되었고, 1598년에 마푸체족이 봉기하여 로욜라 총독을 죽이고 1600년에 아라우카니아 지역의 일곱 도시가 파괴되면서 끝났다. 그 후 스페인은 칠레에 대해 식민 정책을 펴기 시작했다.

안데스 산맥은 언제나 어딘가에서는 흔들리거나 움직이고 있기 때문이다. 하지만 이번의 진동은 아주 맹렬한 것이었다. 산들의 윤곽은 완전히 변해버렸다. 산마루, 등성이, 봉우리로 이루어진 새로운 파노라마가 푸른 하늘을 배경으로 떠올라 있었다. 팜파스 길잡이가 이정표를 아무리 찾아도 찾지 못했을 것이다.

아름다운 하루가 시작되려 하고 있었다. 태평양의 잠자리에서 나온 태양의 광선은 아르헨티나 평원 위를 달려 벌써 대서양까지 쏟아져 들어가고 있었다.

글레나번과 동료들은 소령의 보살핌 덕분에 숨을 돌리고 차츰 의식을 되찾았다. 결국 그들은 지독한 현기증에 시달렸을 뿐 그 이상은 아니었다. 산맥을 하산하는 일은 끝났다. 일행 중에서 가장 약하고 나이 어린 로버트가 사라지지만 않았다면 그들은 자연이 베풀어준 이런 이동 방식에 박수를 치며 기뻐해도 좋았을 것이다.

누구나 그 용감한 소년을 사랑하고 있었다. 특히 글레나번은 로버트가 자기를 제2의 아버지처럼 여기고 있다는 것을 잘 알고 있었고, 그래서 로버트를 더욱 깊이 사랑했다. 로버트가 보이지 않는 것을 알았을 때 글레나번은 절망에 빠졌다. 그는 로버트가 어느 심연에 빠진 채 자기를 찾으며 구해 달라고 외치는 장면을 상상했다.

"여러분." 그는 눈물을 참지 못하고 말했다. "찾아야 한다. 반드시 찾아야 해. 그 아이를 이대로 버릴 수는 없다! 어떤 골짜기, 어떤 낭떠러지, 어떤 심연도 밑바닥까지 찾아다녀야 한다. 자, 나를 밧줄로 묶어주게! 그리고 저기 내려주게! 아아 하느님, 제발 로버트가 아직 살아 있게 해주십시오. 그 아이가 없으면 우리는 무슨 낯으로 그의 아버지를 만날 수 있겠나. 아버지를 구출하기 위해 아들의 목숨을 희생했다면, 무슨 권리로 그랜트 선장을 구할 수 있겠나?"

동료들은 아무도 그의 말에 대답하지 못했다. 그들은 글레나번이 자신들의 눈 속에서 한 가닥 희망의 빛을 찾아내려 하는 것을 느끼고 눈을 내리깔았다.

"어때? 내 말 들었겠지?" 글레나번이 말했다. "그런데 모두 잠자코 있군. 벌써 희망을 잃었나?"

이 물음에는 아무도 대답하지 않았다.

이윽고 소령이 말했다.

"하다못해 산맥에서 미끄러질 때 그 아이가 누구 옆에 있었는지, 그것만이라도 알 수 없을까?"

"제 옆에 있었습니다." 윌슨이 답했다.

"그러면 언제까지 자네 옆에 있는 게 보였나? 잘 생각해보고 말해주게."

"낙하가 끝나기 2분 전까지는 분명히 로버트가 지의류 다발을 움켜쥐고 제 옆에 있었습니다."

"2분이라고? 잘 생각해보게, 윌슨. 그 2분이라는 시간도 자네한테는 아주 길게 느껴졌을 거야. 자네가 잘못 생각한 건 아닌가?"

"그렇지는 않습니다…… 분명해요…… 2분도 채 안 됩니다!"

"좋아!" 맥내브스가 말했다. "그럼 로버트는 자네 왼쪽에 있었나, 오른쪽에 있었나?"

"왼쪽입니다. 그 아이의 판초가 제 얼굴을 때린 게 생각납니다."

"그러면 자네는 우리의 어느 쪽에 있었나?"

"역시 왼쪽입니다."

"그러면 로버트는 저쪽으로 사라졌다고 생각할 수밖에 없겠 군." 소령은 산을 향해 오른쪽을 가리키면서 말했다. "또한 로 버트가 보이지 않게 된 뒤의 시간을 생각하면, 로버트는 기슭에 서 고도 2천 미터 사이의 어딘가에 떨어진 게 분명해. 각 지역을 분담해서 수색해야 돼."

여기에 대해서는 아무도 말을 덧붙이지 않았다. 여섯 남자는 산맥 비탈을 올라간 다음 여러 고도를 분담하여 수색하기 시작 했다. 그들은 낙하했을 때의 선을 오른쪽으로 보면서, 갈라진 틈을 모두 살피고 파편으로 메워진 낭떠러지 바닥으로 내려가 기도 했다. 그렇게 목숨을 걸고 수색한 뒤, 옷이 누더기가 되고 손발이 피투성이가 되어 위로 올라왔다. 그들은 안데스의 이 일 대를, 접근할 수 없는 몇몇 탁상지를 빼고는 모두 남김없이 오 랫동안 수색했다. 이 다기찬 사람들은 아무도 쉬려고 하지 않았 다. 하지만 이런 탐색도 헛수고였다. 아이는 산속에서 죽음을 만났을 뿐만 아니라 자기가 묻힐 무덤도 찾아낸 게 분명했다. 거대한 바위가 묘석이 되어 그의 주검을 영원히 가둔 것이다.

1시쯤 글레나번과 동료들은 녹초가 되어 골짜기 바닥에 모 였다. 글레나번은 격심한 고통에 시달리고 있었다. 한숨과 함께 그의 입술에서 나온 것은 다음과 같은 말뿐이었다.

"나는 여기서 떠나지 않겠네! 여기서 떠나지 않겠어!"

동료들은 모두 이 집념이 하나의 고정관념이 되는 것을 이해 하고 존경했다.

"기다립시다." 파가넬이 소령과 톰 오스틴에게 말했다. "조금 쉬면서 체력을 회복합시다. 수색을 재개하기 위해서든 여행을 계속하기 위해서든 우리에게는 체력이 필요합니다."

"그래요." 맥내브스 소령이 말했다. "움직이지 말아요. 에드워드가 여기를 떠나고 싶지 않다니까! 에드워드는 아직 희망을 갖고 있어요. 하지만 어떤 희망일까?"

"그건 아무도 모르죠." 톰 오스틴이 말했다.

"불쌍한 로버트." 파가넬이 눈물을 훔치면서 말했다.

골짜기에는 나무가 많이 자라고 있었다. 소령은 높은 캐럽나무가 우거진 곳을 골라 거기에 임시 캠프를 차렸다. 이부자리와 총, 약간의 말린 고기와 쌀—여행자들에게 남겨진 것은 이것뿐이었다. 멀지 않은 곳에 강이 흐르고 있어서, 산사태 때문에 아직 탁하긴 하지만 물을 얻을 수 있었다. 멀래디는 풀을 태워 피로를 풀어줄 따뜻한 음료를 주인에게 내밀었다. 하지만 글레나번은 그것을 거절하고, 완전히 허탈한 것처럼 판초 위에 누워 있었다.

하루는 그렇게 지나갔다. 밤이 왔다. 전날 밤처럼 조용히 평온하게. 동료들은 꾸벅꾸벅 졸고 있는 것도 아닌데 그냥 가만히 누워 있었다. 글레나번은 혼자서 산 중턱으로 올라갔다. 일말의 외침 소리라도 들려오지 않을까 기대하며 귀를 기울였다. 그는 꽤 높이 올라갔다. 그러고는 땅바닥에 귀를 대고 자신의 심장 고동을 억누른 채, "로버트!" 하고 절망적인 목소리로 외쳤다.

글레나번은 밤새도록 산속을 헤맸다. 하지만 그의 마지막 노력도 수포로 돌아갔다. 헤아릴 수 없을 만큼 되풀이된 "로버트! 로버트!"라는 외침 소리에 응답한 것은 이 이름을 그대로 되풀이하는 메아리뿐이었다.

해가 떴다. 동료들은 먼 곳까지 글레나번을 찾으러 가서, 싫다는 그를 억지로 캠프까지 데리고 돌아와야 했다. 그의 절망은 무서울 정도였다. 그러니 어느 누가 그에게 그만 출발하자거나 이 불길한 골짜기를 떠나자는 말을 꺼낼 수 있겠는가? 하지만 식량이 부족했다. 그리 멀지 않은 곳에 노새몰이꾼이 말한 길잡이와 팜파스를 횡단하는 데 필요한 말이 있을 터였다. 여기서 돌아가는 것은 앞으로 나아가는 것보다 더 어려웠다. 게다가 그들은 '덩컨'호와 대서양에서 만나기로 약속되어 있었다. 이런 중대한 이유 때문에라도 더는 머뭇거릴 수 없었고, 모든 사람의 목숨을 위해서라도 출발 시간을 늦출 수 없었다.

맥내브스는 글레나번을 그 슬픔 속에서 끌어내려고 했다. 그는 오랫동안 여러 가지 이야기를 했지만, 글레나번은 그 말을 듣지 않는 듯했다. 글레나번은 고개를 저었다. 그래도 이따금 그의 입에서 몇 마디 말이 새어나왔다.

"출발하자고요?"

"그래! 출발이야!"

"한 시간만 더!"

"으음, 그러면 한 시간만 더 기다리겠네."

그리고 한 시간이 지나자 글레나번은 다시 한 시간만 더 기다려달라고 애원하듯 말했다. 정오까지 이런 상태가 계속되었다. 이런 지경에 이르자 모든 동료의 뜻을 헤아린 맥내브스는 더 이상 주저하지 않았다. 그는 지금 당장 출발해야 한다고, 동료들의 목숨은 신속한 결단에 달려 있다고 글레나번에게 말했다.

"알았어요." 글레나번이 말했다. "출발합시다! 출발해요!"

하지만 그렇게 말하면서도 그의 눈은 맥내브스를 보지 않았다. 그의 눈길은 공중의 검은 한 점에 붙박여 있었다. 갑자기 그가 손을 들었다. 그 손은 마치 돌로 변한 것처럼 움직이지 않았다.

"저기! 저기! 저길 봐!"

모두 글레나번이 가리킨 쪽으로 눈길을 돌렸다. 바로 그때 검은 점이 눈에 보이게 커졌다. 그것은 높이 날고 있는 새 한 마리였다.

"콘도르*다!" 파가넬이 말했다.

"아아, 콘도르로군." 글레나번이 말했다. "어쩌면! 아, 이쪽으로 온다! 내려온다! 기다려."

글레나번은 무엇을 기대하고 있었을까? 정신이 돌았나?

파가넬이 옳았다. 그것은 콘도르였다. 그 모습이 시시각각 확실해졌다. 일찍이 잉카족†이 숭배했던 그 당당한 새는 안데스 남부의 제왕이다. 그 힘은 놀랄 만해서, 황소를 골짜기 바닥으로 떨어뜨릴 때도 많다. 평원을 헤매는 양이나 말이나 송아지를 습격하여 발톱으로 움켜잡고 높은 하늘로 끌어 올린다. 지상 6000미터, 인간이 도달할 수 있는 최고의 고도를 나는 일도 드물지 않다. 아무리 눈이 날카로운 인간에게도 보이지 않는 그 높이에서 이 하늘의 제왕은 꿰뚫는 듯한 시선으로 지상을 살피고, 박물학자도 놀랄 만한 시력으로 아무리 작은 대상도 분간해낸다.

그러면 이 콘도르는 무엇을 보았을까? 시체를, 로버트의 시체를? 글레나번은 콘도르를 계속 지켜보면서 다시 한 번 "어쩌면!" 하고 말했다. 거대한 새가 다가왔다. 때로는 하늘을 활공하면서, 때로는 공중에 내던져진 물체 같은 속도로 낙하하면

---

* 남아메리카에 서식하는 큰 독수리의 일종. 날카로운 발톱과 부리를 가지고 있으며, 작은 동물이나 동물의 사체를 먹는다.
† 15세기부터 16세기 초까지 남아메리카의 중앙 안데스 지방(페루·볼리비아)에 잉카 제국을 세우고 문명을 이룩한 원주민 종족.

서. 이윽고 콘도르는 지상 200미터도 안 되는 곳을 선회하며 커다란 원을 그렸다. 이제는 그 모습이 또렷이 보였다. 날개 끝에서 끝까지의 길이는 5미터가 넘는다. 그 강력한 날개를 거의 움직이지도 않고, 날개의 힘으로 공중에서 몸을 지탱하고 있었다. 곤충이 공중에 머무르려면 1초에 수천 번이나 날개를 퍼덕여야 하는 반면, 당당하고 조용히 나는 것이 대형 조류의 특성이었다.

소령과 윌슨은 각자 카빈총을 잡았다. 글레나번은 손짓으로 그들을 말렸다. 콘도르가 선회 비행하는 범위 안에 약 400미터쯤 떨어진 탁상지가 있었다. 사람이 접근할 수 없는 산 중턱이었다. 콘도르는 무시무시한 발톱을 열었다 닫았다 하면서, 또한 연골 모양의 볏을 흔들면서 어지러울 정도의 속도로 선회하고 있었다.

"저기다! 저기야!" 글레나번이 외쳤다.

갑자기 어떤 생각이 그의 머리를 스쳤다.

"로버트가 아직 살아 있다면!" 그가 고함을 질렀다. "저 새를…… 쏘아. 모두 쏘아!"

하지만 이미 늦었다. 콘도르는 높이 튀어나온 바위 뒤로 숨어 버렸다. 1초가 지났다. 시계의 초침이 1초 움직이는 데 100년이 걸린 것 같았다. 거대한 새는 무거운 짐을 들고 아까보다 둔중하게 날아올랐다. 공포의 외침 소리가 들렸다. 콘도르의 발톱에 걸린 몸이 축 늘어진 채 흔들리고 있는 것이 보였다. 로버트 그랜트였다. 새는 로버트의 옷을 움켜잡고 캠프에서 50미터도 안 되는 상공을 날고 있었다. 새는 여행자들을 보고, 그 무거운 사냥감과 함께 도망치려고 날개로 격렬하게 공기를 때렸다.

"아아!" 글레나번이 외쳤다. "로버트의 주검이 저 바위에 떨

새는 로버트의 옷을 움켜잡고 상공을 날고 있었다.

어져 산산조각 나는 편이 차라리 낫겠어. 새의 먹이가 되는 것 보다는……."

그는 말도 끝나기 전에 윌슨의 카빈총을 빼앗아 콘도르를 겨 냥하려고 했다. 하지만 그의 팔이 떨리고 있었다. 그래서 제대 로 겨냥할 수가 없었다. 그의 눈이 흐려졌다.

"내가 쏘겠네." 소령이 말했다.

소령은 안정된 자세를 취하고, 평온한 눈과 흔들리지 않는 손 으로 벌써 100미터 가까이 떨어져 있는 새를 겨냥했다.

하지만 그가 방아쇠를 당기기 전에 골짜기 바닥에서 총성이 울려 퍼졌다. 현무암 덩어리 사이에서 하얀 연기가 피어올랐다. 머리에 총을 맞은 콘도르는 그 커다란 날개를 펼친 채 빙글빙글 돌면서 천천히 떨어져 내려왔다. 펼친 날개가 낙하산 역할을 한 것이다. 콘도르는 사냥감을 끝내 놓지 않았다. 그리고 낭떠러지 에서 3미터쯤 떨어진 골짜기 바닥에 천천히 떨어졌다.

"가보자! 어서 가보자!" 글레나번이 말했다.

그리고 그 천우신조의 총알이 어디서 발사되었는지도 보려고 하지 않고 콘도르 쪽으로 달려갔다. 동료들도 뒤따라 달려갔다.

가서 보니 새는 죽어 있었다. 로버트의 몸은 그 커다란 날개 에 가려져 있었다. 글레나번은 소년에게 달려들어 새의 발톱에 서 소년을 떼어내어 풀밭에 눕히고, 축 늘어진 소년의 가슴에 귀를 대보았다.

"살아 있어! 아직 살아 있어!" 글레나번이 외치면서 일어섰을 때보다 더 큰 환호성이 인간의 입술에서 새어나온 적은 없었을 것이다.

사람들은 순식간에 로버트의 옷을 벗기고 그의 얼굴을 차가운 시냇물에 담갔다. 로버트는 몸을 꿈틀 움직이더니 눈을 뜨고 시선을 고정시킨 다음 무어라고 중얼거렸다.

"아아, 나리…… 아버지!"

글레나번은 대답할 수가 없었다. 감동으로 목이 멘 그는 그렇게 기적적으로 구조된 소년 옆에 무릎을 꿇고 흐느껴 울었다.

15

자크 파가넬의 스페인어

터무니없는 위험에서 막 벗어난 로버트는 그에 못지않게 큰 위험, 즉 사람들의 포옹에 짓눌려 찌부러질 위험에 직면했다. 그는 아직도 몹시 약해져 있었는데, 이 정직한 사람들은 하나같이 그를 끌어안고 싶은 열망에 저항하지 못했다. 이런 선의의 포옹은 환자에게 치명적인 것은 아니라고 믿어야 한다. 소년이 그것 때문에 죽지는 않았기 때문이다.

하지만 사람들은 구원받은 소년에 이어 이번에는 구원한 사람을 생각했다. 주위를 둘러볼 마음이 난 사람은 물론 소령이었다. 개울에서 쉰 걸음쯤 떨어진 지점, 산비탈이 막 시작되려는 곳에 아주 키 큰 남자가 꼼짝도 않고 서 있었다. 기다란 총이 그의 발치에 놓여 있었다. 느닷없이 나타난 이 남자는 어깨가 딱 바라지고 긴 머리를 가죽끈으로 묶고 있었다. 키는 180센티미터가 넘어 보였고, 햇볕에 그을린 얼굴은 눈과 입 사이가 붉게, 아래 눈꺼풀은 검게, 이마는 하얗게 물들어 있었다. 파타곤(파타고니아인) 복장을 한 이 원주민은 과나코의 목 안쪽과 다리를 타조 힘줄로 꿰매고 비단 같은 털을 밖으로 향하게 한 아라베스크 무늬의 멋진 망토를 걸치고 있었는데, 망토 안에는 앞자락이 삼각형으로 되어 있고 몸에 딱 달라붙는 여우 가죽 옷을 입고 있었다. 허리띠에는 얼굴에 바르는 물감을 넣은 작은 주머니가 매달려 있었다. 신발은 소가죽으로 되어 있고, 지그재그로 교차하는 가죽끈이 발목에 신발을 고정시키고 있었다.

이 파타곤의 얼굴은 당당했고, 여러 색깔로 칠해져 있는데도 진정한 총명함을 보여주고 있었다. 그는 위엄 있는 자세로 기다리고 있었다. 바위 위에 꼼짝도 않고 엄숙하게 서 있는 것을 보면, 냉정함을 그림으로 그려놓은 것처럼 보였다.

소령은 그를 보자마자 글레나번에게 알렸고, 글레나번은 그에게 곧바로 달려갔다. 파타곤은 두 걸음 앞으로 나왔다. 글레나번은 그의 손을 두 손으로 움켜잡았다. 이 귀족의 눈빛과 미소를 띤 얼굴, 그 표정 전체에는 확실한 감사의 빛이 나타나 있었기 때문에 상대도 그것을 잘못 볼 리 없었다. 파타곤은 천천히 고개를 숙이며 뭐라고 말했지만 소령도 글레나번도 알아듣지 못했다.

그러자 파타곤은 외국인들을 주의 깊게 둘러본 뒤 말을 바꾸었다. 하지만 그가 택한 새 언어는 전보다 더 이해하기 어려웠다. 그래도 그가 사용한 몇 가지 표현은 글레나번의 주의를 끌었다. 그 표현들은 글레나번이 몇 가지 관용구를 알고 있는 스페인어에 속하는 것 같았다.

"에스파뇰(스페인어)?"

파타곤은 고개를 끄덕였다. 어느 민족에게나 똑같이 긍정의 의미를 지닌 굴복운동이었다.

"됐어." 소령이 말했다. "이건 우리 친구 파가넬이 할 일이군. 그가 스페인어를 공부할 생각을 한 게 다행이야."

파가넬은 부름을 받고 당장 달려와서 파타곤에게 프랑스풍으로 우아하게 인사를 했지만, 인사를 받은 쪽은 전혀 영문을 몰랐을 것이다. 자초지종을 설명하자 박식한 지리학자가 말했다.

"좋습니다."

그리고 확실히 발음하기 위해 입을 크게 벌리고 말했다.

"Vos sois um homen de bem(당신은 좋은 사람이다)!"

상대는 귀를 곤두세웠지만 아무 대답도 하지 않았다.

"모르는 모양인데?" 지리학자가 말했다.

"억양이 안 좋아서 그런 게 아닐까요?" 소령이 물었다.

"맞아요. 지긋지긋한 억양 때문에."

파가넬은 파타곤에 대한 찬사를 다시 한 번 되풀이했지만, 결과는 마찬가지였다.

"다른 말로 해볼까?" 그가 중얼거리더니 엄숙하고 느릿느릿한 말투로 말했다.

"Sem duvida, um Patagâo(틀림없이 파타곤이겠지)?"

상대는 아까와 마찬가지로 침묵을 지켰다.

"Dizeime(대답해)!"

파타곤은 여전히 대답하지 않았다.

"Vos compriendeis(알겠나)?" 파가넬은 거의 성대가 찢어질 만큼 맹렬하게 외쳤다.

이 원주민이 그의 말을 알아듣지 못하는 것은 분명했다. 그가 스페인어로 이렇게 대답했기 때문이다.

"No comprendo(모르겠다)."

이번에는 파가넬이 깜짝 놀랄 차례였다. 그는 초조한 듯 이마로 올려놓았던 안경을 얼른 눈으로 내렸다.

"이 사람의 지독한 사투리는 한마디도 알아들을 수가 없군요! 그건 아라우칸어가 분명합니다."

"그렇지 않아요." 글레나번이 대답했다. "이 사람은 분명히 스페인어로 대답했어요."

그러고는 파타곤을 돌아보며 아까 했던 질문을 되풀이했다.

"에스파뇰?"

"Si, si(그렇다)!" 상대가 대답했다.

파가넬의 놀라움은 망연자실로 바뀌었다. 소령과 글레나번은 곁눈질로 눈짓을 교환했다.

"아아, 박식한 학자님!" 소령은 재미있다는 표정을 지으며 짓궂게 말했다. "당신의 전매특허인 실수를 또 저지른 거 아니오?"

"뭐라고요?" 지리학자는 귀를 곤두세우고 말했다.

"이 파타곤은 스페인어로 말하고 있는 게 분명합니다."

"저 사람이……."

"그렇다니까요. 혹시 당신은 다른 언어를 공부한 거 아니오? 스페인어가 아니라……."

맥내브스는 말을 끝맺지 못했다. 지리학자가 어깨를 으쓱하면서 맹렬한 기세로 "오오!" 하고 외쳤기 때문에 소령은 입을 다물어버렸다.

"소령님, 말이 좀 지나치시군요!" 파가넬은 상당히 퉁명스러운 말투로 말했다.

"그럼 당신이 저 사람 말을 알아듣지 못하는 건 어찌 된 일이오?"

"내가 알아듣지 못하는 건 저 사람이 너무 서투르게 말하기 때문이에요!" 지리학자는 벌컥 화를 냈다.

"요컨대 당신이 알아듣지 못하니까 저 사람 말이 서투른 거다, 그런 얘기군요." 소령이 태연히 응수했다.

"소령님." 글레나번이 말했다. "그건 용납하기 어려운 억측이에요. 우리 파가넬 선생께서 아무리 경솔했다 해도 다른 언어를 스페인어인 줄 알고 공부할 만큼 경솔했다고 생각할 수는 없습니다."

"그럼 에드워드…… 아니, 파가넬 씨가 이 사태를 설명해주실 수 없을까요?"

"나는 설명하지 않겠습니다." 파가넬이 대답했다. "설명이 아니라 증명을 하죠. 내가 날마다 스페인어를 공부할 때 쓰는 책이 여기 있습니다! 소령님이 조사해보세요. 그러면 내가 속이고 있는지 어떤지 알 수 있을 테니까!"

이렇게 말하고는 수많은 주머니를 뒤지기 시작했다. 몇 분 동안 그렇게 찾은 뒤에야 겨우 너덜너덜한 책 한 권을 꺼내 자신만만하게 내밀었다. 소령은 그것을 받아들고 살펴보았다.

"이 책 제목이 뭡니까?" 소령이 물었다.

"《루시아다스》, 훌륭한 서사시죠." 파가넬이 대답했다.

"《루시아다스》라고요?" 글레나번이 외쳤다.

"그렇습니다. 다름 아닌 위대한 카몽이스*가 쓴 《루시아다스》란 말입니다."

---

* 루이스 데 카몽이스(1524~1580): 포르투갈의 시인. 포르투갈의 역사를 노래한 대서사시 《루시아다스》를 지어서 포르투갈의 국민 시인으로 찬양되고 있다.

"카몽이스." 글레나번이 그 이름을 되풀이했다. "선생은 정말 운이 없군요. 카몽이스는 포르투갈 사람입니다! 그러니 선생이 지난 6주 동안 공부한 건 포르투갈어예요!"

"카몽이스! 《루시아다스》! 포르투갈어!……"

파가넬은 더 이상 아무 말도 할 수가 없었다. 안경 속에서 그의 눈이 흐려지고, 터무니없는 폭소가 그의 귓가에서 폭발했다. 동료들이 모두 그를 에워싸고 있었기 때문이다.

파타곤은 눈썹 하나 까딱하지 않았다. 그는 전혀 영문을 알 수 없는 이 사태를 누군가가 설명해주기를 참을성 있게 기다리고 있었다.

"아아, 나는 정말 바보 천치로군!" 파가넬이 말했다. "그게 정말로 사실입니까? 나를 놀리고 있는 건 아니겠죠? 내가 정말로 그런 짓을 한 겁니까? 하지만 이렇게 되면 바벨탑 같은 언어의 혼란이군요. 아아, 인도로 출발했는데 칠레에 도착하고! 스페인어를 공부했는데 포르투갈어를 말하고! 이건 정말 너무해. 이런 일이 계속되면 조만간 피우던 담배를 창밖으로 던져버리는 대신 내 몸뚱이를 던져버리게 될 거야!"

파가넬이 자신의 불운을 이렇게 받아들이는 것을 듣고 그의 우스꽝스러운 실수를 보면 진지한 표정을 짓고 있기는 불가능했다. 게다가 그 자신이 본보기를 보였다.

"여러분, 웃으세요!" 그가 말했다. "마음껏 큰 소리로 웃으세요! 여러분은 내가 나 자신을 비웃는 만큼 나를 비웃지 못하시는군요!"

이렇게 말하고 나서 그는 일찍이 학자의 입에서 나온 적이 없는 요란한 웃음을 터뜨렸다.

"하지만 우리에게 통역이 없다는 사실은 마찬가지요." 소령이 말했다.

"그건 걱정하지 않아도 됩니다." 파가넬이 대답했다. "포르투갈어와 스페인어는 내가 착각할 만큼 아주 비슷하니까. 하지만 이렇게 비슷하기 때문에 서둘러 실수를 만회하기에도 좋습니다. 조만간 나는 이 존경할 만한 파타곤에게 감사 인사를 할 작정입니다. 저 친구가 유창하게 쓰고 있는 스페인어로."

파가넬의 말이 옳았다. 그는 곧 상대와 외마디로나마 말을 주고받을 수 있게 되었다. 그는 그 파타곤의 이름이 탈카베라는 것도 알아냈다. 이것은 아라우칸어로 '천둥 같은 사람'이라는 뜻이었는데, 이 별명은 분명 그가 총을 잘 다루는 데에서 유래했을 것이다.

하지만 글레나번이 특히 기뻐한 것은 이 파타곤이 길잡이를 직업으로 삼고 있는 '바케아노'(현지 안내인)라는 것을 알았기 때문이다. 이 우연한 만남에는 매우 기적적인 데가 있었다. 그 때문에 이번 일은 틀림없이 성공할 거라는 생각이 들기 시작했고, 이제는 아무도 그랜트 선장의 구출을 의심하지 않았다. 그럭저럭하는 동안 여행자들과 파타곤은 로버트 곁으로 돌아와 있었다. 로버트는 탈카베에게 두 팔을 뻗었고, 탈카베는 말없이 소년의 머리에 손을 얹었다. 그는 로버트를 살펴보고 아픈 팔다리를 만져보았다. 그러고는 미소를 지으며 시냇가로 가서 야생 셀러리를 몇 줌 뜯어다가 그것으로 환자의 몸을 문질렀다. 아주 신중하게 마사지를 하는 동안 아이는 체력이 되돌아오는 것을 느꼈다. 몇 시간만 쉬면 다시 일어설 수 있을 터였다.

그래서 하루 동안은 캠프에서 지내기로 결정되었다. 다만 식

파타고니아 인디언 탈카베.

량과 탈것이라는 두 가지 중대한 문제를 해결해야 했다. 식량도 없고 노새도 없었기 때문이다. 다행히 탈카베가 있었다. 파타고니아 경계를 따라 여행자를 안내하는 탈카베는 이 지방에서 가장 총명한 길잡이였고, 글레나번 일행에게 부족한 것을 조달하는 일까지 떠맡았다. 그는 거기서 7킬로미터쯤 떨어진 인디언 마을로 글레나번을 데려가겠다고 제안했다. 그곳에 가면 여행에 필요한 것을 모두 구할 수 있을 거라고 말했다. 이 제안은 몸짓과 스페인어 낱말이 반반씩 섞인 형태로 이루어졌지만, 파가넬은 그 낱말을 어떻게든 이해할 수 있었다. 제안은 받아들여졌다. 글레나번과 파가넬은 당장 동료들에게 작별을 고하고 파타곤의 안내로 시내를 거슬러 올라갔다.

그들은 한 시간 반 동안 부지런히 걸었다. 거인 같은 탈카베를 따라가기 위해 큰 걸음으로 성큼성큼 걸었다. 안데스의 이 지역은 쾌적하고 땅이 비옥했다. 풀이 무성한 목장이 줄줄이 이어져 있어서 10만 마리의 소도 거뜬히 키울 수 있었을 것이다. 복잡하게 얽힌 개울로 이어져 있는 커다란 늪이 이 푸른 초원에 습기를 주고 있었다. 머리 검은 고니가 마음 내키는 대로 돌아다니고, 초원을 질주하는 타조들과 물 위의 지배권을 다투고 있었다. 조류는 매우 화려했지만 무척 시끄럽기도 했다. 게다가 놀랄 만큼 종류가 많았다. 날개에 하얀 줄무늬가 있고 아름다운 회색을 띤 염주비둘기와 노란색을 띤 황여새가 나뭇가지에 진짜 꽃처럼 피어 있었다. 나그네비둘기가 하늘을 가로지르고, 참새를 비롯한 온갖 조류가 날개를 퍼덕이며 서로 쫓고 쫓기면서 시끄럽게 재잘거리는 소리로 대기를 가득 채웠다.

자크 파가넬은 계속 감탄하느라 감탄사가 그의 입에서 끊임없이 튀어나왔지만, 하늘에 새가 있고 늪에 고니가 있고 목장에 풀이 있는 것을 지극히 당연한 일로 여기고 있는 파타곤에게는 파가넬의 반응이야말로 놀라운 일이었다. 학자는 이 산책을 원통하게 여길 필요도 없었고, 길이 먼 것을 한탄할 필요도 없었다. 출발한 지 얼마 지난 것 같지도 않은데 벌써 인디언 마을이 보이기 시작했다.

이 마을은 안데스의 지맥에 억눌린 듯한 골짜기 안쪽에 자리 잡고 있었다. 그곳에는 나뭇가지로 지은 오두막들이 늘어서 있고, 젖소와 양, 황소와 말 같은 가축을 키우는 인디언 유목민이 서른 명쯤 살고 있었다. 그들은 이렇게 이 목초지에서 저 목초지로 이동하면서 네 발 달린 손님들을 위해 빠짐없이 준비가 갖추어진 식탁을 찾고 있었다.

아라우코족, 페우엔체족, 아우카족의 혼혈인 이 안데스 페루인들은 올리브색을 띤 안색, 중키에 땅딸막한 체격, 좁은 이마, 거의 동그란 얼굴, 얇은 입술, 튀어나온 광대뼈를 갖고 있었다. 얼굴 생김새는 여성적이고 차가운 인종이었고, 인류학자가 보기에는 순혈 인종의 성격은 전혀 아니었다. 하지만 글레나번은 그들 자신이 아니라 그들이 키우는 가축에게 볼 일이 있었다. 그들이 소와 양을 갖고 있는 이상, 그가 더 이상 요구할 것은 없었다.

탈카베가 교섭을 맡았고, 교섭은 오래 걸리지 않았다. 인디언들이 좋아하는 포도주와 럼주는 없으니까, 안장을 갖춘 아르헨티나산 말 일곱 마리, 말린 고기 45킬로그램, 쌀 몇 되, 가죽 부대에 담은 물의 대가로 금 20온스를 주기로 했다. 그들은 금의 가치를 잘 알고 있었다. 글레나번은 탈카베를 위해서도 말을 한 마리 더 사려고 했지만, 탈카베는 그럴 필요가 없다고 말했다.

거래가 끝나자 글레나번은 30분이 지나기도 전에 야영지로 돌아왔다. 동료들은 캠프에 도착한 그를 환호로 맞이했지만, 그는 그것을 자신에 대한 환호가 아니라 식량과 말에 대한 환호로 받아들였다. 모두 왕성한 식욕으로 배를 채웠다. 로버트도 음식을 조금 먹었다. 그의 체력은 거의 완전히 되돌아와 있었다.

그날의 나머지 시간에 일행은 완전한 휴식을 취했다. 이곳에 없는 그리운 두 여자, '덩컨'호, 존 맹글스 선장과 용감한 선원들, 아마 이 근처에 있을 것으로 여겨지는 해리 그랜트 선장 등 여러 사람이 화제에 올랐다.

파가넬은 한시도 파타곤 곁을 떠나지 않았다. 마치 탈카베를 따라다니는 그림자 같았다. 그는 이 장중한 인디언에게 스페인어 문구를 잇달아 퍼부었고, 인디언은 얌전히 그것을 받아냈다. 지리학자는 이번에는 책 없이 스페인어를 공부했다. 그가 목과 혀와 턱을 열심히 움직여 울림이 좋은 낱말을 발음하고 있는 것을 사람들은 들었다.

"내가 억양에 숙달하지 못해도 불평하면 곤란합니다." 그는 소령에게 되풀이 말했다. "하지만 어느 날 내가 인디언에게 스페인어를 배우게 될 줄 누가 알았겠습니까?"

16
콜로라도 강

이튿날인 10월 22일 8시에 탈카베는 출발 신호를 했다. 남위 22도에서 42도까지 걸쳐 있는 아르헨티나의 땅은 서쪽에서 동쪽으로 기울어져 있다. 여행자들은 이제 바다까지 완만한 비탈을 내려가기만 하면 되었다.

글레나번은 탈카베에게도 말을 주려고 했지만 거절당하자, 팜파스 길잡이들의 습관에 따라 그도 걷는 것을 좋아하나 보다고 생각했다. 다리가 기니까 걷기도 잘할 터였다. 하지만 글레나번의 생각은 틀렸다.

출발할 때가 되자 탈카베는 독특한 휘파람을 불었다. 그러자 당당한 체격의 아르헨티나산 말이 조금 떨어진 숲에서 나타나 주인의 부름에 응했다. 이 동물은 정말 아름다웠다. 갈색 털은 그 말이 용감하고 활기찬 장거리용 말이라는 것을 보여주고 있었다. 머리는 가볍고 날씬하게 목에 붙어 있고, 콧구멍은 크게 열리고, 눈은 반짝이고, 무릎은 크고, 목뼈는 적당히 튀어나오고, 가슴은 높고, 정강이 아래는 길었다. 즉 체력과 유연성의 바탕이 되는 모든 장점을 갖추고 있었다. 소령은 이런 문제에 밝은 전문가로서 팜파스종의 표본인 이 말을 보고 감탄을 금치 못했다. 그는 이 품종이 영국의 헌터종과 꽤 비슷하다고 생각했다. 이 말의 이름은 '타우카', 파타곤어로 '새'라는 뜻이었는데 정말로 잘 어울리는 이름이었다.

탈카베가 안장에 걸터앉자 말은 그를 태우고 몸을 날렸다. 말을 타고 있는 탈카베의 모습도 당당했다. 그의 안장에는 아르헨티나 평원에서 쓰이는 두 가지 사냥 도구인 '볼라'와 '라소'가 포함되어 있었는데, 볼라는 안장 끝에 매달린 가죽끈으로 한데 묶여 있는 세 개의 돌공으로 이루어져 있었다. 인디언들은 백 걸음이나 떨어진 곳에서도 동물이나 적을 향해 이 무기를 던질 때가 많다. 그러면 볼라는 정확히 날아가 상대의 다리를 휘감아 쓰러뜨린다. 그래서 볼라는 무서운 무기였고, 인디언은 놀랄 만큼 능숙하게 그 무기를 다룰 줄 알았다. 반면에 라소는 그것을 던지는 사람의 손을 떠나지 않는다. 길이가 10미터쯤 되는 라소는 가죽띠 두 개를 단단히 꼬아서 만든 끈인데, 끝에 매듭을 만들고 거기에 쇠고리를 끼운 것이다. 오른손으로 이 올가미를 던지고 왼손은 끈의 나머지 부분을 쥐고 있다. 올가미의 다른 쪽 끝은 안장 끝에 단단히 묶여 있다. 여기에다 등에 멘 기다란 총을 합한 것이 탈카베의 공격용 무기를 이루고 있었다.

탈카베는 그의 타고난 우아함과 여유로움에 사람들이 감탄하고 있는 것에는 신경도 쓰지 않고 앞장섰다. 일행은 때로는 전속력으로, 때로는 보통 걸음으로 나아갔다. 말들은 동료들의 보조를 모르는 것 같았다. 로버트는 아주 대담하게 말을 탔고, 그것을 본 글레나번은 로버트가 말에서 떨어질 염려는 없다고 안심할 수 있었다.

팜파스 평원은 안데스 산맥 기슭에서 바로 시작되었다. 이 평원은 세 부분으로 나눌 수 있는데, 첫 번째 부분은 산맥 기슭에서 400킬로미터에 걸쳐 펼쳐져 있고, 나무와 덤불로 덮여 있다. 너비가 700킬로미터나 되는 두 번째 부분은 풀로 덮여 있고, 부에노스아이레스에서 300킬로미터 떨어진 곳에서 끝난다. 이 지점부터 바다까지는 클로버와 엉겅퀴가 우거진 넓은 초원이 펼쳐져 있는데, 이곳이 팜파스의 세 번째 부분이다.

글레나번 일행은 산골짜기에서 나오자 우선 '메다노'라고 불리는 거대한 모래언덕을 만났다. 이 모래언덕은 식물의 뿌리에 붙잡혀 있지 않을 때는 파도와 마찬가지로 끊임없이 바람에 밀려 움직인다. 이 모래는 아주 고왔다. 그래서 조금만 바람이 불어도 가벼운 먼지가 되어 날아오르거나 아주 높은 곳까지 올라가는 모래 회오리를 이룬다. 이것은 볼만한 구경거리이기도 하지만 불쾌하기도 했다. 형언하기 어려울 만큼 혼란스럽게 싸우고 뒤섞이고 쓰러졌다가 다시 일어나 평원을 헤매는 이런 모래 회오리만큼 보기 드문 것도 없기 때문에 볼만하지만, 수많은 메다노에서 미세한 먼지가 흩날려 눈을 아무리 감고 있어도 눈꺼풀 사이로 뚫고 들어오기 때문에 불쾌하다.

이 자연 현상은 북풍의 작용으로 거의 온종일 계속되었다. 그래도 일행의 걸음은 빨라서 6시쯤에는 벌써 60킬로미터나 떨어진 산맥이 저녁 안개에 싸여 거무스름하게 보였다.

여행자들은 60킬로미터 정도의 여정에 조금 지쳐 있었다. 그래서 그들은 해 질 녘이 다가오는 것을 기뻐했다. 붉은색의 높은 단애 사이에 끼어 탁한 물이 소용돌이치는 네우켄 강의 급류 옆에서 그들은 야영을 했다. 어떤 지리학자들은 네우켄 강을 라미드 강이나 카모에 강이라고 불렀는데, 인디언만이 알고 있는 몇 개의 호수가 이 강의 발원지였다.

그날 밤과 이튿날은 이렇다 할 사건이 일어나지 않았다. 일행은 부지런히 빠르게 전진했다. 완만한 지형과 그럭저럭 견딜 만한 기온 때문에 여행은 편했다. 하지만 정오 무렵에는 뜨거운 햇볕이 쨍쨍 내리쬐었다. 저녁이 되자 남서쪽 지평선 위에 구름이 줄무늬를 만들었다. 이것은 분명 날씨가 변화할 징후였다. 탈카베가 이것을 잘못 볼 리가 없었다. 그는 서쪽 하늘을 지리학자에게 가리켰다.

"좋아, 알았어." 파가넬은 그렇게 대꾸하고 동료들에게 말했다. "기후 변화가 시작될 모양입니다. 이제 곧 찬 바람이 몰아칠 거예요."

그러고는 이 '팜페로'가 아르헨티나 평원을 자주 습격한다고 설명했다. 팜페로는 몹시 건조한 남서풍이다. 탈카베의 예상이 맞았다. 그날 밤에는 모진 바람이 격렬하게 휘몰아쳐 판초만으로 몸을 지키고 있는 사람들은 상당히 괴로웠다. 말들은 땅바닥에 납작 엎드렸고, 사람들은 서로 밀집하여 말 옆에 누웠다. 이 폭풍이 오래 계속되면 출발이 늦어지지 않을까 하고 글레나번은 걱정했다. 파가넬은 기압계를 보고 나서 그를 안심시켰다.

"팜페로는 대개 사흘 동안 계속되는 폭풍을 가져오고, 그것은 항상 수은주의 하강으로 예측할 수 있지요. 하지만 그와는 반대로 지금처럼 기압계 눈금이 올라가면 기껏해야 돌풍이 몇 번 부는 것으로 끝납니다. 그러니 안심하세요. 날이 밝을 때쯤에는 하늘이 맑게 개어 있을 겁니다."

"선생은 꼭 교과서처럼 말하는군요." 글레나번이 말했다.

"실제로 나는 교과서니까요." 파가넬이 대꾸했다. "당신은 언제든지 원할 때마다 내 페이지를 넘기셔도 됩니다."

교과서는 틀리지 않았다. 오전 1시에 바람이 갑자기 잔잔해졌고, 사람들은 저마다 피로를 풀어주는 휴식을 잠 속에서 찾아냈다. 이튿날 일행은 유쾌하게 눈을 떴다. 특히 파가넬은 활기가 넘쳐서, 관절을 딱딱 울리며 강아지처럼 기지개를 켰다.

이날은 10월 24일, 탈카우아노를 떠난 지 열흘째 되는 날이었다. 콜로라도 강이 37도선을 가로지르고 있는 지점까지는 아직 150킬로미터, 즉 사흘 동안 걸어야 할 거리가 남아 있었다. 남아메리카 대륙을 횡단하는 동안 글레나번은 세심한 주의를 기울여 인디언이 다가오지 않는지를 살피고 있었다. 탈카베를 통해 그들에게 그랜트 선장에 대해 물어볼 작정이었기 때문이다. 그리고 이제 파가넬은 이 파타곤과 충분히 대화를 나눌 수 있게 되었다. 하지만 일행은 인디언이 별로 지나다니지 않는 길을 걷고 있었다. 아르헨티나 공화국에서 안데스 산맥으로 가는 길은 좀 더 북쪽에 있기 때문이다. 그래서 유랑하는 인디언도, 추장의 지배 아래 정착하여 살고 있는 인디언 부족도 만나지 못했다. 이따금 말을 탄 유목민이 멀리 나타났지만, 그들은 이 낯선 무리와 마주치는 것조차 피하고 서둘러 달아나버렸다. 이 황야에 혼자서 들어온 사람의 눈에는 그들 같은 무리가 무척 수상해 보이기도 할 터였다. 강도라면 단단히 무장하고 훌륭한 말을 탄 여덟 명의 남자에게 경계심을 일으킬 테고, 그들처럼 인적 없는 초원을 지나가는 여행자라면 그들이 좋지 않은 의도를 가진 인간들이라고 생각할지도 모른다. 그래서 선량한 사람과도, 흉악한 강도와도 대화를 나눌 수 없었다. 노상강도를 만나면 우선 총싸움으로 대화를 시작할 수밖에 없을 테지만, 그래도 그들 일당과 마주치지 않은 것은 유감이었다.

글레나번은 인디언이 없는 것을 유감으로 생각할 수밖에 없었지만, 어떤 사건이 일어나 그 문서에 대한 해석이 옳았다는 것을 기묘한 방법으로 증명해주게 되었다.

일행이 가는 길은 팜파스를 달리는 길과 몇 번이나 교차했는데, 개중에는 상당히 중요한 도로—카르멘에서 멘도사로 가는 길—가 있었다. 노새나 말, 양, 소 같은 가축의 뼈를 보고 그것을 알 수 있었다. 맹금류의 부리로 부서지고 대기의 표백작용으로 하얗게 변한 뼈다귀가 그 도로 곳곳에 남아 있었다. 뼈다귀는 헤아릴 수 없을 정도였다. 그리고 아마 인간의 해골도 많이 부서져서 동물의 뼈다귀와 섞여 있었을 것이다.

그때까지 탈카베는 일행이 곧장 더듬어온 이 길에 대해 아무 말도 하지 않았다. 하지만 이 길이 팜파스의 어느 길과도 합류하지 않는 이상 어떤 도시나 마을이나 정착지로 이어지지는 않는다는 것을 잘 알고 있었다. 아침마다 일행은 해가 뜨는 방향을 향해 직선으로 나아갔고, 그 길에서 벗어나지 않았다. 그리고 저녁마다 석양은 이 직선의 반대쪽 끝에 있었다. 따라서 탈카베는 자기가 길잡이로서 사람들을 인도하는 게 아니라 오히려 인도를 받고 있다는 느낌을 받았을 게 분명하다. 하지만 그는 진정한 인디언다운 자제력을 발휘하여 완전한 침묵을 유지했다. 하지만 어떤 지점에 이르자 갑자기 말을 세우고 파가넬에게 말했다.

카르멘에서 멘도사로 가는 길.

"카르멘 가도야."

"그래, 맞아." 지리학자가 훌륭한 스페인어로 말했다. "카르멘에서 멘도사로 가는 도로지."

"이 길을 택하지는 않겠지?" 탈카베가 물었다.

"그래." 파가넬이 말했다.

"그러면 어느 쪽으로?"

"계속 동쪽으로."

"하지만 그래서는 어디에도 도착할 수 없어."

"그거야 모르지."

탈카베는 입을 다물고, 정말로 놀란 표정으로 학자를 바라보았다. 파가넬이 조금이라도 농담을 하고 있다고는 생각되지 않았다. 언제나 진지한 인디언은 남이 진지하게 말하지 않을 수도 있다고는 꿈에도 생각지 않았다.

"그러면 카르멘으로 가는 게 아니야?" 탈카베가 잠깐 침묵한 뒤 다시 물었다.

"안 가." 파가넬은 대답했다.

"멘도사에도?"

"거기도 안 가."

이때 글레나번이 파가넬을 따라잡아, 탈카베가 뭐라고 말하는지, 그리고 왜 멈춰 섰는지 물었다.

"우리가 카르멘이나 멘도사로 가는 게 아니냐고 물었습니다." 파가넬이 대답했다. "내가 양쪽 다 아니라고 했더니 깜짝 놀라고 있군요."

"사실 이 사람한테는 우리의 목적지가 정말 이상하게 여겨질 겁니다." 글레나번이 말했다.

제1부 남아메리카 193

"나도 그렇게 생각합니다. 그래서는 어디에도 갈 수 없다고 이 친구도 말하더군요."

"그러면 파가넬 씨, 우리가 무엇 때문에 계속 동쪽으로 나아가야 하는지, 그 이유를 이 사람한테 설명해주세요."

"그건 쉽지 않을 겁니다. 인디언은 위도 따위는 전혀 모르고, 문서 따위는 꿈 이야기일 테니까요."

"하지만 이 사람이 이해하지 못하는 것은 이야기 자체일까요, 아니면 이야기를 하는 사람일까요?" 소령이 진지하게 말했다.

"아아, 소령님은 아직도 내 스페인어를 못 미더워하는군요!"

"그러면 말해봐요."

"좋습니다."

파가넬은 탈카베 쪽을 향하더니, 이따금 적당한 낱말이 생각나지 않거나 약간 특수한 용어를 번역하거나 상대가 이해할 수 없는 사실을 설명하기가 어려워 말문이 막혔지만, 그래도 일장 연설을 시도했다. 이 학자의 모습은 볼만했다. 손짓 발짓을 하고, 한 음절씩 끊어서 또박또박 발음하고, 너무 애를 쓴 나머지 굵은 땀방울이 이마에서 가슴으로 폭포처럼 쏟아져 내렸다. 혀로 다 표현하지 못할 때는 팔이 가세했다. 파가넬은 말에서 내려 모래 위에 지도를 그리고, 위도와 경도를 교차시키고, 두 대양을 그리고, 카르멘 가도를 그려 넣었다. 대학 교수라면 이렇게 고심하는 일은 결코 없었을 것이다. 탈카베는 이해했는지 어떤지 표정에는 전혀 드러내지 않고 태연히 파가넬의 활약을 바라보고 있었다. 지리학자의 수업은 30분 넘게 계속되었다. 그 후 그는 입을 다물고 땀에 흠뻑 젖은 얼굴을 닦으며 탈카베를 바라보았다.

"이해했을까요?" 글레나번이 물었다.

"곧 알게 되겠지요." 파가넬이 대답했다. "하지만 이해하지 못했다면 나는 포기하렵니다."

탈카베는 움직이지 않았다. 말도 하지 않았다. 그의 눈은 바람에 날려 점점 사라져가는 모래 위의 도형에 못 박혀 있었다.

"어때?" 파가넬이 물었다.

탈카베는 그 말이 귀에 들어오지 않는 것 같았다. 파가넬은 소령의 입술에 벌써 빈정거리는 미소가 떠오르는 것을 보고, 자기 체면이 걸려 있다고 생각하여 다시 기운차게 지리학적 설명을 시작하려고 했다. 그런데 그때 탈카베가 몸짓으로 그를 가로막았다.

"당신들은 포로를 찾고 있군?" 그가 물었다.

"그래." 파가넬이 대답했다.

"게다가 지는 해와 뜨는 해 사이에 끼여 있는 이 선 위에서." 탈카베는 인디언식 비유로 코스를 확인했다.

"그래, 맞아."

"그리고 포로의 비밀을 넓은 바다의 파도에 맡긴 긴 당신들의 신이군?"

"맞아."

"그렇다면 그 신의 뜻이 이루어지기를!" 탈카베는 엄숙하게 대답했다. "동쪽으로 갑시다. 필요하다면 해까지라도!"

파가넬은 이 제자 덕분에 우쭐하여 당장 탈카베의 대답을 동료들에게 통역해주었다.

"얼마나 똑똑한 종족인가!" 그가 덧붙였다. "우리나라 사람이라면 스무 명 가운데 열아홉 명은 내 설명을 전혀 이해하지 못했을 거야."

글레나번은 외국인이 팜파스의 인디언에게 붙잡혔다는 이야기를 들은 적이 있는지 탈카베에게 물어보라고 파가넬을 재촉했다.

파가넬은 질문을 하고 대답을 기다렸다.

"들은 것 같아." 탈카베가 대답했다.

이 말이 통역되자 탈카베는 당장 일곱 명의 여행자들에게 둘러싸였다.

파가넬은 흥분하여 좀처럼 할 말이 떠오르지 않았지만, 흥미로운 질문을 계속했다. 진지한 인디언을 뚫어지게 바라보는 그의 눈은 상대의 대답이 입술에서 채 나오기도 전에 읽으려 하고 있었다.

그는 탈카베가 스페인어가 아니라 동료들의 모국어인 영어로 말하고 있다고 동료들이 생각하도록, 탈카베가 말하는 스페인어를 한 마디 한 마디 영어로 바꾸어서 되풀이했다.

"그러면 그 포로는?"

"외국인이었어. 유럽인." 탈카베가 대답했다.

"만난 적이 있나?"

"아니. 하지만 인디언의 이야기에 그 사람 이야기가 나와. 용감한 사람이라고, 황소 같은 용기를 갖고 있다고."

"황소 같은 용기!" 파가넬이 말했다. "아아, 파타곤어는 정말 멋져! 여러분, 알았지요? 용감한 사람이랍니다!"

"아버지다!" 로버트가 외쳤다. 그러고는 파가넬 쪽으로 몸을 돌리고 물었다. "'우리 아버지예요'는 스페인어로 어떻게 말하죠?"

"Es mio padre." 지리학자가 대답했다.

"Suo padre(저 아이의 아버지)?" 탈카베가 외쳤다. 그의 눈이 밝아졌다.

그는 소년을 두 팔로 끌어안고 말 위로 들어 올려 동정 어린 눈길로 바라보았다. 그의 총명한 얼굴은 온화한 감동으로 가득 차 있었다.

하지만 파가넬은 질문을 계속했다. 그 포로는 어디에 있나? 뭘 하고 있나? 당신이 그 이야기를 들은 것은 언제인가? 이런 질문들을 그는 한꺼번에 퍼부었다.

대답을 오래 기다릴 필요는 없었다. 그는 그 유럽인이 콜로라도 강과 네그로 강 사이에 끼여 있는 지역을 돌아다니는 인디언 부족의 노예가 되어 있다는 것을 알았다.

"마지막에는 어디에 있었나?" 파가넬이 물었다.

"칼푸쿠라 추장과 함께."

"우리가 지금까지 따라온 37도선 위에 있나?"

"그래."

"그 추장은 어떤 사람이지?"

"포야족 인디언의 우두머리인데 혀도 누 개, 심상도 두 개아."

"그러니까 말도 행동도 거짓된 놈이란 말이군." 파가넬은 파타곤어의 이 멋진 비유를 동료들에게 말해준 뒤, 다시 말을 이었다. "그러면 우리는 이 친구를 구출할 수 있을까?"

"아마 그럴 수 있을 거야. 아직 인디언한테 붙잡혀 있다면."

"그럼 당신은 언제 그 이야기를 들었나?"

"오래전에 들었어. 그 후 태양이 팜파스의 하늘에 여름을 두 번 가져왔지."

글레나번의 기쁨은 이루 형언할 수 없었다. 이 대답은 문서에 적힌 날짜와 정확히 일치했다. 하지만 탈카베에게 물어볼 것이 하나 더 남아 있었다. 파가넬은 곧 그 질문을 꺼냈다.

"포로가 한 사람이라고 했는데, 세 사람이 아니었나?"

"몰라."

"지금 그 사람이 어떻게 되어 있는지는 전혀 모르나?"

"전혀."

이 마지막 말로 대화는 끝났다. 세 명의 포로가 오래전에 뿔뿔이 흩어졌을 수도 있었다. 하지만 탈카베가 제공한 이 정보로 분명해진 것은 인디언들이 자기네 손아귀에 들어온 유럽인에 대해 이야기하고 있다는 것이었다. 그 유럽인이 붙잡힌 시기, 지금 그가 있는 곳, 그의 용기를 표현하기 위해 탈카베가 사용한 말에 이르기까지 모든 것으로 미루어보아 그 포로는 해리 그랜트 선장이라고 생각할 수밖에 없었다.

이튿날인 10월 25일, 여행자들은 기운을 되찾아 다시 동쪽으로 향했다. 평원은 여전히 쓸쓸하고 단조로웠다. 현지어로 '트라베시아'라고 불리는 황무지가 끝없이 펼쳐져 있었다. 바람을 맞은 점토질 지면은 완전한 수평을 이루고 있었다. 메마른 불모지에는 군데군데 움푹 파인 곳과 인디언이 판 웅덩이 가장자리를 제외하고는 바위는커녕 작은 돌멩이 하나도 없었다. 긴 간격을 두고 우듬지가 거무스름해진 키 작은 나무들이 나타나고, 군데군데 하얀 메뚜기콩이 자라고 있었다. 그 콩의 꼬투리에는 달착지근한 과육이 들어 있어서 피로를 달래주었다. 그리고 테레빈 나무, 차나레스 나무, 야생 금작화 덤불, 그리고 온갖 종류의 가시나무. 이런 나무들이 비쩍 마른 것을 보면 그곳이 얼마나 불모의 땅인지를 알 수 있었다.

26일의 여정은 고생스러웠다. 콜로라도 강까지 가야 했지만, 말들은 사람들의 격려를 받고 아주 빠르게 달려서 그날 저녁에는 서경 69도 45분 지점에서 팜파스를 관통하여 흐르는 아름다운 강에 이르렀다. 인디언은 이 강을 '코브 뢰브'라고 부르는데, '큰 강'이라는 뜻이다. 이 강은 굽이굽이 흘러 대서양으로 들어간다. 그 하구에서 기묘하고 특이한 현상이 생기는데, 바다가 가까워질수록, 지하로 스며드는지 하늘로 증발하는지는 모르지만 수량이 줄어드는 것이다. 그리고 이 현상의 원인은 아직도 규명되지 않았다.

콜로라도 강에 도착하여 파가넬이 맨 먼저 한 일은 붉은 황톳빛 강물에서 '지리학적으로' 미역을 감은 것이었다. 그는 물이 아주 깊은 데 놀랐지만, 그것은 초여름 햇볕에 눈이 녹은 결과였다. 그뿐만 아니라 강의 너비도 상당해서 말이 헤엄쳐 건널 수가 없었다. 다행히 수백 미터 상류에 댓개비를 가죽끈으로 묶어서 매달아놓은 다리가 있었다. 덕분에 그들은 강을 건너 왼쪽 기슭에서 야영할 수 있었다.

잠자기 전에 파가넬은 콜로라도 강의 위치를 정확하게 측정하기로 마음먹고, 티베트의 산속을 흐르고 있는 야루장부 대신 이 강의 위치를 특별히 공들여 지도에 기입했다.

그 후 이틀 동안, 즉 10월 27일과 28일에는 여행길에 아무 사건도 일어나지 않았다. 풍경은 여전히 단조롭고 여전히 불모지가 계속되었다. 그래도 지면은 많이 축축해졌다. 물이 고여 있는 '카냐다'(웅덩이)와 수초로 덮인 '에스테로'(소택지)를 지나가지 않으면 안 되었다. 저녁때 말들은 광물질을 많이 함유한 호숫가에서 걸음을 멈추었다. 인디언들이 '쓴 호수'라고 부르는 이곳에서 1862년에 아르헨티나 군대가 잔인한 보복을 저질렀다.*
일행은 여느 때처럼 야영했지만, 원숭이와 들개만 없었다면 쾌적한 밤이 되었을 것이다. 그 시끄러운 동물들은 아마 그들을 환영하기 위해서 그랬겠지만, 유럽인의 귀에는 불쾌하게 들리는 자연의 교향곡을 연주해주었다. 미래의 음악가라면 이런 음악을 비난하거나 부정하지 않을지도 모르지만…….

---

* 19세기 초반에 스페인으로부터 독립했지만 전쟁과 내전을 거친 뒤 1853년에 공화국을 수립한 아르헨티나 정부는 팜파스 남부와 파타고니아 지역에 대한 '황야의 정복'을 전개하여 1300명의 원주민을 학살하고 1만 5000명을 강제로 이주시켰다.

17
팜파스

  아르헨티나의 팜파스는 남위 34도에서 40도까지 펼쳐져 있다. 아라우칸어에서 유래한 '팜파스'는 초원을 의미하고, 바로 이 지역에 해당한다. 서부는 자귀나무과 식물, 동부는 영양분이 풍부한 목초가 자라서 이 지방에 독특한 풍경을 부여하고 있다. 이런 식물들은 붉은빛이나 노란빛을 띤 점토와 모래가 섞인 대지를 덮고 있는 표층토에 뿌리를 내리고 있다. 지질학자가 이 제3기층* 토양을 조사해보았다면 넘쳐흐르는 부를 발견할 것이다. 그곳에는 인디언들이 멸종한 거대 아르마딜로[†]의 뼈로 여기고 있는 태고의 동물 뼈가 헤아릴 수 없을 만큼 많이 묻혀 있다.

---

* 신생대 제3기(약 7000만 년 전~약 200만 년 전 사이)에 퇴적해서 이루어진 지층. 제3기층 중에는 석탄이나 석유가 많이 매장되어 있다.
† 포유류의 일종. 몸의 길이는 40~70센티미터이며, 등은 갑옷 모양의 많은 골판으로 덮여 있다. 야행성으로 적을 만나면 몸을 둥글게 말아 제 몸을 지킨다. 북아메리카 남부와 중남아메리카의 건조 지대에 20여 종이 분포한다.

그 고운 식물성 흙 밑에 이 지방의 원시시대 역사가 묻혀 있는 것이다.

남아메리카 대륙의 팜파스는 아프리카 지구대의 사바나*나 시베리아의 스텝†과 마찬가지로 지리학상의 특수한 경관이다. 그 풍토는 좀 더 대륙적이니까 부에노스아이레스 주보다 훨씬 추위와 더위가 심하다. 파가넬의 설명에 따르면, 바다에 흡수되어 축적된 여름의 열기는 겨울 동안 바다에서 발산된다. 그 결과 섬은 대륙 내부만큼 온도 변화가 심하지 않다.‡ 그래서 팜파스 서부의 기후는 대서양이 가까이에 있는 연안 지방처럼 온화하지 않다. 갑작스럽고 극단적인 온도 변화, 온도계의 수은주가 계속 이쪽저쪽으로 오락가락하는 급속한 변화가 그 지방을 지배하고 있다. 가을, 즉 4월과 5월에는 비가 잦고 게다가 억수같이 쏟아져 내린다. 하지만 지금 이 계절에는 날씨가 아주 건조하고 기온도 높았다.

날이 밝자마자 일행은 당장 길을 확인하고 출발했다. 떨기나무들이 늘어서 있는 지면에는 아무 변화도 보이지 않았다. 모래언덕도, 그것을 이루는 모래도 없고, 바람에 날려 공중으로 올라가는 흙먼지도 없었다. 가장 팜파스적인 덤불, 태풍이 부

---

* 아프리카 지구대: 동부 아프리카를 남북으로 달리는 폭 35~60킬로미터의 단층 함몰 지대로, 신생대 제3기에 이루어져 화산과 지진 활동이 활발하며, 빅토리아 호·탕가니카 호 같은 대규모 단층호가 발달했다. 특히 이 지역은 오스트랄로피테쿠스와 같은 인류의 화석이 많이 발견되어 인류의 기원지로 알려져 있기도 하다.
사바나: 열대 우림과 사막의 중간에 분포하는 열대 초원.
† 시베리아: 러시아의 우랄 산맥에서 태평양 연안에 이르는 북아시아 지역.
스텝: 시베리아에서 중앙아시아에 걸쳐 펼쳐진 온대 초원.
‡ 〔원주〕이런 이유로 아이슬란드의 겨울은 롬바르디아(이탈리아 북부 지역)의 겨울보다 따뜻하다.

는 동안 원주민들의 은신처가 되는 가시나무 덤불 사이를 말들은 기운차게 나아갔다. 어느 정도 간격을 두고 물이 고여 있는 늪지대가 있었지만, 그것도 점점 줄어들었다. 그곳에는 버드나무와 물가를 좋아하는 '기그네리움 아르겐테움'이라는 식물이 자라고 있었다. 이런 곳에 오면 말들은 이거 잘됐다는 듯이 맛있게 물을 마시고, 나중을 대비하여 목을 축이곤 했다. 탈카베는 앞장서서 덤불을 두드리며 돌아다녔다. 물리면 한 시간도 지나기 전에 황소도 죽어버리는 살무사의 일종인 '초리나'를 그런 식으로 놀래켜 달아나게 하는 것이다. 민첩한 '타우카'는 덤불을 뛰어넘어, 뒤따라오는 말들을 위해 주인이 길을 여는 것을 도왔다.

곧게 뻗은 이 평원을 지나는 여행은 어려움도 없고 쾌적했다. 초원의 자연에는 어떤 변화도 생기지 않았다. 사방 150킬로미터 범위 안에 바위는커녕 작은 돌멩이 하나도 없었다. 이런 단조로움은 다른 데서는 찾아볼 수 없고, 이만큼 줄기차게 이어지는 곳도 없다. 풍경, 사건, 뜻밖의 자연, 그런 것은 전혀 없다! 파가넬처럼 볼만한 게 아무것도 없는 곳에서 무인가를 보는 열광적인 학자가 아닌 한, 도중의 자질구레한 일에 흥미를 느낄 수는 없었다. 게다가 어떤 것에 흥미를 느끼는가? 그걸 한번 말해보라고 해봤자 파가넬 자신도 말할 수 없었을 것이다. 기껏해야 덤불 하나, 어쩌면 풀 한 포기. 그것만으로 그의 끝없는 장광설이 시작되고, 로버트에 대한 교육이 시작되는 것이다. 그리고 로버트도 기꺼이 그의 말에 귀를 기울였다.

이날 10월 29일은 온종일 평원이 여행자들 앞에 무한한 통일성을 갖고 펼쳐졌다. 2시쯤 동물 흔적이 말발굽 밑에 길게 이어

말들은 가시나무 덤불 사이를 기운차게 나아갔다.

졌다. 하얗게 바랜 수많은 소 뼈다귀들이 쌓여 있었는데, 이 잔해는 동물들이 길을 가다가 힘이 빠지면서 차례로 길바닥에 쓰러져 남긴 흔적이 아니었다. 그랬다면 그 흔적이 지그재그로 선을 그리며 남아 있을 텐데, 이 뼈다귀들은 비교적 제한된 범위 안에 무더기로 모여 있었다. 그들은 아무리 생각해봐도 그 까닭을 알 수 없었다. 알 수 없는 것은 파가넬도 마찬가지였다. 그래서 탈카베에게 물어보자, 탈카베는 망설이는 기색도 없이 대답했다.

"세상에 그런 일이!" 하는 학자의 외침과 탈카베가 강하게 긍정하는 몸짓이 일행의 호기심을 자극했다.

"뭐래요?" 일행 중 하나가 물었다.

"하늘의 불이랍니다." 지리학자가 대답했다.

"뭐라고요? 벼락이 이런 재난을 일으켰단 말입니까?" 톰 오스틴이 말했다. "500마리나 되는 소 떼가 죽다니!"

"탈카베는 그렇게 말하고 있습니다. 그리고 탈카베 말이 맞습니다. 나도 그렇게 생각합니다. 팜파스의 뇌우는 무엇보다 격렬한 것이 특징이니까요. 우리는 제발 그런 뇌우를 만나지 않았으면 좋겠는데!"

"무척 덥군요." 윌슨이 말했다.

"그늘에서도 온도계가 30도를 가리키고 있을 겁니다." 파가넬이 대답했다.

"그런 말을 들어도 나는 놀라지 않아요." 글레나번이 말했다. "전기가 몸을 꿰뚫는 듯한 기분이 듭니다. 이런 더위가 언제까지나 계속되진 않겠지요?"

"아, 아닙니다!" 파가넬이 말했다. "날씨 변화를 기대할 수는 없어요. 지평선에 아지랑이 하나 없으니까요."

"곤란하군." 글레나번이 대답했다. "말들이 더위로 몹시 지쳐 있으니까요. 로버트, 너는 안 덥니?" 그가 로버트에게 물었다.

"아뇨." 소년이 대답했다. "저는 더위를 좋아해요. 더위는 좋은 거예요."

"특히 겨울에는 그렇지." 담배 연기를 토해내면서 소령이 끼어들었다.

저녁에 일행은 버려진 '란초' 옆에 말을 세웠다. 란초는 나뭇가지를 엮고 진흙으로 틈새를 메우고 초가지붕을 인 임시 막사다. 이 오두막은 반쯤 썩은 말뚝으로 만든 우리에 접해 있었는데, 썩은 말뚝이라도 밤중에 여우 같은 들짐승의 습격으로부터 말을 지키기에는 충분했다. 말 자신이 여우를 두려워해야 할 이유는 없지만, 그 못된 짐승은 안장 끈 같은 마구를 이빨로 물어 끊고, 그러면 말은 그것을 기화로 도망쳐버린다.

란초에서 몇 걸음 떨어진 곳에 화덕으로 쓸 구덩이가 파여 있고, 거기에 재가 남아 있었다. 오두막 안에는 나무로 만든 걸상과 소가죽으로 만든 허술한 침상, 냄비와 양초를 매다는 작대기, 마테차를 끓이는 주전자가 있었다. 마테차는 남아메리카에서 인디언들이 흔히 마시는 음료인데, 말린 잎을 달여서, 아메리카의 음료가 대부분 그렇듯이 빨대로 마신다. 파가넬의 요구에 따라 탈카베가 이 음료를 몇 잔 만들었는데, 보통 음식과 아주 잘 어울려서 다들 아주 맛있다고 말했다.

이튿날인 10월 30일, 태양은 불타는 듯한 안개 속에서 떠올라 뜨거운 빛을 지상에 쏟아부었다. 이날의 기온은 터무니없이 높았을 게 분명하지만, 평원에는 몸을 숨길 곳이 전혀 없었다. 그래도 일행은 기운차게 동쪽으로 출발했다. 몇 번이나 큰 소 떼를 만났지만, 소들은 이 견디기 어려운 더위 속에서 풀을 뜯을 힘도 없이 나른하게 누워 있었다. 소 떼를 지키는 목동은 그림자도 보이지 않았다. 갈증에 시달리면 암양의 젖을 빨아먹는 개들만이 이 수많은 암소와 수소의 무리를 감시하고 있었다. 그리고 이 소들은 성질이 온순해서, 유럽 소들의 특징인 붉은 것에 대한 본능적 공포를 갖고 있지 않았다.

"그건 아마 이 소들이 공화국의 풀을 먹고 있기 때문일 겁니다!"* 이 말은 지나치게 프랑스적인 농담이었을지 모르지만, 파가넬은 말하고 나서 자신의 농담이 즐거운 듯 낄낄거렸.

정오 무렵, 단조로운 풍경에 싫증난 눈이 놓칠 리 없는 다소의 변화가 팜파스에 나타났다. 억새는 전보다 줄어들었다. 그 대신 나타난 것은 높이가 2.5미터나 되어 전 세계의 모든 당나귀를 기쁘게 해줄 만한 거대한 엉겅퀴와 우엉이었다. 건조 지대에서는 귀중한 존재인 차나레스나 그 밖의 암녹색 가시나무가 군데군데 자라고 있었다. 지금까지는 초원의 점토층 속에 함유된 어느 정도의 수분이 목초를 지탱하고 있었다. 초원 전체에 깔린 풀은 무성하게 우거졌다. 하지만 이 부근에서 그 융단은 여기저기가 닳아서 무지러지고 뜯겨서 맨땅을 드러내며 토양의 빈곤을 노출시켰다. 건조가 점점 심해져가는 조짐이 뚜렷해서 탈카베는 거기에 사람들의 주의를 돌렸다.

"이 변화가 나한테는 오히려 고마운데요." 톰 오스틴이 말했다. "언제까지나 풀만 보이니까 나중에는 진절머리가 나기 시작했어요."

* 붉은색은 급진파를 상징하는 색이다.

"그래. 하지만 언제까지나 풀만 계속되고, 언제까지나 물만 계속되지."

"정말 물은 부족하지 않아요." 윌슨이 말했다. "언젠가는 또 강을 만나겠지요."

파가넬이 이 말을 들었다면, 콜로라도 강과 아르헨티나의 산지 사이에는 하천이 적다고 말했을 게 분명하다. 하지만 그는 이때 글레나번이 지적한 어떤 사실에 대해 설명하고 있었다.

얼마 전부터 대기가 연기 냄새를 띠고 있는 것처럼 느껴졌다. 그런데 시야에는 불이 전혀 보이지 않았고, 멀리서 불이 난 것을 알려주는 연기도 전혀 없었다. 그래서 이 현상이 자연적 원인에 따른 것이라고 볼 수는 없었다. 오래지 않아 풀이 타는 냄새는 아주 강해졌고, 파가넬과 탈카베를 제외한 여행자들은 이상하게 생각하기 시작했다. 어떤 사실도 막힘없이 설명해주는 지리학자는 동료들에게 이렇게 대답했다.

"우리 눈에는 불이 보이지 않지만 연기 냄새는 납니다. 그런데 아니 땐 굴뚝에 연기는 나지 않죠. 이 속담은 유럽과 마찬가지로 아메리카 대륙에서도 옳습니다. 그렇다면 어딘가에 불이 있다는 뜻인데, 이런 팜파스는 아주 평탄해서 공기의 흐름을 막는 것이 전혀 없기 때문에 100킬로미터나 떨어진 곳에서 타고 있는 풀 냄새를 맡게 되는 경우도 종종 있지요."

"100킬로미터?" 소령은 믿을 수 없다는 투로 말했다.

"그렇습니다. 하지만 덧붙여 말하면 이런 큰불은 넓은 범위에 퍼져서 규모가 커지는 경우도 많습니다."

"누가 초원에 불을 지르죠?" 로버트가 물었다.

"풀이 더위로 바싹 말라 있을 때는 벼락으로 불이 나는 일이

종종 일어나지. 때로는 원주민이 불을 지를 때도 있어."

"왜 불을 지르죠?"

"인디언은 팜파스에 불이 난 뒤에는 억새가 잘 자란다고 주장하지. 이 말에 어느 정도 근거가 있는지는 모르지만, 그렇다면 이것은 재의 작용으로 토양을 되살리는 방법이라는 이야기가 돼. 하지만 나는 이 불이 가축을 괴롭히는 기생충의 일종인 진드기를 박멸하기 위한 거라고 생각해."

"하지만 그런 수단을 쓰면 평원을 헤매는 가축이 희생될 수도 있을 텐데?" 소령이 말했다.

"그래요, 불에 타죽기도 하죠. 하지만 수많은 가축 가운데 몇 마리가 희생되는 것쯤은 문제가 아닙니다."

"나는 동물들을 위해 항의하는 게 아니오." 소령이 말했다. "그건 동물들의 문제니까. 팜파스를 가로지르는 여행자를 위해 말하는 거요. 그들이 갑자기 불길에 휩싸일 수도 있지 않겠소?"

"당연하지요!" 파가넬은 눈에 보이게 만족스러운 얼굴로 외쳤다. "그런 일도 이따금 일어납니다. 그리고 나 자신은 그런 일을 당하는 것도 나쁘지 않다고 생각합니다."

"정말로 학자답군요." 글레나번이 말했다. "학문을 위해서라면 산 채로 타 죽는 것까지도 불사하겠다니 말입니다."

"그런 건 아닙니다, 글레나번 경. 하지만 누구나 쿠퍼*의 소설을 읽었겠지요. 거기서 '가죽 스타킹'이 주위의 풀을 뽑아서 불의 진행을 막는 방법을 가르쳐주는데, 정말 간단한 방법이지

---

* 제임스 페니모어 쿠퍼(1789~1851): 미국의 소설가. '가죽 스타킹'이라는 별명을 가진 내티 범포를 주인공으로 한 연작이 유명하며, 《모히칸족의 최후》도 이 연작의 한 편이다.

요. 그래서 나는 불이 다가와도 무섭지 않습니다. 그리고 나는 불이 일어나주기를 진심으로 염원하고 있지요."

하지만 파가넬의 열망이 실현될 가망은 별로 없었고, 그가 반쯤 구워졌다면 그것은 오로지 견디기 어려운 열기를 보내오는 햇볕 때문이었다. 말들은 이 열대의 기온에 시달린 나머지 숨이 막힐 듯 헐떡거렸다. 불타는 원반 같은 태양을 가려줄 구름이라도 나타나지 않는 한 그늘은 기대할 수 없었다. 어쩌다 구름이 나타나면 그늘이 평탄한 지면을 달리고, 이 서늘한 띠 모양의 그늘은 서풍에 밀려 앞으로 앞으로 달려가곤 했다. 그러면 사람들은 말을 재촉하여 그 그늘 속에 머물러 있으려고 애썼다. 하지만 이윽고 말들은 추월당하여 뒤로 처지고, 구름 뒤에서 나온 태양은 뜨겁게 달구어진 팜파스의 대지에 또다시 열기를 비처럼 쏟아부었다.

아까 윌슨이 물은 부족하지 않다고 말했을 때는 이날 하루 일행을 괴롭힌 갈증을 예상치 못했다. 그리고 도중에 또 강을 만날 거라고 덧붙인 것은 너무 성급했다. 사실은 지면이 평탄해서 골짜기가 생기지 않았기 때문에 하천이 없었을 뿐만 아니라 원주민이 판 웅덩이도 바싹 말라 있었다. 가뭄의 징후가 3킬로미터마다 점점 더 확실해지는 것을 보고 파가넬은 탈카베에게 어디서 물을 찾을 작정이냐고 물었다.

"살리나스 호수." 탈카베가 말했다.
"그럼 살리나스 호수에는 언제쯤 도착하지?"
"내일 저녁."
아르헨티나인들은 대개 팜파스를 여행할 때는 우물을 파서, 지하 몇 미터 되는 곳에서 물을 찾는다. 하지만 연장을 챙겨오지 않은 이 여행자들은 우물을 팔 수가 없었다. 그래서 한 번에 마실 물을 제한해야 했기 때문에, 물을 마시고 싶다는 욕구에 시달리지도 않은 대신 갈증을 완전히 풀 수도 없었다.

저녁에 일행은 50킬로미터의 여정을 마치고 말을 세웠다. 모두 낮의 피로를 풀기 위해 쾌적한 하룻밤을 기대하고 있었지만, 얄궂게도 모기와 파리매가 휴식을 방해했다. 이 벌레들의 존재는 바람의 방향이 바뀐 것을 보여주고 있었다. 실제로 바람은 방향을 90도 바꾸어 북쪽에서 불기 시작했다. 이 곤충들은 일반적으로 남풍이나 남서풍과 함께 사라진다.

소령이 어떤 어려움에 빠져도 평정을 유지하는 반면, 파가넬은 작은 불운에도 화를 냈다. 그는 모기와 파리매를 저주하고, 산성물이 있으면 놈들한테 물려 온몸이 가렵고 따끔거리는 것을 누그러뜨릴 수 있었을 거라고 투덜거렸다. 소령은 박물학자가 열거한 30만 종의 곤충 가운데 겨우 두 종만 상대하고 있으니까 다행으로 여겨야 한다는 말로 그를 위로하려고 했지만, 아침에 눈을 떴을 때 그는 몹시 불쾌한 상태였다.

하지만 그는 날이 밝기 시작하자마자 출발하는 것에 대해서는 전혀 불평하지 않았다. 그날 안으로 살리나스 호수에 도착해야 하기 때문이었다. 말들은 몹시 지쳐 있었고, 목이 말라 죽을 지경이었다. 말을 탄 사람들은 말에게 제 몫의 물을 마시게 해주었지만, 애당초 그들에게 할당된 물의 양은 지극히 한정된 것이었다. 가뭄은 점점 심해져서, 팜파스의 열풍인 북풍에는 흙먼지가 많이 섞여 있었고 더위도 그에 못지않게 견디기 어려웠다.

그날은 여행의 단조로움이 잠깐 중단되었다. 선두에 있던 멀래디가 되돌아와서, 한 무리의 인디언이 다가오는 것을 알렸다.

이 만남은 다양한 평가를 받았다. 글레나번은 이 원주민들한테 '브리타니아'호 조난자들에 대한 정보를 얻을 수 있을지 모른다고 생각했다. 탈카베는 초원에서 유목 생활을 하는 인디언을 길에서 만나는 것을 별로 달가워하지 않았다. 그는 이들을 노상강도로 생각했기 때문에 되도록이면 피하려고 했다. 그의 지시에 따라 일행은 한데 모여 총을 쏠 준비를 했다. 어떤 사태에도 대응할 수 있도록 대비하지 않으면 안 되었다.

곧 인디언 무리가 보였다. 겨우 열 명밖에 안 되는 무리였다. 그것을 보고 탈카베는 안심했다. 인디언들은 백 걸음쯤 떨어진 곳까지 다가왔다. 그들을 한 사람씩 분간하기는 쉬웠다. 그들은 1833년에 로사스 장군*에게 거의 소탕된 그 팜파스 종족에 속하는 원주민이었다. 툭 튀어나온 넓은 이마, 훤칠하게 큰 키, 올리브색 피부 때문에 그들은 인디언 계통에서도 훌륭한 부족을 이루고 있었다. 과나코나 스컹크 가죽으로 옷을 만들어 입고 길이가 6미터나 되는 창과 함께 단검과 투석기, 볼라와 라소를 지니고 있었다. 그들이 교묘하게 말을 다루는 것을 보면 숙련된 기수라는 것을 알 수 있었다.

그들은 백 걸음쯤 떨어진 곳에 멈춰 서서, 서로 고함을 지르거나 몸짓을 하며 의논하고 있는 것처럼 보였다. 글레나번은 그들 쪽으로 나아갔다. 하지만 그가 5미터도 가기 전에 인디언들은 휙 방향을 바꾸더니, 믿을 수 없을 만큼 빠른 속도로 사라져

---

* 후앙 마누엘 데 로사스(1793~1877): 아르헨티나의 정치가·군인·독재자. 1833년에 의용군을 이끌고 팜파스 지역에 대한 '황야의 작전'을 전개하여 3000여 명의 원주민을 학살했다. 이 원주민 말살 작전은 1860년대에 정부에 의해 수행된 '황야의 정복'으로 이어졌다.

버렸다. 여행자들의 말은 이미 기진맥진한 상태여서 도저히 따라잡을 수 없었을 것이다.

"겁쟁이들!" 파가넬이 외쳤다.

"정상적인 인간이라고 하기에는 도망치는 발걸음이 너무 빠르군." 소령이 말했다.

"저 인디언은 뭐지?" 파가넬이 탈카베에게 물었다.

"가우초." 파타곤이 대답했다.

"가우초!" 파가넬은 동료들 쪽으로 돌아서면서 말했다. "가우초래요. 그렇다면 우리가 그렇게 경계할 필요는 없었는데! 두려워할 이유는 전혀 없었어요!"

"왜요?" 소령이 물었다.

"가우초는 착한 농민이거든요."

"정말 그렇게 생각해요?"

"물론이죠. 그들은 우리가 도둑인 줄 알고 도망친 거예요."

"나는 오히려 놈들이 감히 우리를 습격할 용기가 없었다고 생각하는데요." 상대가 어떤 자들이었건 그 원주민과 이야기를 나눌 수 없어서 기분이 상한 글레나번이 말했다.

"나도 그렇게 생각하네." 소령도 말했다. "내가 잘못 생각한 게 아니라면 가우초는 착하기는커녕 정말로 무서운 산적이야."

"어떻게 그런 생각을?" 파가넬이 외쳤다.

그러고는 이 민족학적 문제에 대해 맹렬히 논하기 시작했다. 그 기세가 너무 맹렬했기 때문에 무던한 소령도 화가 나서, 아무리 격렬한 논쟁이 벌어져도 좀처럼 입 밖에 내지 않는 말로 반격했다.

"나는 당신이 틀렸다고 생각하오."

"내가 틀렸다고요?" 학자가 되물었다.

"그렇소. 탈카베, 이곳 사정에 훤한 탈카베도 그 인디언들을 도둑으로 생각했어요."

"그렇다면 이번에는 탈카베가 틀린 겁니다." 파가넬은 신랄하게 반박했다. "가우초는 농경과 목축을 합니다. 그것뿐이에요. 그리고 나 자신도 팜파스의 인디언을 다룬 상당히 주목할 만한 책자에서 그렇게 쓴 적이 있고요."

"그렇다면 당신은 잘못을 저지른 거요."

"내가 잘못을 저질렀다고요?"

"모르고 저지른 실수겠지." 소령은 즉각 응수했다. "하지만 재판을 찍을 때 제대로 바로잡으면 돼요."

자신의 지리학적 지식이 논란의 대상이 되었을 뿐 아니라 웃음거리가 된 데 기분이 상한 파가넬은 짜증이 나는 것을 느꼈다.

"내 책은 그런 정정을 할 필요가 없습니다!"

"필요해요. 적어도 이번 경우에는!" 이번에는 소령도 고집스럽게 대꾸했다.

"실례지만 오늘은 소령님이 이상하게도 짓궂게 구시는 것 같군요."

"나는 당신이 신랄하다고 생각하는데?"

보다시피 논쟁은 생각지도 못할 만큼 거창해졌다. 게다가 그 문제라는 것이 그렇게 정색할 만큼 대단한 것도 아니었다. 글레나번은 슬슬 중재에 나서도 좋겠다고 생각했다.

"물론 한쪽이 짓궂게 굴면 다른 한쪽도 신랄해지는 건 당연하지만, 두 분이 그렇게 되는 건 내가 보기에는 불가사의하군요."

탈카베는 이 논쟁의 원인이 무엇인지는 몰랐지만, 두 친구가 말다툼하고 있다는 것은 쉽게 알아차릴 수 있었다. 그는 싱글싱글 웃으면서 부드럽게 말했다.

"북풍이야."

"북풍이라고?" 파가넬이 외쳤다. "도대체 북풍이 이것과 무슨 상관이 있지?"

"아니, 북풍이 맞습니다." 글레나번이 말했다. "선생의 기분이 나빠진 원인은 북풍이에요. 북풍이 남아메리카에서는 특히 신경을 곤두서게 만든다는 말을 들은 적이 있거든요."

"성 패트릭*을 걸고 말하겠는데, 자네 말이 옳아, 에드워드!" 소령은 말하고 큰 소리로 웃기 시작했다.

하지만 정말로 화가 난 파가넬은 논쟁을 그만두려고 하지 않았다. 그리고 글레나번의 말참견은 좀 지나치게 농담조였다고 생각했기 때문에, 이번에는 글레나번에게 덤벼들었다.

"아, 그래요? 내 신경이 곤두서 있다는 말씀이군요?"

"그래요, 선생. 북풍 때문이에요. 어쨌든 로마의 캄파냐(평원)에 부는 북풍과 마찬가지로 팜파스에서도 온갖 범죄를 일으키는 바람이니까요."

"범죄라고요?" 학자가 말을 되받았다. "내가 범죄를 저지르려는 인간으로 보입니까?"

"반드시 그렇다는 건 아닙니다."

"내가 당신을 죽이려 한다고, 그렇게 간단히 알기 쉽게 말하면 되잖습니까?"

---

* 성 패트릭(387?~464?): 아일랜드의 수호성인. 스코틀랜드에서 태어나 사제로 서품을 받은 뒤 아일랜드로 파견되어 수도원을 세우고 기독교를 전파했다.

"아니, 선생." 글레나번이 대답했다. 그러고는 더 이상 참지 못하고 웃음을 터뜨렸다. "정말로 그런 게 아닐까 걱정이군요. 다행히 북풍은 하루밖에 계속되지 않지만."

이 대답을 듣고 모두 글레나번과 함께 웃었다. 그러자 파가넬은 말에 박차를 가하여 울화통을 터뜨리기 위해 앞으로 가버렸다. 그리고 15분 뒤에는 이미 태연해져 있었다.

이런 식으로 학자의 선량한 성격은 잠시 흐트러지곤 했다. 하지만 글레나번이 적절히 말했듯이 이런 약점은 외적인 원인 때문이라고 볼 수밖에 없었다.

오후 8시에 한 발 앞서 가고 있던 탈카베가 대망의 절벽이 보인다는 소식을 전해왔다. 15분 뒤에 일행은 살리나스 호수로 이어진 비탈을 내려갔다. 하지만 그곳에는 엄청난 환멸이 기다리고 있었다. 호수가 바싹 말라 있었던 것이다.

18

물을 찾아서

 살리나스 호수는 벤타나 산맥과 과미니 산맥까지 점점이 이어진 석호*들 가운데 마지막 호수였다. 일찍이 수많은 원정대가 부에노스아이레스에서 여기로 소금을 찾으러 왔다. 이 호수의 물은 염분 함유량이 놀랄 만큼 많았기 때문이다. 하지만 지금은 물이 더위로 증발하고, 물에 녹아 있던 염분은 침전해버려서 이제 호수는 반짝반짝 빛나는 거대한 거울처럼 보였다.

 탈카베가 살리나스 호수에 마실 물이 있다고 예고한 것은 몇 군데에서 호수로 흘러드는 강물을 말한 것이었다. 하지만 지금 이들 지류는 호수와 마찬가지로 바싹 말라 있었다. 작열하는 태양은 모든 것을 삼켜버렸다. 갈증에 시달리는 일행이 살리나스 호수의 바싹 마른 연안에 도착했을 때 깜짝 놀란 것은 그 때문이었다. 가죽 부대 속에 조금 남아 있던 물도 거의 상해버려서

---

* 사주나 사취 같은 장애물에 의해 바다로부터 분리된 연안에 나타나는 얕은 호수.

목을 축일 수가 없었다. 갈증이 견디기 어렵게 느껴지기 시작했다. 이 강렬한 욕구 앞에서는 굶주림도 피로도 사라졌다. 원주민이 우묵한 곳에 세워둔 채 버리고 간 '루카'(가죽 천막)가 지친 여행자들의 피난처가 되었고, 말들은 호숫가의 진흙 위에 엎드려 수초나 마른 갈대를 마지못해 씹고 있었다.

모두 루카 안으로 들어가자 파가넬은 탈카베에게 몇 가지 질문을 던지고, 어떻게 하면 좋겠느냐고 물었다. 지리학자와 탈카베는 빠른 말씨로(그래도 글레나번은 낱말 몇 개를 알아들었다) 대화를 나누었다. 탈카베가 조용히 이야기한 대신 파가넬은 두 사람 몫의 몸짓을 했다. 이 대화는 몇 분 동안 계속되었고, 그 후 탈카베는 팔짱을 끼었다.

"뭐라고 하던가요?" 글레나번이 물었다. "뿔뿔이 흩어지라고 권한 것 같은데."

"두 팀으로 나누라네요." 파가넬이 말했다. "우리들 중에, 피로와 갈증으로 힘이 빠지긴 했지만 어떻게든 발을 내디딜 수 있는 말을 타고 있는 사람은 37도선을 따라 계속 걸어가고, 그나마 기운이 좀 남은 말을 타고 있는 사람은 같은 길을 앞서 가서 여기서 50킬로미터쯤 떨어진 산루카스 호수로 흘러드는 과미니 강을 정찰하러 가라. 만약 그곳에 물이 충분히 있으면 과미니 강 연안에서 동료를 기다려라. 물이 없으면 동료들 쪽으로 되돌아와서 동료들이 쓸데없는 여행을 하지 않도록 하라는 겁니다."

"하지만 그렇게 되면 그다음엔 어떻게 하죠?" 톰 오스틴이 물었다.

"그 경우에는 75킬로미터쯤 남하하여 벤타나 산맥이 시작되는 곳까지 갈 결심을 해야 한답니다. 그곳에 가면 강이 많이 있대요."

"그 생각이 옳아요." 글레나번이 받았다. "당장 그 말에 따릅시다. 내 말은 아직 그렇게 심하게 갈증을 느끼고 있지는 않으니까 내가 탈카베를 따라가지요."

"나리, 저도 데려가주세요." 로버트가 하이킹에라도 데려가달라고 하는 것처럼 말했다.

"하지만 우리를 따라갈 수 있겠니?"

"할 수 있어요! 제 말은 튼튼하고, 앞으로 나아가는 것밖에 생각지 않아요. 안 돼요? 제발요…… 나리."

"그러면 같이 가자꾸나." 글레나번이 말했다. 실은 로버트와 헤어지지 않아도 되는 것이 기뻤다. "셋이 가서 시원하고 맑은 물을 찾지 못하면 우리가 이상한 거야."

"그럼 나는 어떻게 합니까?" 파가넬이 말했다.

"선생은 예비대에 남으세요." 소령이 대답했다. "당신은 이곳 팜파스에 대해 잘 알고 있으니까 우리와 헤어지면 곤란해요. 멀래디도 윌슨도 나도 탈카베와 만나기로 약속한 지점까지 갈 수 없지만, 용감한 자크 파가넬이 인솔해준다면 안심하고 나아갈 수 있으니까."

"그렇다면 할 수 없지." 지휘권을 얻게 되어 기분이 좋아진 지리학자가 대답했다.

"하지만 실수는 사양합니다." 소령이 덧붙였다. "우리를 엉뚱한 곳으로 데려가면 곤란해요. 예를 들어 태평양 연안으로 다시 데려간다든가……."

"소령님이라면 그런 꼴을 당해도 별 수 없지요. 당신처럼 아니꼬운 사람은……." 파가넬은 웃으면서 대꾸했다. "그런데 글레나번 경은 탈카베의 말을 어떻게 알아들으셨죠?"

"아까는 어림짐작으로 알아들었지만, 앞으로도 나는 탈카베와 이야기를 나눌 필요가 없을 겁니다. 그래도 꼭 필요한 경우에는 내가 알고 있는 스페인어 낱말로 내 생각을 탈카베에게 전달하거나 탈카베의 생각을 이해할 수 있을 거예요."

"그러면 갑시다." 파가넬이 말했다.

"우선 저녁을 먹읍시다." 글레나번이 말했다. "그런 다음 출발 시간까지 잠을 잘 수 있으면 잡시다."

일행은 둘러앉아 식사를 했다. 하지만 마실 게 없는 식사는 별로 원기를 북돋워주지 못했다. 식사가 끝나자 달리 할 일이 없어서 모두 잠을 잤다. 파가넬은 시냇물과 크고 작은 하천, 늪과 개울, 심지어는 물병까지, 요컨대 음료수를 포함하고 있는 것은 모두 꿈에서 보았다. 이것은 진짜 악몽이었다.

이튿날 아침 6시에 탈카베와 글레나번과 로버트의 말에 안장이 얹혔다. 마지막 남은 물을 말에게 주었지만, 말들은 물을 마시고도 만족하기보다는 갈증만 더욱 느꼈다. 그 물은 역겨울 만큼 더러웠기 때문이다. 세 사람은 말에 올라탔다.

"또 만납시다." 소령과 오스틴, 윌슨, 멀래디가 작별 인사를 했다.

"무엇보다도 다시 돌아오지 않기를 바랍니다." 파가넬이 덧붙였다.

얼마 지나기도 전에 탈카베와 글레나번과 로버트의 눈에는 지리학자 일행의 모습이 보이지 않게 되었지만, 가슴이 옥죄이는 듯한 기분을 느끼지 않을 수 없었다.

지금 그들이 질러가는 '살리나스 황야'는 3미터 정도의 관목과 자귀나무과 식물, 소다 성분을 많이 함유한 가시나무 같은 관목 '후메스'로 뒤덮인 점토질 평원이었다. 군데군데 소금이 커다란 널빤지 모양으로 퍼져서 놀랄 만큼 강렬하게 햇빛을 반사하고 있었다. 이런 '발레로스'(염분이 배어든 땅)는 혹한으로 생긴 빙판으로 착각하기 쉬울 것 같았다. 하지만 그 착각도 태양의 열기로 금세 사라져버리곤 했다. 그렇다 해도 바싹 마른 땅과 반짝반짝 빛나는 이 소금 띠의 대조는 사람들의 눈길을 끄는 특수한 양상을 이 황야에 부여하고 있었다.

그런데 남쪽으로 130킬로미터 떨어진 곳에 있는 과미니 강도 말라버렸다면, 여행자들이 가야 할 벤타나 산맥은 이것과는 다른 양상을 띠고 있었다. 1835년에 당시 '비글'호를 지휘하고 있던 피츠로이* 함장이 답사한 이 지역은 아주 비옥하다. 인디언 거주 구역 중에서도 가장 질 좋은 목초가 거기서는 비할 데 없이 왕성하게 자라고 있다. 산맥의 북서면은 싱싱한 풀로 덮여 있고, 온갖 나무가 무성한 숲이 우거져 있다. 메뚜기콩의 일종으로 그 열매를 말려서 가루로 빻아 인디언이 좋아하는 빵의 원료로 쓰는 '알가로보', 유럽의 버드나무와 마찬가지로 축 늘어진 길고 낭창낭창한 가지를 가진 '케브라초 블랑코', 강인한 재질을 가진 '케브라초 로호', 불이 붙기 쉬워서 자주 화재를 일으키는 '나우두바이', 보라색 꽃을 피라미드 모양으로 쌓아 올린

---

* 로버트 피츠로이(1805~1865): 영국의 해군 장교이자, 지질학자·지리학자. 찰스 다윈이 참여한 두 번째 '비글'호 항해 때 함장을 맡았다. '비글'호는 1831년 12월 영국을 떠나 1836년 2월까지 남아메리카와 남태평양의 여러 섬들을 탐사했다.

'비라로', 그리고 마지막으로 '틴보'—이 나무는 지상 25미터까지 거대한 파라솔 같은 가지를 뻗어 올려서, 그 그늘에서는 가축 무리 전체가 햇빛을 피할 수 있다. 아르헨티나인들은 이 풍요로운 지방에 자주 정착하려 했지만 인디언들의 적개심을 끝내 이겨내지 못했다.

수량이 풍부한 강이 몇 개나 산맥 등성이에서 흘러내려 토양을 비옥하게 만드는 데 필요한 물을 공급하고 있다고 사람들은 생각했을 것이다. 실제로 이 강들은 아무리 가뭄이 심할 때에도 결코 마르지 않았다. 하지만 거기에 이르려면 200킬로미터를 남하해야 했다. 따라서 탈카베가 우선 과미니 강으로 가려고 한 것은 옳은 판단이었다. 이 강은 진로에서 벗어나지 않고, 게다가 훨씬 가까운 거리에 있었기 때문이다. 세 마리의 말은 기운차게 달렸다. 이 우수한 말들은 주인이 자기를 어디로 데려가는지를 본능적으로 알아차렸을 것이다. 그중에서도 특히 타우카는 피로에도 굶주림에도 갈증에도 끄떡하지 않는 강인함을 보여주었다. 기운차게 높은 소리로 울면서 메마른 골짜기도 가시나무 덤불도 가볍게 뛰어넘었다. 글레나번과 로버트의 말은 발걸음은 무거웠지만, 타우카의 본보기에 자극을 받아 용감하게 따라갔다. 안장 위에 태연히 앉은 탈카베는 타우카가 제 동료들에게 보여주는 것과 똑같은 본보기를 두 길동무에게 보여주고 있었다. 그는 자주 고개를 돌려 로버트를 지켜보았다.

허리는 유연하게 유지하고 어깨는 뒤로 잡아당기고 다리는 자연스럽게 늘어뜨리고 무릎은 안장에 찰싹 붙인 채 야무진 얼굴로 안장에 반듯하게 앉아 있는 소년을 보면, 그는 큰 소리로 격려를 보내면서 만족감을 드러냈다. 실제로 로버트는 뛰어난 기수가 되었기 때문에 파타곤이 칭찬하는 것도 당연했다.
"훌륭해, 로버트." 글레나번이 말했다. "탈카베는 너를 축복하고 있는 것 같아! 너를 칭찬하고 있어."
"왜요?"
"네가 말을 잘 타고 있으니까."
"저는 그냥 균형을 유지하고 있을 뿐인데요." 로버트는 칭찬받은 것이 기뻐서 얼굴을 붉히며 말했다.
"그게 중요한 점이야. 하지만 너는 너무 겸손해. 미리 예언해두겠는데, 너는 반드시 훌륭한 기수가 될 수 있어."
"좋죠." 로버트는 웃으면서 말했다. "하지만 제가 선원이 되기를 바라는 아빠는 뭐라고 하실까요?"
"기수와 선원이 양립할 수 없는 건 아니야. 물론 모든 기수가 좋은 선원이 되는 건 아니지만, 모든 선원은 좋은 기수가 될 수 있지. 활대에 걸터앉아 있는 동안 확실하게 균형 잡는 법을 배우게 되니까. 올바른 자세를 취하는 방법, 말을 비스듬히 걷게 하거나 원을 그리며 걷게 하는 방법은 저절로 알게 돼. 이보다 더 자연스러운 일은 없어."
"불쌍한 아버지! 나리께서 구출해주시면 아버지는 얼마나 고마워하실까요?"
"아버지를 무척 사랑하는구나."
"물론이죠. 아버지는 누나와 저한테 무척 다정하셨어요. 오직 우리밖에 모르셨죠! 아버지는 항해할 때 방문한 모든 나라의 추억을 이야기해주셨고, 집에 돌아오면 얼마나 우리를 귀여워해주셨는지 몰라요. 아버지를 만나시면 나리도 우리 아버지를 좋아하시게 될 거예요. 누나는 아버지를 닮았어요. 아버지는 누나처럼 목소리가 상냥해요. 선원치고는 좀 기묘한 일이죠?"

"그래, 그건 정말 기묘하구나."

"지금도 아버지는 제 눈앞에 계세요." 이때 소년은 마치 자신에게 말을 걸고 있는 것처럼 보였다. "다정하고 훌륭한 아빠! 제가 어렸을 때는 무릎에 재워주시고, 우리나라의 호수를 노래한 오래된 스코틀랜드 민요를 언제나 흥얼거리셨죠. 그 곡은 이따금 생각나지만 확실치는 않아요. 누나도 그래요. 아아, 우리는 아버지를 얼마나 사랑하는지 몰라요! 어릴 때가 아니면 아버지를 진심으로 사랑할 수는 없다고 생각해요!"

"그리고 아버지를 존경하려면 어른이 되어야 하지." 글레나번은 소년의 마음에서 흘러나온 말에 감동하여 대답했다.

이런 대화가 오가는 동안 말은 속도를 늦추어 보통 걸음으로 걷고 있었다.

"찾을 수 있을까요?" 잠시 침묵이 흐른 뒤 로버트가 말했다.

"그럼, 찾을 수 있고말고." 글레나번이 대답했다. "탈카베 덕분에 우리는 네 아버지의 행방을 찾아냈어. 그리고 나는 저 친구를 믿어."

"탈카베는 착한 인디언이에요."

"확실히 그래."

"나리, 그거 아세요?"

"뭔데? 말해봐. 그러면 대답할게."

"나리와 함께 있는 사람은 모두 좋은 사람뿐이라는 거예요. 제가 무척 좋아하는 헬레나 마님도, 침착한 소령님도, 맹글스 선장님도, 파가넬 선생님도, 용감하고 헌신적인 '덩컨'호 선원들도!"

"그거라면 나도 알고 있지."

"그러면 나리가 그중에서 제일 좋은 분이라는 것도 아세요?"
"아니, 그런 건 몰라."
"그럼 그걸 알아두세요." 로버트는 말하고 글레나번의 손을 잡아서 입술로 가져갔다.

글레나번은 조용히 고개를 저었다. 대화는 더 이상 계속되지 않았지만, 그것은 탈카베가 뒤처지고 있는 그들을 손짓으로 불렀기 때문이다. 그들은 자꾸 뒤처지고 있었다. 시간을 낭비하는 것은 용납되지 않는다. 뒤에 남아 있는 사람들을 생각해야 했는데…….

그래서 그들은 다시 속보로 돌아갔지만, 타우카 이외의 말들은 그 보조를 오래 유지할 수 없다는 것이 곧 분명해졌다. 정오에는 말들에게 한 시간 휴식을 주어야 했다. 말들은 기진맥진하여 햇볕에 말린 개자리* 다발을 보고도 먹으려 하지 않았다.

글레나번은 불안해졌다. 그곳이 불모지임을 보여주는 징후는 줄어들지 않았고, 물이 없으면 무서운 결과를 초래할 수 있었다. 탈카베는 아무 말도 하지 않았지만, 아마 과미니 강이 말라버렸으면 그때 가서 실망해도 늦지 않다고 생각하는 것 같았다.

그래서 그는 다시 출발했고, 채찍과 박차 때문에 말들은 어쩔 수 없이 또 걸어야 했지만, 이번에는 속보가 아니라 보통 걸음이었다. 그보다 더 빨리 걸을 수는 없었다.

탈카베는 먼저 간 편이 좋았을 것이다. 타우카는 몇 시간이면 그를 강가까지 데려갈 수 있을 테니까. 그는 그렇게 생각했을

---

* 콩과의 두해살이풀. 땅 위를 기듯이 자라며, 줄기는 잔털이 있고 가지가 많이 갈라진다.

로버트는 글레나번의 손을 잡아서 입술로 가져갔다.

게 분명하다. 하지만 그는 두 사람을 황야 한복판에 남겨둔 채 가고 싶지는 않았을 것이다. 그래서 그는 그들을 두고 가지 않으려고 타우카를 억지로 천천히 걷게 했다.

타우카는 그게 싫다는 듯 뒷다리로 일어서서 격렬하게 운 뒤에야 겨우 체념하고 보통 걸음으로 걷기 시작했다. 말을 복종시키는 데에는 주인의 완력보다 목소리가 더 필요했다. 탈카베는 정말로 타우카에게 말을 걸었고, 타우카도 대답은 하지 않았지만 그 말을 알아들었다. 탈카베는 아마 상당히 교묘하게 타일렀을 것이다. 잠시 '논쟁을 벌인' 끝에 타우카는 주인의 말에 승복하고 재갈을 씹으면서 주인의 말을 들었기 때문이다.

하지만 타우카가 탈카베를 이해했다면, 탈카베도 그에 못지 않게 타우카를 이해하고 있었다. 뛰어난 감각기관을 타고난 이 영리한 동물은 대기 속에서 습기를 느꼈다. 말은 혀를 액체 속에 담그고 있는 것처럼 움직이거나 쯧쯧 울리면서 열심히 그 습기를 빨아들였다. 탈카베가 이것을 잘못 볼 리 없었다. 그것은 멀지 않은 곳에 물이 있다는 뜻이었다.

그래서 그는 타우카가 안달해하는 이유를 동료들에게 설명하고 조금만 더 참으라고 격려했다. 다른 두 마리 말도 곧 타우카의 기분을 이해하기 시작했다. 그 말들은 마지막 안간힘을 쥐어짜내어 탈카베를 따라 달려갔다.

3시쯤 한 줄기 하얀 선이 땅바닥에 잡힌 주름처럼 나타났다. 햇빛 아래에서 그것은 어른어른 흔들리고 있었다.

"물이다!" 글레나번이 외쳤다.

"물이다! 맞아요, 물이에요!" 로버트도 외쳤다.

이제는 말을 격려할 필요도 없었다. 말들은 힘이 되살아나는 것을 느끼자, 말릴 새도 없이 맹렬하게 달려 나갔다. 몇 분 뒤에 그들은 과미니 강에 도착하여, 마구를 단 채 강물로 뛰어들었다. 말들은 기분 좋은 물속에 가슴까지 잠겨버렸다.

말을 탄 사람들도 본의 아니게 말들을 흉내 내어 미역을 감게 되었지만, 거기에 대해 불평할 생각은 없었다.

"아아, 정말 기분이 좋군요!" 강 한복판에서 목을 축이면서 로버트가 말했다.

"적당히 해." 글레나번이 나무랐지만, 모범을 보이지는 않았다.

이제 성급하게 물을 마시는 소리밖에 들리지 않았다.

탈카베는 침착하게 서두르지 않고 조금씩, 파타곤어로 표현하면 '라소(올가미)처럼 길게' 물을 마셨다. 그는 끝이 없었다. 강물을 몽땅 마셔버리지 않을까 걱정이 될 정도였다.

글레나번이 말했다.

"이번에는 우리 친구들도 실망하지 않겠군. 과미니에 도착했을 때 맑은 물을 충분히 마실 수 있을 테니까. 탈카베가 물을 남겨준다면 말이지만!"

"하지만 뒤에 남아 있는 사람들을 데리러 갈 수는 없나요?" 로버트가 물었다. "그러면 불안과 고통을 몇 시간이라도 줄여줄 수 있을 텐데요."

"그건 그래. 하지만 어떻게 이 물을 가져가지? 가죽 부대는 윌슨한테 남겨두고 왔어. 아니, 약속대로 기다리는 편이 좋아. 소요 시간을 생각하면, 게다가 말들이 보통 걸음으로밖에 걸을 수 없는 것을 고려해도, 밤이면 친구들도 여기 도착할 거야. 그러니까 우린 여기서 기다리면서 좋은 잠자리와 맛있는 식사나

준비해두자꾸나."

 탈카베는 벌써 야영지를 찾고 있었다. 운 좋게도 그는 강가에서 '라마다'를 발견했다. 이것은 가축을 넣기 위해 삼면을 둘러친 우리다. 한뎃잠을 싫어하지만 않으면 편안히 쉬기에는 십상인 곳이었고, 노숙 따위는 탈카베의 동료들에게는 조금도 괴롭지 않았다. 그래서 그들은 더 이상 잠자리를 찾으려 하지 않고, 물에 흠뻑 젖은 옷을 말리기 위해 햇빛이 쨍쨍 내리쬐는 곳에 엎드렸다.

 "그럼 잠자리는 이걸로 해결되었으니까 저녁식사나 준비해볼까?" 글레나번이 말했다. "한 시간쯤 사냥을 해도 시간 낭비는 아닐 것 같은데, 준비됐니, 로버트?"

 "예, 나리." 소년은 총을 들고 일어나면서 대답했다.

 글레나번이 사냥할 생각을 한 것은 과미니 강 연안이 주위 평원의 온갖 새들이 모여드는 곳이었기 때문이다. 팜파스 특유의 붉은자고새의 일종인 '티나무스', 검은 뇌조, '테루테루'라고 불리는 물떼새의 일종, 노란색의 흰눈썹뜸부기, 눈이 번쩍 뜨이는 초록색 쇠물닭이 떼를 지어 날아오르는 것이 보였다.

네발짐승은 보이지 않았다. 하지만 탈카베는 풀이나 나무가 빽빽이 우거진 숲을 가리키며, 짐승들은 저곳에 숨어 있다고 알려주었다. 사냥꾼이라면 잠깐 걷기만 해도 여기가 세계에서 가장 사냥감이 많은 지역이라는 것을 알 수 있었다.

그들은 거기서 사냥을 시작했다. 그리고 당장은 새보다 짐승을 노리기로 하고, 처음 몇 발은 팜파스의 대형 동물을 겨냥하여 발사했다. 곧 그들 앞에는 안데스 등성이에서 그처럼 맹렬하게 그들을 습격한 과나코와 사슴이 수백 마리의 무리를 이루어 나타났다. 하지만 이 동물들은 너무 겁쟁이여서 엄청난 속도로 도망쳐버렸고, 사정거리 안으로 접근하는 것은 불가능했다. 그래서 사냥꾼들은 그렇게 빠르지 않은 사냥감을 노리기로 했다. 하기야 식량으로서는 이것도 더할 나위 없이 좋은 사냥감이다. 붉은자고새와 흰눈썹뜸부기를 열 마리쯤 잡았고, 글레나번은 멋진 솜씨로 멧돼지도 한 마리 잡았다.

30분도 지나기 전에 사냥꾼들은 지친 기색도 없이 필요한 식량을 확보했다. 로버트는 빈치류에 속하는 묘한 짐승을 잡았는데, 몸길이가 45센티미터쯤 되고 갑옷을 걸치고 있는 아르마딜로라는 동물이었다. 육질이 아주 많아서, 탈카베의 말에 따르면 맛있는 요리가 될 것 같았다. 탈카베는 타조의 일종으로 걸음이 무척 빠른 '난두'라는 새를 잡았다.

탈카베는 이렇게 발이 빠른 동물을 상대로 책략을 쓰려고도 하지 않았다. 그는 당장 새를 따라잡으려고 타우카를 전속력으로 몰았다. 첫 공격이 실패하면 난두는 짐작도 가지 않을 만큼 빙글빙글 돌아서, 말도 기수도 금방 지쳐버리기 때문이다. 탈카베는 적당한 거리까지 다가가자 힘센 팔로 볼라를 던졌다. 절묘하게 날아간 볼라는 타조의 다리에 휘감겼고, 타조는 움직일 수 없게 되었다. 몇 초 뒤에 타조는 땅바닥에 누워 있었다.

탈카베는 당장 타조를 잡았다. 사냥꾼의 무의미한 기쁨 때문은 아니다. 난두의 고기는 아주 귀하게 여겨졌고, 탈카베는 일행의 식사에 자신의 특별 요리를 보태고 싶었던 것이다.

이리하여 우리에는 줄에 매달린 붉은자고새와 탈카베가 잡은 타조와 글레나번이 잡은 멧돼지와 로버트가 잡은 아르마딜로가 운반되었다. 타조와 멧돼지는 곧 준비되었다. 단단한 가죽을 벗기고 살을 얇게 써는 것이다. 아르마딜로는 고맙게도 불고기를 만들 때 필요한 도구가 몸에 붙어 있다. 그래서 그들은 아르마딜로를 갑옷 입은 그대로 장작불 위에 올려놓았다.

세 사람은 맛있는 요리는 밤늦게 올 동료들을 위해 남겨두고, 자신들은 붉은자고새를 먹는 것으로 만족했다. 이 식사와 함께 맑은 물을 마신 그들은 이 물이 세상의 모든 와인, 아니 스코틀랜드에서 그렇게 소중히 여기는 어스퀴보*보다도 낫다고 생각했다.

그들은 말도 잊지 않았다. 우리 안에 쌓여 있던 많은 건초가 말의 여물도 되고 잠자리도 되었다. 모든 준비가 갖추어지자 글레나번와 로버트와 탈카베는 각각 판초를 몸에 두르고, 팜파스의 사냥꾼들이 침대로 쓰는 개자리 다발 위에 몸을 눕혔다.

---

* 위스키의 어원이 된 말. 원래는 켈트어의 우식베하(Uisge-Beatha: 생명의 물)였으나, 이것이 어스퀴보, 위스키보가 되고, 어미가 떨어져 나가면서 위스키가 되었다.

19
붉은 늑대

밤이 왔다. 초승달이어서 지상의 인간들에게는 밤새도록 달이 보이지 않을 터였다. 희미한 별빛만이 평원을 비추고 있었다. 지평선의 황도* 근처에 있는 별자리는 짙은 안개 속으로 사라졌다. 과미니 강물은 대리석반 위를 미끄러지는 한 줄기 기름처럼 소리도 없이 흐르고 있었다. 날짐승도 들짐승도 파충류도 하루의 피로를 달래기 위해 휴식을 취하고 있고, 아무도 없는 듯한 적막감이 한없이 드넓은 팜파스에 퍼져 있었다.

글레나번과 로버트와 탈카베도 만물을 지배하는 법칙에서 벗어나지 못했다. 그들은 개자리가 깔린 침상 위에 누워서 곤히 자고 있었다. 지친 말들도 바닥에 누워 있었다. 다만 진짜 순종인 타우카만은 움직이고 있을 때와 마찬가지로 쉬고 있을 때도 주인이 신호만 하면 언제든지 뛰쳐나갈 준비를 갖추고, 네 다리

---

* 천구에서 태양이 지나는 경로.

를 곧게 편 채 똑바로 서서 자고 있었다. 완전한 적막이 우리 안에 가득 차고, 화톳불은 점점 꺼져서 조용한 어둠 속에 마지막 희미한 빛을 내보내고 있었다.

하지만 인디언의 잠은 오래가지 않았다. 10시쯤 눈을 뜬 탈카베는 눈살을 모으고 평원 쪽에 귀를 기울였다. 분명히 그는 귀에 들리지 않을 만큼 작은 소리를 들으려 하고 있었다. 평소에는 그토록 냉정한 얼굴에 불안한 표정이 나타났다. 인디언 약탈자나 또는 자칼이나 재규어 같은 사나운 짐승이 다가오는 냄새를 맡았던 것일까? 아마 그에게는 맹수일 가능성이 높다고 여겨졌을 것이다. 그는 우리 속에 쌓여 있는 땔감을 재빨리 돌아보았지만 그의 불안은 점점 강해졌다. 개자리 깔짚을 태운다 해도 금방 타버리기 때문에 대담한 동물을 오랫동안 막을 수는 없을 것 같았다.

이런 상태에서는 탈카베도 그저 기다릴 수밖에 없었다. 그는 갑작스러운 불안 때문에 막 잠에서 깨어난 사람의 자세로 반쯤 몸을 눕힌 채, 머리를 두 손으로 떠받치고 팔꿈치를 무릎에 올려놓고 기다렸다.

한 시간이 지났다. 탈카베가 아니었다면 바깥의 침묵에 안심하고 다시 잠자리에 몸을 던졌을 것이다. 하지만 이방인이 아무것도 알아차리지 못하는 경우에도 인디언의 타고난 본능과 긴장한 감각은 가까이 다가온 위험을 예감하고 있었다.

그가 귀를 기울이며 동태를 살피고 있을 때 타우카가 울음소리를 냈다. 그리고 우리 입구 쪽으로 목을 길게 뻗었다. 탈카베는 벌떡 일어났다.

"타우카는 적이 있는 것을 느꼈어." 그가 중얼거렸다.

일어나서 입구 쪽으로 간 그는 평원을 주의 깊게 둘러보았다. 침묵은 아직도 평원을 덮고 있었지만, 이제 조용하지는 않았다. 탈카베는 가시나무 덤불 사이를 그림자가 소리도 없이 움직이는 것을 보았다. 여기저기 반짝거리는 점들이 보이고, 그 점들은 종횡으로 교차하며 반짝였다 사라졌다 하고 있었다. 춤추는 도깨비불이 거울 같은 늪에 비치는 것 같았다. 이 지방 사람이 아니면, 날아다니는 그 빛을 밤이 되면 팜파스 도처에서 빛나는 반딧불이로 생각했을 것이다. 하지만 탈카베는 잘못 보지 않았다. 그는 상대가 어떤 적인지를 알아차렸다. 그래서 카빈총에 총알을 재고 우리 끝에 있는 말뚝 옆으로 가서 보초를 섰다.

오래 기다릴 필요는 없었다. 이상한 울음소리와 개 짖는 소리와 포효 소리가 뒤섞인 듯한 외침 소리가 팜파스에 울려 퍼졌다. 카빈총 소리가 거기에 대답했고, 이어서 수많은 동물이 울부짖는 소리가 일어났다.

글레나번과 로버트는 번쩍 눈을 뜨고 일어났다.

"무슨 일이죠?" 로버트가 물었다.

"인디언인가?" 글레나번이 말했다.

"아니, 아과라야." 탈카베가 대답했다.

"아과라요?" 로버트가 글레나번을 바라보았다.

"그래, 팜파스의 붉은 늑대지." 글레나번이 대답했다.

두 사람도 자기 총을 움켜잡고 탈카베가 있는 곳으로 달려갔다. 탈카베는 평원을 가리켰다. 평원에서는 무시무시하게 울부짖는 소리가 합창으로 터져 나오고 있었다.

로버트는 저도 모르게 한 걸음 뒤로 물러났다.

"늑대 따위는 무섭지 않겠지?" 글레나번이 물었다.

"그럼요." 로버트는 침착한 목소리로 대답했다. "나리 곁에만 있으면 저는 아무것도 무섭지 않아요."

"그거 다행이구나. 저 아과라라는 녀석은 무서운 동물은 아니야. 수가 많지만 않다면 문제 삼을 것도 없는 놈들이지."

"상관없어요. 우리는 무기가 있잖아요. 올 테면 오라죠."

"혼꾸멍을 내주자!"

이렇게 말하면서 글레나번은 소년을 안심시키려고 했다. 사실 그는 밤의 어둠 속에서 떼 지어 날뛰는 육식동물을 생각하면 속으로 공포를 느끼지 않을 수 없었다. 어쩌면 그 무리는 수백 마리에 이를지도 모른다. 아무리 총알이 많아도 세 사람이 그렇게 많은 짐승을 상대로 유리하게 싸울 수는 없었다.

탈카베가 '아과라'라고 말했을 때 글레나번은 그것이 팜파스의 인디언들이 붉은 늑대에게 붙여준 이름이라는 것을 당장 알아차렸다. 이 육식동물은 대형견만 한 크기에 여우 같은 머리 모양을 갖고 있는데, 털은 황갈색이고 등에는 등뼈를 따라 검은 갈기가 나 있다. 늪지대에 살며, 헤엄을 쳐서 수생동물을 공격한다. 낮에는 굴속에서 잠을 자고, 밤이 되면 밖으로 나와 돌아다닌다. 가축을 키우는 농장에서는 특히 이 동물을 두려워하는데, 조금이라도 굶주리면 대형 가축도 공격하여 막대한 피해를 입히기 때문이다. 아과라가 한두 마리일 때는 무서워할 필요가 없지만, 굶주린 이 동물이 무리를 이룰 때는 이야기가 달라진다. 그보다는 차라리 1 대 1로 싸울 수 있는 퓨마나 재규어를 상대하는 편이 낫다.

팜파스에 울려 퍼지는 포효 소리를 듣고, 평원을 뛰어다니는 그림자 수가 엄청나게 많은 것을 본 글레나번은 과미니 강변에 모여 있는 붉은 늑대의 수를 만만하게 볼 수 없었다. 이 짐승들은 놓칠 염려가 없는 먹이, 즉 말이나 사람 고기를 냄새 맡아서 찾아냈고, 한 마리도 빠짐없이 제 몫을 얻기 전에는 보금자리로 돌아가지 않는다. 그래서 상황은 매우 우려할 만한 것이었다.

그러는 동안에도 늑대들의 포위망은 조금씩 좁혀지고 있었다. 말들은 눈을 뜨고 겁먹은 기색을 보였다. 다만 타우카는 안장 끈을 끊고 밖으로 뛰쳐나가려 하면서 땅바닥을 걷어차고 있었다. 탈카베는 끊임없이 휘파람을 불어서 겨우 타우카를 진정시킬 수 있었다.

글레나번과 로버트는 우리 입구를 지키는 위치에 있었다. 각자 카빈총에 총알을 재고 맨 앞줄의 늑대들을 향해 막 총을 쏘려는 찰나, 탈카베가 이미 조준을 마친 그들의 총을 손으로 밀쳐냈다.

"탈카베가 왜 이러는 거죠?" 로버트가 물었다.

"쏘면 안 된다는 뜻이야." 글레나번이 대답했다.

"왜요?"

"아직은 때가 아니라고 생각했겠지."

탈카베가 그렇게 한 것은 그런 이유 때문이 아니라 훨씬 중대한 이유 때문이었다. 그리고 탈카베가 자신의 화약통을 뒤집어서 거의 텅 비어 있는 것을 보여주었을 때 글레나번은 그 이유를 깨달았다.

"그러면?" 로버트가 물었다.

"그래. 우린 탄약을 아껴야 돼. 오늘 사냥은 너무 비싸게 먹혔어. 총알도 화약도 부족해. 화약이 스무 발 분량도 남아 있지 않아!"

소년은 대답하지 않았다.

"무섭지 않니?"

"예."

"좋아."

바로 그때 또다시 총소리가 울려 퍼졌다. 탈카베가 지나치게 대담한 놈을 한 마리 쏘아 죽인 것이다. 밀집 대형으로 전진해왔던 늑대들은 후퇴하여 우리에서 백 걸음쯤 떨어진 곳에 모였다.

곧 글레나번이 탈카베의 신호를 받고 그의 위치에 섰다. 탈카베는 깔짚과 풀, 요컨대 불에 타는 것은 죄다 모아 우리 입구에 쌓고, 아직 불이 붙어 있는 숯을 그 위에 던졌다. 이윽고 불길이 어두운 하늘에 장막처럼 펼쳐지고, 그 틈새로 평원이 또렷이 보였다. 이때 글레나번은 얼마나 많은 짐승을 상대로 싸워야 하는지를 판단할 수 있었다. 이렇게 많은 늑대를 한꺼번에 본 적도 없었고, 이렇게 강한 욕망에 사로잡혀 있는 늑대를 본 적도 없었다. 탈카베가 방금 만든 불의 방벽은 늑대들의 전진을 막는 동시에 놈들의 분노를 배가시켰다. 몇 마리는 시뻘겋게 타오르는 불까지 다가와서 다리에 화상을 입기까지 했다.

이따금 한 발씩 총을 쏘아서 짖어대는 늑대 무리를 막아야 했고, 한 시간 뒤에는 벌써 십여 마리의 시체가 초원에 점점이 흩어져 있었다.

포위된 인간들의 위험은 비교적 줄어들었다. 탄약이 남아 있는 한, 불의 방벽이 우리 입구를 지키고 있는 한, 놈들의 침입을 두려워할 필요는 없었기 때문이다. 하지만 나중에 늑대 무리를 격퇴할 방법이 모두 사라졌을 때, 그때는 어떻게 해야 할까?

글레나번은 로버트를 돌아보고 가슴이 벅차오르는 것을 느졌다. 그는 자신의 처지도 잊은 채, 나이에 걸맞지 않은 용기를 보이고 있는 이 가엾은 아이를 생각했다. 로버트의 얼굴은 창백했지만 그 손은 총을 꽉 붙잡은 채 흥분한 늑대들의 습격을 의연하게 기다리고 있었다.

하지만 글레나번은 냉정하게 상황을 생각한 끝에 결말을 내기로 결심했다.

'한 시간 뒤에는 화약도 총알도 떨어질 거야. 그렇다면 그때까지 기다리지 말고 빨리 결단을 내려야 돼.'

그래서 그는 탈카베 쪽을 돌아보고, 기억에 남아 있는 몇 마디 스페인어를 총동원하여 이야기를 나누기 시작했지만, 그 대화도 총성으로 자주 중단되었다.

두 남자는 간신히 상대의 말을 이해할 수 있었다. 글레나번은 다행히 붉은 늑대의 습성을 잘 알고 있었다. 그렇지 않았다면 그는 탈카베의 말이나 몸짓을 이해하지 못했을 것이다.

그래도 그가 탈카베의 대답을 로버트에게 전할 수 있었던 것은 15분이나 지난 뒤였다. 글레나번은 거의 절망적인 상황에 대해 탈카베에게 질문한 것이다.

"그래서 탈카베는 뭐라고 하던가요?" 로버트가 물었다.

"어떻게든 날이 밝을 때까지 기다려야 한대. 아과라는 밤에만 밖에 나와 돌아다니고 아침이 되면 굴로 돌아가지. 이놈들은 어둠의 늑대야. 낮의 햇빛을 두려워하는 겁쟁이, 네발 달린 올빼미야!"

"좋아요. 그럼 아침까지 싸우죠, 뭐!"

"그래. 총으로 싸울 수 없게 되면 단검을 휘둘러서라도."

이미 탈카베가 그 본보기를 보이고 있었다. 늑대 한 마리가 불 쪽으로 다가왔을 때, 칼을 손에 쥔 탈카베는 불길을 뚫고 긴 팔을 뻗었다. 그 팔이 원래 위치로 돌아왔을 때는 피에 물들어 있었다.

하지만 몸을 지키는 수단은 이제 바닥나려 하고 있었다. 오전 2시경, 탈카베는 마지막 남은 땔감 한 아름을 불에 던졌고, 포위된 그들에게는 이제 다섯 발의 탄약밖에 남아 있지 않았다.

글레나번은 괴로운 눈으로 주위를 둘러보았다.

그는 곁에 있는 소년, 동료들, 사랑하는 모든 것을 생각했다. 로버트는 아무 말도 하지 않았다. 아마 그의 낙관적인 마음에는 위험이 그렇게 절박한 것으로 여겨지지 않았을 것이다. 하지만 글레나번은 그를 대신하여 눈앞에 닥쳐온 위험을 생각하고, 이제는 피할 가능성이 없는 무서운 사태, 산 채로 잡아먹히는 사태를 머리에 떠올렸다. 그는 마음의 동요를 억누를 수 없었다. 소년을 끌어당겨 품에 안고 이마에 입을 맞추자 저도 모르게 눈물이 눈에서 흘러나왔다.

로버트는 웃는 얼굴로 그를 바라보았다.

"전 무섭지 않아요!"

"그래, 로버트. 네가 옳아. 누 시간만 지나면 아침이 오고, 우리는 살 수 있어! 훌륭해, 탈카베. 잘했어, 용감한 탈카베." 불의 방벽을 뛰어넘으려는 짐승 두 마리를 인디언이 장총 개머리판으로 때려죽인 것을 보고 글레나번은 외쳤다.

하지만 바로 그 순간, 밀집 대형으로 우리를 향해 다가오는 늑대 무리가 꺼져가는 화톳불빛에 어렴풋이 보였다.

이 피비린내 나는 드라마의 대단원이 다가오고 있었다. 땔감이 바닥난 불은 차츰 꺼져갔다. 불길도 낮아졌다. 이제까지 불빛을 받고 있던 평원은 어둠으로 돌아가고, 그 어둠 속에 또다시 인광을 발하는 붉은 늑대의 눈들이 나타났다. 이제 몇 분만 지나면 무리 전체가 우리 속으로 물밀듯 쏟아져 들어올 것이다.

탈카베는 마지막 총알을 쏘아서 또 한 마리를 쓰러뜨리고, 이제 탄약이 떨어졌기 때문에 팔짱을 끼었다. 그리고 가슴에 닿을 만큼 고개를 숙였다. 말없이 생각에 잠겨 있는 것처럼 보였다. 그러면 그는 미쳐 날뛰는 늑대 무리를 격퇴할 대담하고 무모한 방법, 상식으로는 도저히 생각할 수 없는 방법을 찾고 있는 것일까? 글레나번은 감히 그에게 물어볼 수가 없었다.

그때 늑대들의 공격에 어떤 변화가 일어났다. 놈들은 떠나는 것처럼 보였고, 그때까지 귀를 먹먹하게 할 정도로 요란했던 포효 소리도 딱 멈추었다. 음울한 침묵이 평원에 퍼졌다.

"가버려!" 로버트가 말했다.

"그럴지도 몰라." 바깥의 소리에 귀를 기울이면서 글레나번이 말했다.

하지만 탈카베는 그들의 생각을 알아차리고 고개를 저었다. 날이 밝아서 어쩔 수 없이 어두운 굴로 돌아가지 않는 한, 이 짐승들이 확실한 사냥감을 놔두고 가지는 않는다는 것을 그는 잘 알고 있었다.

하지만 놈들의 작전은 분명 바뀌어 있었다.

놈들은 이제 우리 입구로 들어오려 하지 않았다. 하지만 그들의 새로운 움직임은 전보다 더욱 절박한 위험을 만들어내고 있었다. 무기와 불이 지키고 있는 입구로 쳐들어가는 대신, 우리를 빙 돌아 뒤쪽에서 함께 습격하려는 속셈이었다.

곧 늑대들의 발톱이 반쯤 썩은 목재에 박히는 소리가 들렸다. 흔들거리는 말뚝 사이로 벌써 늠름한 다리와 피투성이가 된 입이 밀고 들어왔다. 겁먹은 말들은 공포에 사로잡혀 우리 안을 뛰어다녔다. 글레나번은 마지막 순간까지 소년을 지키려고 그를 두 팔로 끌어안았다. 어쩌면 글레나번은 불가능한 탈출을 시도하여 밖으로 뛰쳐나가려고 했는지도 모른다. 하지만 그때 그의 눈길은 저절로 인디언을 향했다.

탈카베는 야수처럼 우리 안을 돌아다니고 있었지만, 갑자기 안타까운 듯이 몸을 떨고 있는 말한테 다가가서 안장을 얹기 시작했다. 가죽끈도 모두 꼼꼼히 묶고 잠금쇠 하나도 잊지 않고 모두 채웠다. 그는 점점 격렬해지기 시작한 늑대들의 포효에도 전혀 신경을 쓰지 않는 것처럼 보였다. 글레나번은 불길한 놀라움을 느끼면서 그를 지켜보았다.

탈카베가 말에 올라타려는 기수처럼 고삐를 그러모으고 있는 것을 보고 글레나번이 외쳤다.

"우리를 버리고 갈 거야?"

"탈카베가요? 절대 그럴 리가 없어요!" 로버트가 말했다.

사실 탈카베는 친구들을 버리려는 게 아니라 자신을 희생하여 그들을 구하려 하고 있었다.

타우카는 태세를 갖추고 있었다. 재갈을 씹고 이리저리 뛰어다녔다. 자랑스러운 빛으로 가득 찬 그 눈은 광채를 발하고 있었다. 말은 주인의 마음을 이해했다.

탈카베가 타우카의 갈기를 잡은 순간, 글레나번은 떨리는 손으로 인디언의 한쪽 팔을 움켜잡았다.

"갈 거야?" 이제 적의 모습이 사라진 평원을 가리키며 그가 말했다.

"그래." 탈카베는 친구의 몸짓을 이해하고 대답했다.

그러고는 스페인어로 몇 마디 덧붙였다. 그것은 다음과 같은 의미였다.

"타우카! 좋은 말. 빠르다. 늑대들을 끌고 간다."

"아아, 탈카베!" 글레나번이 외쳤다.

"빨리! 빨리!" 탈카베는 재촉했고, 글레나번은 감동한 나머지 목쉰 소리로 로버트에게 말했다.

"로버트! 들었니? 탈카베는 우리를 위해 자신을 희생하려는 거야! 팜파스로 뛰쳐나가, 늑대들의 분노를 자기한테 끌어들여 다른 쪽으로 돌리려는 거야!"

"탈카베!" 로버트는 인디언의 발을 잡고 매달리며 말했다. "아저씨, 우리 곁을 떠나지 마세요!"

"그래, 탈카베는 우리 곁을 떠나지 않아." 글레나번이 말했다.

그러고는 겁에 질려 말뚝에 몸을 문지르고 있는 말들을 가리키면서 탈카베에게 말했다.

"함께 가자."

그 말의 의미를 올바로 이해한 인디언이 대답했다.

"아니야. 나쁜 말. 무서워하고 있다. 타우카, 좋은 말."

"좋아. 그렇다면 좋아. 로버트, 탈카베는 네 곁을 떠나지 않아. 내가 어떻게 해야 할지, 탈카베가 가르쳐주었어. 내가 가겠어! 탈카베는 네 곁에 남을 거야."

그러고는 타우카의 고삐를 잡고 "내가 간다!"고 말했다.

"아니야." 탈카베가 침착하게 말했다.

"내가 간다니까!" 글레나번은 인디언의 손에서 고삐를 빼앗으며 외쳤다. "내가 가! 이 아이를 구해줘! 탈카베, 이 아이를 맡긴다!"

글레나번은 흥분한 나머지 영어와 스페인어를 섞어서 말했다. 하지만 말 따위가 뭐란 말인가! 이런 무서운 상황에서는 몸짓이 모든 것을 말하고, 사람들은 당장 서로를 이해하는 법이다. 하지만 탈카베는 반대했다. 이 실랑이는 오래 계속되었고, 위험은 시시각각 다가왔다. 손상된 말뚝은 이미 늑대의 엄니나 발톱에 저항할 수 없게 되었다.

글레나번도 탈카베도 양보할 마음이 없는 것 같았다. 탈카베는 글레나번을 우리 입구 쪽으로 데려갔다. 그는 늑대가 사라진 평원을 가리키며 한시도 낭비하면 안 된다는 것, 이 방법이 성공하지 않으면 남은 사람에게 더 큰 위험이 닥친다는 것, 그리고 마지막으로 몸이 날쌔고 발이 빠른 타우카의 장점을 최대한 활용할 수 있을 만큼 이 말을 잘 알고 있는 사람은 자기뿐이라는 것을 글레나번에게 이해시키려고 했다. 흥분한 글레나번은 자기가 희생하겠다고 고집을 부렸지만, 갑자기 거칠게 밀려났다. 타우카는 몸을 날리듯 뒷다리로 벌떡 일어나더니 불의 방벽을 단숨에 뛰어넘고, 동물의 시체가 즐비하게 널려 있는 곳을 뚫고 나아갔다. 그때 아이의 목소리가 외쳤다.

"하느님, 나리를 구해주세요!"

글레나번과 탈카베가 로버트의 모습을 확인할 새도 없이 타우카의 갈기에 매달린 로버트는 어둠 속으로 사라져버렸다.

"로버트! 정말 못 말리는 녀석이야!" 글레나번이 외쳤다.

하지만 이 말은 곁에 있던 인디언의 귀에도 들어가지 않았다. 무서운 포효 소리가 일어났다. 붉은 늑대들은 말을 따라 믿을 수 없을 만큼 빠른 속도로 서쪽을 향해 달려가기 시작했다.

탈카베와 글레나번은 우리 밖으로 뛰쳐나갔다. 이미 평원은

붉은 늑대들은 말을 따라 빠른 속도로 달려가기 시작했다.

여느 때의 평온을 되찾고 있었다. 멀리 밤의 어둠 속을 물결치며 나아가는 선이 간신히 보일까 말까 하는 정도였다.

글레나번은 기력을 잃고 절망하여 두 손을 맞잡고 땅바닥에 쓰러졌다. 그는 탈카베를 쳐다보았다. 파타곤은 여느 때처럼 평온한 얼굴로 미소를 지었다.

"타우카, 좋은 말! 용감한 아이! 도망칠 수 있어." 탈카베는 고개를 끄덕이면서 그 말을 되풀이했다.

"하지만 말에서 떨어지면?" 글레나번이 말했다.

"안 떨어져!"

탈카베의 낙관에도 불구하고 글레나번은 지독한 고통 속에서 밤을 보냈다. 그는 늑대 무리와 함께 위험이 사라진 것도 의식하지 못했다. 그는 로버트를 찾으러 달려 나가려 했지만 탈카베가 말렸다. 말은 로버트를 따라잡을 수 없고, 타우카는 적을 따돌렸을 게 분명하고, 어둠 속에서 로버트를 찾을 수는 없으며, 아침이 되기를 기다렸다가 로버트의 흔적을 따라가야 한다고 그는 설명했다.

오전 4시에 동녘 하늘이 밝아오기 시작했다. 지평선 위에 응축한 안개는 곧 희미한 빛으로 물들었다. 투명한 이슬이 평원에 가득 차고, 키 자란 억새가 살랑거리는 아침 바람에 흔들리기 시작했다.

출발할 때가 왔다.

"출발." 탈카베가 외쳤다.

글레나번은 대답도 하지 않고 로버트의 말에 뛰어올랐다. 곧 두 사람은 서쪽을 향해, 동료들이 결코 벗어날 리가 없는 직선 코스를 되짚어 전속력으로 말을 몰았다.

한 시간 동안 그들은 로버트를 눈으로 찾았고, 당장이라도 피투성이가 된 그의 주검과 마주치지나 않을까 두려워하면서 빠른 속도로 전진했다. 글레나번은 박차를 너무 많이 차서 말의 옆구리가 너덜너덜해질 정도였다. 마침내 총성이 들렸다. 위치를 알리는 신호처럼 규칙적인 간격을 두고 총을 쏘고 있었다.

"그들이다!" 글레나번이 외쳤다.

탈카베와 글레나번은 더 빨리 말을 몰아, 잠시 후 파가넬이 이끄는 별동대와 만났다. 외침 소리가 글레나번의 가슴에서 새어나왔다. 그곳에 로버트가 있었다. 살아서 건강하게, 당당한 타우카 위에 걸터앉은 모습으로. 그리고 주인과 재회한 타우카는 기뻐서 큰 소리로 울었다.

"아아, 로버트! 로버트!" 글레나번은 이루 말할 수 없이 사랑스럽다는 표정으로 외쳤다.

그리고 말에서 내린 로버트와 글레나번은 서로에게 달려가 힘껏 끌어안았다. 다음에는 탈카베가 그랜트 선장의 용감한 아들을 품에 안았다.

"살아 있었구나! 살아 있었어!" 글레나번이 외쳤다.

"그럼요." 로버트가 대답했다. "모두 타우카 덕분이에요!"

탈카베는 이 감사의 말도 기다리지 않고 자기 말에게 고맙다고 말하고, 이 자랑스러운 동물의 혈관 속에 인간의 피가 흐르고 있기라도 한 것처럼 다정하게 말을 걸면서 입을 맞추었다.

그러고는 로버트를 가리키며 파가넬에게 말했다.

"용감한 아이!"

그런 다음 "이 아이의 박차는 떨리지 않았다"고 덧붙였다. 그것은 용기를 표현할 때 쓰는 파타곤들의 비유였다.

한편 글레나번은 로버트를 두 팔로 끌어안고 말했다.

"왜 너는 탈카베나 내가 너를 구할 마지막 기회를 시험해보게 해주지 않았니?"

"나리." 소년은 깊은 고마움이 담긴 어조로 대답했다. "자신을 희생해야 할 사람은 제가 아닐까요? 탈카베는 이미 제 목숨을 구해주었어요. 그리고 나리께서는 앞으로 우리 아버지를 구해주실 거잖아요."

20
아르헨티나의 평원

 이 재회의 감격이 가라앉은 뒤 파가넬과 오스틴, 윌슨과 멀래디는 목이 말라 죽을 것 같다는 사실을 깨달았다. 맥내브스 소령을 제외하고 뒤에 남았던 사람들은 모두 마찬가지였을 것이다. 다행히 과미니 강은 멀지 않았다. 그래서 그들은 다시 걷기 시작하여 오전 7시에 우리 옆에 도착했다. 주위에 흩어져 있는 늑대 시체를 보면 놈들의 공격이 얼마나 격렬했고 방어가 얼마나 과감했는지를 쉽게 짐작할 수 있었다. 물을 충분히 마신 여행자들은 곧 우리 속에서 점심을 먹었다. 난두 등심은 진미라는 평가를 받았고, 갑옷을 입은 채 구워진 아르마딜로는 별미로 인기가 높았다.
 "이런 요리가 있는데 배를 8할만 채우고 식사를 그만두는 것은 하느님한테 배은망덕한 짓이야. 과식했다고 할 만큼 먹지 않으면 안 돼." 파가넬이 말했다.
 그리고 그는 정말로 과식했지만, 배탈이 나지도 않았다. 그것은 과미니 강물 덕분이었다. 그는 이 강물이 아주 뛰어난 소화 작용을 가졌다고 생각했다.

글레나번은 오전 10시에 출발 신호를 했다. 일행은 가죽 부대에 물을 가득 채우고 출발했다. 굶주림과 갈증을 충분히 달랜 말들도 기력이 왕성해져서, 거의 줄곧 사냥할 때의 보조를 유지하고 있었다. 물이 많은 지방은 비옥하기도 했지만, 여전히 인기척은 없었다. 11월 2일과 3일에는 아무 사건도 일어나지 않았고, 장거리 행진에 이미 탈진한 여행자들은 그날 저녁에는 팜파스가 끝난 부에노스아이레스 주의 경계에서 야영했다. 그들은 10월 14일에 탈카우아노 만을 출발했으니까 22일 동안 720킬로미터, 즉 전체 여정의 3분의 2에 가까운 거리를 무사히 주파한 셈이었다.

이튿날 아침에 일행은 아르헨티나의 평원을 팜파스 지역과 분리하는 경계선을 넘었다. 탈카베는 그랜트 선장과 두 선원이 이 언저리에서 인디언을 만나 그들에게 붙잡혔을 거라고 생각했다.

아르헨티나 공화국을 구성하는 14개 주* 가운데 부에노스아이레스 주는 가장 넓고 인구도 가장 많았다. 그 경계는 서경 64도와 65도 사이이고 인디언 지역에 접해 있다. 이 주는 놀랄 만큼 비옥하다. 특히 건강에 좋아 보이는 풍토가 볏과 식물과 콩과 식물로 뒤덮인 탄딜 산맥 기슭까지 거의 수평을 이루는 이 평원을 지배하고 있었다.

---

* 지금은 23개 주와 부에노스아이레스 자치시(1880년에 부에노스아이레스 주에서 자치시로 분리되었음)로 구성되어 있다.

과미니 강을 떠난 뒤 여행자들은 날씨가 사뭇 편해진 것을 알아차리고 무척 기뻐했다. 파타고니아에서 불어오는 강한 찬바람이 끊임없이 대기의 물결을 어지럽힌 덕분에 평균 기온은 17도를 넘지 않았다. 그래서 지금까지 메마른 공기와 더위에 시달려온 말과 인간은 이제 불평할 이유가 전혀 없었다. 일행은 안도감을 느끼며 활기차게 전진했다. 하지만 탈카베가 뭐라고 하든, 이 일대는 사람이 전혀 살지 않는 것처럼 보였다. 아니, 좀 더 적절하게 표현하면 '주민에게 버림받은' 것처럼 보였다.

이따금 동쪽 경계선을 따라, 또는 경계선을 가로질러 민물이나 짠물이 담긴 작은 늪이 펼쳐져 있었다. 그 가장자리의 덤불 속에 숨어 있던 굴뚝새가 재빨리 날아오르고, 색깔에서는 그 현란한 벌새 못지않은 풍금조와 쾌활한 종다리가 지저귀고 있었다. 이런 아름다운 새들은 붉은 어깨나 가슴을 과시하며 늪가 비탈을 분열 행진하는 호전적인 찌르레기들을 경계하지도 않고 희희낙락하며 날갯짓을 하고 있었다. 가시나무 덤불에서는 '안누비'의 둥지가 해먹처럼 흔들리고, 늪가에서는 아름다운 플라밍고(홍학)들이 질서 정연하게 대열을 이루어 걸으면서 불꽃 색깔의 날개를 바람에 펼치고 있었다. 높이가 30센티미터쯤 되고 끝이 잘린 원뿔 모양의 플라밍고 둥지가 수천 개나 무리를 지어 작은 도시를 이루고 있는 것이 보였다. 플라밍고들은 여행자들이 가까이 가도 달아나지 않았다. 학자 파가넬은 그것이 불만이었다.

"오래전부터 나는 플라밍고가 날아가는 것을 보고 싶었어요." 그가 소령에게 말했다.

"그렇군요." 소령이 대답했다. "이제 좋은 기회를 만났으니까

이 기회를 이용합시다."

"이용하세요."

"나와 함께 갑시다. 로버트, 너도 따라오렴. 내게는 증인이 필요해."

파가넬은 동료들을 먼저 보낸 다음, 로버트와 소령을 데리고 플라밍고 무리 쪽으로 다가갔다.

총알이 닿는 거리까지 오자 그는 총에 화약만 넣고 한 발을 쏘았다. 그는 장난으로 새를 죽일 인간은 아니었다. 플라밍고가 일제히 날아오르자 파가넬은 망원경으로 주의 깊게 새들을 관찰했다.

새들이 보이지 않게 되자 소령에게 말했다.

"어떻습니까? 나는 게 보였지요?"

"보였소." 소령이 대답했다. "장님이 아닌 다음에야 보이지 않을 리가 없지요."

"날고 있을 때의 플라밍고가 날개 달린 화살처럼 보이던가요?"

"전혀."

"전혀 그렇지 않던데요." 로버트도 밀했다.

"그럴 줄 알았어요!" 학자는 흡족한 표정으로 말했다. "그런데도 샤토브리앙*은 플라밍고를 부당하게도 화살에 비유했지 뭡니까? 겸손한 인간들 중에서는 가장 오만한 인간이었던 그가 말입니다. 로버트, 알았지? 직유는 내가 아는 한 가장 위험한 수사법이야. 평생 이것을 경계하고, 어쩔 수 없을 때가 아니면 직유법은 사용하면 안 돼."

---

* 프랑수아 샤토브리앙(1768~1848): 프랑스 낭만주의 문학의 선구자.

파가넬은 총에 화약만 넣고 한 발을 쏘았다.

"그러면 실험에 만족했나요?" 소령이 물었다.

"대만족입니다."

"그럼 나도 대만족이오. 하지만 이제 빨리 갑시다. 우리는 그 유명한 샤토브리앙 덕분에 2킬로미터나 뒤처져버렸어요."

동료들을 따라잡았을 때 파가넬은 글레나번이 인디언과 계속 대화를 나누고 있는 것을 보았다. 탈카베는 무언가 미심쩍은 데가 있는 것처럼 보였다. 그는 그때까지 몇 번이나 말을 세우고 지평선을 지켜보았다. 그리고 그때마다 상당히 놀란 표정을 지었다. 글레나번은 통역이 보이지 않았기 때문에 직접 물어보려고 했지만, 그것은 헛수고였다. 그래서 멀리서 다가오는 학자를 보자마자 외쳤다.

"파가넬 씨, 빨리 와줘요. 탈카베와는 말이 통하지 않아요."

파가넬은 몇 분 동안 탈카베와 이야기를 나눈 뒤, 글레나번을 돌아보며 말했다.

"탈카베는 무언가에 놀라고 있는데, 참 이상한 일이군요."

"그게 뭔데요?"

"이 평원에 인디언은 물론 그들의 발자국도 보이지 않는다는 겁니다. 평소에는 인디언 무리가 이 평원을 돌아다니는데 말입니다. 목장에서 훔친 가축을 몰고 가든, 조릴라* 털로 짠 융단이나 가죽 채찍을 팔러 안데스까지 가든 간에."

"그럼 인디언이 이곳을 떠나버린 것은 무엇 때문이라고 탈카베는 생각한답니까?"

---

* 족제빗과 포유류. 생김과 습성이 스컹크를 닮았다. 길고 튼튼한 발톱으로 땅을 파헤쳐 곤충을 잡아먹는다.

"그건 탈카베도 모르겠답니다. 그저 놀라고 있을 뿐이에요."

"하지만 탈카베는 팜파스의 이 부근에서 어떤 인디언을 만날 작정이었을까요?"

"그게 바로 외국인을 붙잡으면 풀어주지 않는 놈들, 칼푸쿠라나 카트리엘이나 얀체트루스 같은 추장들 휘하의 원주민이랍니다."

"그건 어떤 놈들입니까?"

"30년 전에 산지에서 쫓겨날 때까지는 절대적인 힘을 갖고 있었던 추장들입니다. 그때 이후 놈들도 인디언으로서 가능한 한 복종하고, 팜파스 평원과 부에노스아이레스 주를 여기저기 떠돌아다니고 있지요. 그래서 나도 탈카베와 마찬가지로 평소에 놈들이 강도질을 하고 있는 지역에서 놈들의 발자국이 보이지 않는 것을 이상하게 생각하고 있습니다."

"그렇다면 우리는 어떤 방침을 취해야 할까요?" 글레나번이 물었다.

"그걸 물어봅시다." 파가넬이 대답했다.

그리고 탈카베와 잠시 이야기를 나눈 뒤 글레나번에게 말했다.

"탈카베의 의견은 이렇습니다. 나도 아주 현명한 의견이라고 생각하는데요, 우선 동쪽에 있는 인데펜덴시아(독립) 요새까지 계속 가야 합니다. 이건 우리의 예정된 코스지요. 요새에 도착하면, 그랜트 선장의 소식은 듣지 못한다 해도 최소한 팜파스의 인디언들이 어떻게 되었는지는 알 수 있을 겁니다."

"그 요새는 여기서 멉니까?" 글레나번이 물었다.

"100킬로미터도 채 안 됩니다. 탄딜 산맥에 있지요."

"그러면 우리가 거기에 도착하는 건?"

"내일 저녁입니다."

글레나번은 당혹스러웠다. 팜파스에서 인디언을 한 명도 만나지 못한다는 것은 그야말로 예기치 않은 일이었다. 평소라면 이곳에 인디언은 지겨울 만큼 많다. 그렇다면 그들이 사라진 데에는 무언가 아주 중대한 이유가 있는 게 분명하다. 그런 부족들 가운데 하나가 그랜트 선장을 붙잡았다면, 그랜트가 끌려간 곳은 북쪽일까 남쪽일까? 이 의문은 끊임없이 글레나번을 괴롭혔다. 무슨 일이 있어도 선장의 단서를 놓치면 안 된다. 결국 가장 좋은 방법은 탈카베의 의견에 따라 탄딜 마을까지 가는 것이었다. 그곳에 가면 적어도 이야기를 나눌 상대를 찾을 수 있을 것이다.

오후 4시쯤, 이렇게 평탄한 지방에서는 산으로 보여도 이상하지 않은 언덕 하나가 지평선에 나타났다. 그것은 타팔켐 산맥이었다. 그날 밤 여행자들은 이 언덕 기슭에서 야영했다.

일행은 이튿날 이 산맥을 어렵지 않게 가로질렀다. 그들은 파도치듯 완만한 경사를 이룬 자갈투성이의 땅을 행진했다. 이런 산맥쯤은 안데스를 지나온 그들에게는 아무것도 아니었다. 말들도 빠른 걸음새를 거의 늦추지 않았다. 정오에는 타팔켐 요새 터를 통과했는데, 이것은 인디언 노상강도에 대비하여 남쪽 가장자리에 줄줄이 세운 작은 요새들 가운데 첫 번째 고리였다. 그런데 그 인디언은 그림자도 보이지 않고, 탈카베는 점점 더 이상하게 생각했다. 하지만 대낮에 무장을 갖추고 훌륭한 말을 탄 인디언 세 명이 평원을 날듯이 돌아다니다가 잠시 멈춰 서서 그들을 지켜보고는 믿을 수 없을 만큼 빠른 속도로 달아나 버렸다. 글레나번은 격분했다.

"가우초." 탈카베가 말했다. 이 원주민들에게 그가 붙인 이름은 소령과 파가넬 사이에 격렬한 논쟁을 불러일으켰다.

"아아, 가우초인가?" 소령이 대답했다. "어떻소, 파가넬 선생? 오늘은 북풍이 불지 않는군요. 저기 가는 저 사람들을 어떻게 생각하시오?"

"보통 산적처럼 보이는데요."

"그러면 산적처럼 보이는 것과 실제로 산적인 것 사이의 거리는?"

"겨우 한 발짝입니다."

파가넬의 이 말에 모두 웃음을 터뜨렸지만, 파가넬은 거기에 전혀 동요하지 않고 그 인디언들에 대해 참으로 기묘한 의견을 말했다.

"아랍인의 경우, 인간다운 표정은 눈에 나타나고 입에는 사나운 표정이 나타난다는 글을 어디선가 읽은 적이 있는데, 아메리카 대륙의 야만인은 그 반대로군요. 놈들은 눈이 유난히 악랄해요."

인상학을 연구하는 전문가도 인디언 인종의 특징을 이보다 더 절묘하게 표현하지는 못했을 것이다.

하지만 탈카베의 지시에 따라 일행은 간격을 좁혀서 행진했다. 주위에 아무리 사람이 없는 것처럼 보여도 기습을 경계해야 했다. 하지만 그렇게 조심할 필요는 없었다. 그들은 카트리엘 추장 휘하의 원주민 일당이 평소 모여 있는 커다란 마을에서 그날 밤을 보냈다. 거기서 땅을 조사해보니 새로 생긴 발자국은 없었다. 그래서 탈카베는 이 마을에도 오랫동안 사람이 살지 않은 게 분명하다고 말했다.

이튿날 글레나번과 동료들은 또다시 평원으로 나갔다. 탄딜 산맥의 '에스탄시아'*들이 시야에 들어왔다. 하지만 탈카베는 그곳에 말을 세우지 않고, 곧장 인데펜덴시아 요새로 가기로 마음을 굳히고 있었다. 그 요새에서 그는 이 지방의 독특한 현상인 버려진 마을에 대해 정보를 얻을 작정이었다.

안데스 산맥을 넘어온 뒤로 그렇게 드물었던 나무들이 다시 나타났지만, 대부분은 유럽인이 아메리카 대륙에 건너온 뒤에 심은 것들로, 백단향, 복숭아나무, 포플러, 버드나무, 아카시아 따위가 있었다. 이런 나무들은 일반적으로 '코랄'이라고 부르는 커다란 가축우리 주위에 심는다. 말뚝을 둘러친 코랄에서는 인두로 주인의 낙인을 찍은 수천 마리의 소와 양과 말이 풀을 뜯으며 몸을 살찌우고, 한편으로는 가축을 지키는 많은 대형견들이 주위를 감시하고 있었다. 산자락에는 다소 염분을 함유한 흙이 펼쳐져 있었는데, 이 흙은 가축에게 안성맞춤이어서 양질의 여물을 생산한다. 그래서 에스탄시아를 지을 때에는 우선적으로 이 흙을 선택한다. 에스탄시아는 집사 한 명과 가축 천 마리당 네 명의 목동을 거느리는 십장이 꾸려 나간다.

이들은 성서에 나오는 위대한 목자 같은 생활을 하고 있다. 그들의 가축은 메소포타미아†의 평원을 가득 메우는 가축만큼, 아니 어쩌면 그보다 더 많다. 하지만 이곳 목동들에게는 가족이 없다. 그리고 팜파스의 대목장주들은 야비한 소 장수와 똑같고, 성서에 나오는 족장 같은 면모는 전혀 없다.

---

* [원주] 가축을 키우기 위한 대형 시설물.
† 남아메리카의 파라나 강과 우루과이 강에 접한 아르헨티나 동북부 지역. 서남아시아의 티그리스 강과 유프라테스 강 사이에 있는 지역과는 다르다.

이것은 파가넬이 동료들에게 웅변으로 설명해준 것이었다. 이어서 그는 인종 비교에 대한 흥미진진한 인류학적 논의를 시작했는데, 소령조차 여기에 흥미를 보였고, 흥미가 생긴 것을 굳이 감추려고도 하지 않았다.

또한 파가넬은 이런 평원에 자주 나타나는 신기루의 불가사의한 작용에 사람들의 주의를 끌 기회를 얻었다. 에스탄시아는 멀리서 보면 큰 섬과 비슷했다. 그 주위에 자라고 있는 포플러나무와 버드나무는 여행자들의 발 앞에서 달아나는 맑은 물에 비쳐 있는 듯이 보였다. 게다가 이 착각은 너무나 완전해서 인간의 눈은 거기에 익숙해질 수 없었다.

11월 6일 하루 동안 일행은 에스탄시아를 몇 개나 만났고 절임 공장도 한두 개 보았다. 자양분이 풍부한 목장 안에서 살찌워진 가축은 이곳에 와서 도살자의 칼에 목을 내놓는 것이다. 그 이름이 보여주듯 절임 공장은 고기를 소금에 절이는 곳이다. 이 불쾌한 작업이 시작되는 것은 봄이 끝날 무렵이다. 공장 일꾼들은 이때쯤 코랄(가축우리)로 동물을 데리러 간다. 그들은 라소(올가미)로 교묘하게 동물을 잡아서 절임 공장으로 데려간다. 여기서 각종 암소와 수소와 양을 수백 마리나 죽여 가죽을 벗기고 살을 잘라낸다. 하지만 거세하지 않은 수소는 완강히 저항하며 좀처럼 잡히지 않는 경우가 많다. 이렇게 되면 도살자는 투우사로 변신한다. 이 위험한 일을 그는 비범한 솜씨와 비범한 잔학함으로 해치운다. 요컨대 이 도살장은 처참한 광경을 보이는 것이다.

절임 공장 일대만큼 혐오감을 불러일으키는 곳도 없다. 이 무서운 구내에서는 도살자들의 사나운 고함 소리, 개들이 기분 나

파가넬은 신기루의 불가사의한 작용에 주목했다.

쁘게 짖어대는 소리, 죽어가는 동물들의 긴 비명 소리가 악취를 머금은 공기와 함께 새어나오는 한편, 사방 80킬로미터 범위 안에 있는 아르헨티나 평원의 독수리가 수천 마리나 모여들어, 도살자들의 손에서 아직도 꿈틀거리고 있는 동물의 잔해를 빼앗으려 든다. 하지만 지금은 절임 공장에 사는 사람도 없어서 조용하고 평화로웠다. 대량 살육의 순간은 아직 오지 않았다.

탈카베는 속도를 높였다. 그는 그날 저녁 안으로 인데펜덴시아 요새에 도착하고 싶었다. 말들도 각자 주인의 격려를 받고 타우카를 본받아 키 자란 억새 사이를 질주했다. 총안을 갖추고 주위에 깊은 도랑을 판 농가가 몇 채 보였다. 안채에는 테라스가 있고 거주자들은 군대처럼 조직되어 있어서, 테라스 위에서 평원의 약탈자에게 총알을 퍼부을 수 있도록 되어 있었다.

글레나번은 아마 그런 농가에서도 그가 찾고 있는 정보를 얻을 수 있었겠지만, 가장 확실한 방법은 탄딜 마을까지 가는 것이었다. 일행은 쉬지 않았다. 우에노스 강과 거기서 7, 8킬로미터 떨어진 차팔레오프 강의 얕은 여울을 걸어서 건넜다. 이윽고 탄딜 산맥이 솟아오르고 말발굽 아래 비탈진 잔디밭이 펼쳐지고, 한 시간 뒤에는 좁은 골짜기 안쪽에 마을이 보이기 시작했다. 그 골짜기 위로 인데펜덴시아 요새의 총안을 뚫은 성벽이 우뚝 솟아 있었다.

21
인데펜덴시아 요새

 탄딜 산맥은 해발 300미터 높이로 솟아 있다. 이것은 그 산맥의 원래 구조나 조성이 지열의 영향으로 서서히 변해왔다는 뜻이다. 탄딜은 유기적 생명이나 변성작용으로 암석이 출현하기 전에 생긴 원초적 산맥이다. 이 산맥은 잔디에 덮인 편마암 언덕이 반원형으로 늘어서 있다. 이 산맥의 이름을 딴 탄딜 지방은 부에노스아이레스 주의 남부 전역을 포함하고, 그 비탈에서 발원하는 모든 하천을 북쪽으로 내보내고 있는 산허리를 경계로 삼고 있다.
 이 지방에는 약 4000명의 주민이 살고 있으며, 그 중심지는 산맥 북쪽 기슭에 있는 탄딜 마을이다. 탄딜 마을은 중요한 차팔레오프 강에 면해 있어서 상당히 혜택 받은 위치를 차지하고 있다. 이것은 파가넬이 모를 리 없는 특색이지만, 이 마을 주민은 특히 프랑스계 바스크인*과 이탈리아인으로 구성되어 있다. 사실 라플라타 강의 하류 유역인 이 일대에 최초의 외국인 식민지를 건설한 것은 프랑스였다. 거듭되는 인디언의 침입으로부터 이 땅을 지키기 위해 1828년에 프랑스인 파르샤프의 주선으로 인데펜덴시아 요새가 세워진 것이다.

탄딜 마을은 상당한 요충이었다. 갈레리아 평원의 길을 가는 데 안성맞춤인 소달구지를 타고 마을에서 하루 이틀만 가면 부에노스아이레스에 닿을 수 있다. 그래서 상업이 꽤 번창했다. 마을은 농장의 가축이나 절임 공장의 고기, 면포나 털실이나 아주 귀중하게 여겨지는 가죽을 엮어서 짠 세공품 등 인디언이 손으로 만든 진귀한 공예품을 도시로 보낸다. 그래서 탄딜에는 상당히 쾌적한 집이 많고, 이 세상과 저 세상의 교육을 위한 학교와 교회도 있었다.

파가넬은 이런 자세한 사정을 이야기한 뒤, 탄딜 마을에는 정보가 없을 리 없다고 덧붙였다. 게다가 요새에는 언제나 분견대가 있는 법이다. 그래서 글레나번은 겉보기에 그럴 듯한 여인숙 마구간에 말을 들여보낸 다음, 파가넬과 소령과 로버트와 함께 탈카베의 안내를 받아 인데펜덴시아 요새로 갔다. 산맥의 언덕 하나를 잠시 오르자 초병 하나가 무심한 태도로 서 있는 요새 입구에 도착했다. 그들은 쉽게 출입구를 통과했는데, 이것은 초병이 지나치게 태만하거나 이곳이 상당히 안전하다는 것을 보여주었다.

이때는 병사 몇 명이 요새 안마당에서 군사훈련을 받고 있었다. 그런데 이 병사들 가운데 가장 나이가 많은 사람이 스물한

---

* 이베리아 반도와 유럽을 경계하는 피레네 산맥 지역에 사는 소수민족이며 스페인 북부와 프랑스 남부에 살고 있다.

살, 가장 어린 병사는 기껏해야 일곱 살이 될까 말까 했다. 사실을 말하면, 그런대로 전투 흉내를 내고 있었던 것은 모두 열두 명밖에 안 되는 어린애나 소년들뿐이었다. 그들의 군복은 줄무늬 셔츠였고, 가슴에 가죽 벨트를 묶고 있었다. 바지든 반바지든 아랫도리는 전혀 입지 않았다. 온난한 기후 덕에 이렇게 비교적 간단한 옷차림을 할 수 있었다. 우선 파가넬은 화려한 금줄 따위에 돈을 쏟아붓지 않는 정부에 호감을 느꼈다. 이 애송이들은 각자 격발총과 긴 칼을 휴대하고 있었는데, 작은 아이들한테는 칼이 너무 길고 총은 너무 무거웠지만, 모두 햇볕에 탄 얼굴이었고 한 가족처럼 보였다. 그들을 지휘하고 있는 훈련 담당 하사도 그들과 비슷했다. 맏형의 지휘 아래 열두 명의 동생이 분열 행진을 하고 있는 것 같았다. 아니, 사실이 그러했다.

파가넬은 놀라지 않았다. 그는 아르헨티나의 통계를 외고 있었는데, 이 나라에서는 한 부부의 평균 자녀수가 아홉 명 이상이었다. 하지만 그를 깜짝 놀라게 한 것은 이 아이들이 프랑스 군대식 동작을 하고, 돌격의 주요 행동을 12단계로 나누어 정확하게 해낸 것이었다. 그뿐만 아니라 하사의 명령은 지리학사의 모국어로 내려지는 경우가 많았다.

"이건 정말 이상하군." 그가 말했다.

하지만 글레나번이 인데펜덴시아 요새에 온 것은 아이들의 교련을 보기 위해서도 아니었고, 하물며 아이들의 국적이나 혈통에 흥미를 갖기 위해서도 아니었다. 그래서 그는 파가넬이 더 이상 의아하게 생각하고 있을 여유를 주지 않고, 분견대장에게 면회를 요청해달라고 파가넬에게 부탁했다. 파가넬이 그 부탁을 실행하자 병사 한 명이 병영으로 쓰고 있는 작은 건물 쪽으

열두 명밖에 안 되는 어린애나 소년들뿐이었다.

로 걸어갔다.

잠시 후 부대장이 직접 모습을 나타냈는데, 나이는 쉰 살쯤 되어 보이고, 늠름한 태도가 사뭇 군인다워 보였다. 콧수염은 뻣뻣하고, 광대뼈가 튀어나오고, 머리는 반백이고, 오만한 눈빛이었다. 적어도 그의 짧은 파이프에서 피어오르는 자욱한 담배 연기의 소용돌이를 통해 판단할 수 있는 한은 그러했다. 그의 걸음걸이를 본 파가넬은 프랑스의 늙은 하사관 특유의 발걸음을 머리에 떠올렸다.

탈카베는 부대장에게 글레나번과 동료들을 소개했다. 그가 말하고 있는 동안 부대장은 질릴 만큼 집요하게 파가넬의 얼굴을 빤히 바라보고 있었다. 학자는 이 늙은 군인이 도대체 어떻게 할 작정인지 짐작도 가지 않았다. 그래서 그에게 막 질문하려는 순간, 상대가 갑자기 그의 손을 잡고는 지리학자의 모국어로 기쁜 듯이 말했다.

"프랑스인이세요?"

"예, 프랑스인입니다만……." 파가넬이 대답했다.

"아아, 반갑습니다! 잘 오셨습니다! 잘 오셨어요! 나도 프랑스인입니다." 부대장은 세차게 학자의 팔을 흔들면서 덧붙였다.

"친구요?" 소령이 파가넬에게 물었다.

"그야 뻔하잖습니까? 다섯 대륙 어딜 가든 친구가 있지요." 파가넬이 자랑스럽게 대답했다.

그러고는 부대장의 억센 손아귀에서 간신히 손을 빼낸 뒤 그와 대화를 나누기 시작했다. 글레나번은 자신의 용건을 한마디 묻고 싶었지만, 군인은 자신의 이력을 털어놓는 중이었고, 게다가 이야기를 도중에 그만둘 마음은 전혀 없는 것 같았다. 그는

"아아, 반갑습니다! 잘 오셨습니다! 잘 오셨어요!"

오래전에 프랑스를 떠났고, 그래서 이제는 모국어가 익숙지 않게 되었고, 낱말을 까먹지는 않았지만 낱말들을 서로 연결하는 방법은 잊은 듯했다. 그의 말투는 프랑스령 식민지에 사는 흑인 같았다. 방문객들도 곧 그것을 알아차렸다. 부대장은 옛날 파르샤프를 따라서 이곳으로 왔는데, 그때는 프랑스군 하사였다.

1828년에 요새를 세운 이래 그는 한 번도 이곳을 떠나지 않았고, 지금은 아르헨티나 정부의 승인을 얻어 요새를 지휘하고 있었다. 나이는 쉰 살이고 바스크인이었다. 이름은 마누엘 이파라게르. 겉보기처럼 스페인 사람은 아니지만 스페인 사람이 다 되어 있었다. 이 나라에 온 지 1년 뒤에 마누엘은 귀화하여 아르헨티나 군대에 복무했고, 당시 6개월 된 쌍둥이를 키우고 있던 착실한 인디언 여자를 아내로 맞이했다. 물론 쌍둥이는 둘 다 사내아이였다. 마누엘의 아내는 남편에게 딸을 줄 생각은 아예 하지도 않았을 것이기 때문이다. 마누엘은 군대 이외의 어떤 직업도 생각지 않았고, 시간이 흐르면 신의 가호를 얻어 1개 중대의 젊은 병사를 공화국에 바치고 싶다는 희망을 품고 있었다.

이런 이야기가 15분 동안 계속되어 날가베를 놀라게 했다. 한 사람의 목구멍에서 이렇게 많은 말이 튀어나오는 것을 인디언은 이해할 수 없었기 때문이다. 아무도 마누엘을 방해하지 않았다. 하지만 그가 설령 프랑스 출신이라 해도 일개 하사관은 언젠가 이야기를 그만두어야 하기 때문에 마누엘도 드디어 입을 다물었다. 물론 그 전에 손님들은 그를 따라 그의 집으로 가지 않을 수 없었다. 손님들은 이파라게르 부인에게 소개되었는데, 인디언 여자에게 구세계의 표현을 적용할 수 있다면 그녀는 '선량한 여자'처럼 보였다.

마누엘은 그렇게 자신의 뜻을 이룬 뒤에야 무슨 용건으로 오셨느냐고 손님들에게 물었다. 파가넬은 팜파스를 횡단하는 이 여행의 목적을 프랑스어로 자세히 설명하고, 마지막으로 인디언들이 이 지방을 버리고 떠난 이유를 물었다.

"아, 아무도 없었군요!" 마누엘은 어깨를 으쓱하고 대답했다. "우리는 팔짱을 끼고…… 어쩔 수 없었어요!"

"하지만 왜요?"

"전쟁."

"전쟁?"

"그래요! 내란."

"내란?"

"그래요. 파라과이와 부에노스아이레스의 전쟁."

"그래서요?"

"그래서 인디언은 모두 북쪽으로, 플로레스 장군을 따라갔지요."

"하지만 추장들은?"

"추장들도 함께."

"카트리엘은?"

"카트리엘은 없어요."

"그럼 칼푸쿠라는?"

"칼푸쿠라도 없어요."

"그럼 얀체트루스는?"

"얀체트루스도 이젠 없어요."

파가넬은 이 대답을 탈카베에게 통역했고, 탈카베는 흡족한 표정으로 고개를 끄덕였다. 실제로 탈카베는 몰랐거나 잊고 있었지만, 나중에 브라질의 간섭을 부르게 된 이 내전에서 공화국의 두 당파*는 서로 상대를 살육하고 있었다. 인디언에게 이 내분은 이익이 될 뿐이었다. 그들이 이 좋은 약탈 기회를 놓칠 리가 없었다. 따라서 팜파스에서 인디언이 없어진 것은 아르헨티나 북부에서 벌어지고 있는 내전 때문이라고 마누엘이 설명한 것은 옳았다.

하지만 이 사건으로 글레나번의 계획에 차질이 생겼다. 그가 세운 계획은 완전히 무효가 되었다. 그랜트 선장이 인디언에게 붙잡혀 있다면 북쪽 국경 쪽으로 끌려가 있을 게 분명했다. 그렇다면 어디서 어떻게 그를 찾아낼 수 있을까? 팜파스 북쪽 끝까지 위험한, 게다가 별로 도움도 되지 않는 수색을 시도해야 할까? 이것은 진지하게 토의해야 할 중대한 문제였다.

그래도 또 한 가지 중대한 질문을 마누엘에게 던져볼 여지는 있었다. 친구들이 말없이 서로 얼굴을 마주 보고 있는 동안 그 질문을 해보기로 마음먹은 것은 소령이었다.

"혹시 유럽인이 팜파스의 인디언에게 붙잡혀 있다는 소문을 들은 적이 있나요?"

마누엘은 기억을 되살리려는 듯이 잠시 입을 다물고 생각에 잠겼다.

"있어요." 마침내 그가 말했다.

"아아!" 새로운 희망에 매달려 글레나번이 외쳤다.

---

* 중앙집권주의자(부에노스아이레스 중심의 자본가)와 연방주의자(서부 내륙 지방의 군벌) 간의 대립으로 내전이 오래 지속된 뒤 1853년에 아르헨티나는 헌법을 제정함으로써 연방주의 국가 체제를 확립했다.

파가넬과 맥내브스와 로버트와 글레나번은 마누엘을 에워싼 채 빛나는 눈으로 그를 바라보았다.

"몇 년 전, 으음…… 그래…… 유럽인 포로…… 하지만 한 번도 본 적은 없어요."

"몇 년 전이오?" 글레나번이 말했다. "잘못 생각했겠지…… 조난한 날짜는 확실해요…… '브리타니아'호는 1862년 6월에 가라앉았으니까, 2년도 채 지나지 않았소."

"그보다 전이에요."

"그럴 리가." 파가넬이 외쳤다.

"아니, 정말로 그래요! 우리 막내가 지금 일곱 살인데, 그 애가 태어났을 때니까…… 두 남자였어요."

"아니, 세 사람이오!" 글레나번이 말했다.

"두 사람." 마누엘은 단정적인 어조로 대꾸했다.

"두 사람!" 글레나번은 놀라서 말했다. "영국인 두 사람?"

"아니, 누가 영국인이라고 했죠? 프랑스인과 이탈리아인입니다."

"포유체족한테 학살당한 이탈리아인 말이오?" 파가넬이 외쳤다.

"그래요! 나중에 알았지만, 프랑스인은 구출되었다더군요."

"구출되었다고요?" 로버트 소년이 외쳤다.

"그래, 인디언의 손에서 구출되었지." 마누엘이 대답했다.

모두 절망적인 표정으로 제 이마를 때리고 있는 학자를 지켜보았다.

"아아, 알았다!" 드디어 그가 말했다. "모든 게 분명해요! 전부 다 설명할 수 있어요!"

"하지만 도대체 어떻게 된 겁니까?" 글레나번이 초조감과 함께 불안을 느끼면서 물었다.

"여러분." 파가넬은 로버트의 손을 잡고 대답했다. "큰 실망을 맛보는 것도 어쩔 수 없지만, 우리는 잘못된 흔적을 추적하고 있었어요! 지금 문제가 되고 있는 것은 절대로 그랜트 선장이 아니라 나와 같은 프랑스인이에요. 그 사람의 동료인 마르코 바젤로는 실제로 포유체족한테 학살당했지요. 그 프랑스인은 몇 번이나 그 잔인한 인디언과 함께 콜로라도 강 연안까지 갔고, 운 좋게도 그들의 손아귀에서 도망쳐 프랑스로 돌아갔습니다. 우리는 그랜트 선장의 발자취를 추적하고 있는 줄 알았지만, 실제로는 이 기나르 청년의 발자취를 따라오고 있었던 겁니다."*

이 설명을 들은 사람들은 깊은 침묵에 잠겼다. 잘못을 저지른 것은 분명했다. 마누엘이 말한 상황, 포로의 국적, 동료가 살해된 사실, 인디언의 손아귀에서 탈출한 점—이 모든 것이 사실을 말해주는 증거가 되었다.

글레나번은 실망한 얼굴로 탈카베를 바라보았다. 인디언이 입을 열었다.

"세 명의 영국인 포로에 대한 이야기는 듣지 못했나요?"

"전혀." 마누엘이 대답했다. "그런 일이 있었다면 탄딜에서는 누구나 알았을 겁니다. 하지만 그런 일은 없었어요."

이렇게 분명한 대답을 들은 이상, 글레나번은 이제 인데펜덴

---

* [원주] 실제로 A. 기나르는 1856년부터 1859년까지 3년 동안 포유체족 원주민에게 붙잡혀 있었다. 그는 주어진 시련을 놀라운 용기로 견뎌내고, 마침내 움사야타 고개를 통해 안데스 산맥을 넘어서 탈출하는 데 성공했다. 1861년에 그는 프랑스로 돌아갔고, 지금은 지리학회에서 자크 파가넬의 동료가 되어 있다.

시아 요새에는 아무 볼일도 없었다. 일행은 마누엘에게 인사를 하고 악수를 나눈 뒤 그곳을 떠났다.

글레나번은 자신의 기대가 이렇게 뒤집힌 데 절망하고 있었다. 로버트는 눈물을 글썽거리면서도 아무 말도 하지 않고 글레나번 옆에서 걷고 있었다. 글레나번은 로버트를 위로하고 싶었지만 아무 말도 생각나지 않았다. 파가넬은 혼잣말을 하면서 몸짓과 손짓을 하고 있었다. 소령은 입을 굳게 다물고 있었다. 탈카베는 잘못된 발자취를 추적한 것 때문에 인디언으로서의 자존심이 상한 것처럼 보였다. 하지만 그가 그런 착각을 한 것은 무리가 아니었고, 그래서 아무도 그를 탓하지 않았다.

일행은 여인숙으로 돌아갔다.

저녁식사는 우울했다. 물론 이 용감하고 헌신적인 남자들은 그렇게 위험을 무릅쓰면서 그렇게 고생을 했는데도 보람도 없이 끝난 것을 아무도 원망하지 않았다. 하지만 그들은 성공할 거라는 희망이 순식간에 무너지는 것을 보았다. 실제로 탄딜 산맥과 대서양 사이에서 그랜트 선장을 만날 수 있을까? 만날 수 없다. 누군가가 대서양 연안에서 인디언에게 붙잡혔다면, 마누엘에게는 분명 그 일이 알려졌을 것이다. 이런 사건이 탄딜에서 네그로 강 하구의 카르멘에 이르는 일대에서 끊임없이 장사를 하고 있는 원주민들의 관심을 끌지 않고 끝날 리가 없다. 아르헨티나 평원의 상인들 사이에서는 어떤 일도 곧바로 알려지고 소문이 퍼진다. 따라서 그들이 취해야 할 방책은 하나밖에 없었다. 당장 메다노스 곶의 약속 장소로 가서 '덩컨'호와 만나는 것이었다.

하지만 파가넬은 그들의 수색을 완전히 잘못된 방향으로 이 끌어간 그 문서를 보여달라고 글레나번에게 요구했다. 그는 분노를 노골적으로 드러내면서 그것을 다시 읽었다. 거기에서 새로운 해석을 찾아낼 작정이었다.

"누가 뭐래도 이 문서는 확실합니다!" 글레나번은 그 말을 되풀이했다. "선장의 조난과 붙잡힌 장소는 의심할 여지가 없도록 쓰여 있어요."

"아니, 그렇지 않습니다." 지리학자는 탁자를 주먹으로 두드리면서 대답했다. "전혀 달라요! 그랜트 선장이 팜파스에 없다면 아메리카 대륙에는 없는 겁니다. 그렇다면 어디에 있을까요? 그건 이 문서가 말해주어야 합니다. 그리고 실제로 말해줄 겁니다. 이 문서에서 그걸 알아내지 못한다면 내 이름은 더 이상 자크 파가넬이 아닙니다!"

22
범람

인데펜덴시아 요새에서 대서양 연안까지는 250킬로미터의 거리였다. 예기치 않은 일로 시간을 잡아먹지만 않으면 글레나번은 나흘 안에 '덩컨'호로 돌아가 있을 터였다. 하지만 그랜트 선장도 구출하지 못하고 수색에 실패한 채 돌아간다고 생각하면 참을 수가 없었다. 그래서 날이 밝아도 그는 출발 명령을 내릴 생각을 하지 않았다. 소령이 대신 책임지고 말에 안장을 얹게 하고 식량을 보급하고 어느 길로 가야 할지를 검토했다. 그의 활약 덕분에 오전 8시에는 일행이 잔디에 덮인 탄딜 산맥의 언덕을 내려갈 수 있었다.

글레나번은 한 마디도 하지 않고 로버트와 나란히 말을 달리고 있었다. 호방하고 과감한 그의 성격으로는 이 실패를 태연히 받아들일 수가 없었다. 그의 심장은 찢어질 만큼 고동치고 머리는 불타고 있었다. 파가넬은 뜻대로 되지 않는 데 애를 태우면서 문서의 한 마디 한 마디를 여러 가지 방식으로 해석하여 새로운 의미를 건져내려 하고 있었다. 탈카베는 말없이 타우카에게 몸을 맡기고 있었다. 소령은 여전히 낙관적이었고, 실의라는 것이 발붙일 틈이 없는 사람답게 의연히 제 역할을 다하고 있었다. 톰 오스틴과 두 선원은 주인과 마찬가지로 암담한 얼굴이었다. 겁 많은 토끼가 산길에서 그들 앞을 가로질렀을 때, 미신적인 스코틀랜드인은 서로 얼굴을 마주 보았다.

"나쁜 조짐이야." 윌슨이 말했다.

"응, 하일랜드에서는 그렇지." 멀래디가 대꾸했다.

"하일랜드에서 나쁜 조짐이 여기서 좋아질 리는 없지." 윌슨은 짐짓 점잔을 빼면서 말했다.

정오 무렵 일행은 탄딜 산맥을 넘어 바다까지 펼쳐져 있는 평원으로 나왔다. 평원은 물결치듯 큰 기복을 이루고 있었다. 어디에 가도 맑은 강물이 이 풍요로운 지방을 적시고 키 자란 목초 속으로 사라져갔다. 폭풍이 지나간 뒤의 바다처럼 지면은 다시금 평소 때의 수평을 되찾았다. 아르헨티나 평원의 마지막 산도 지나고, 단조로운 초원은 말발굽 밑에 기다란 초록빛 융단을 펼쳐놓았다.

지금까지는 날씨가 좋았다. 하지만 이날은 하늘이 험악한 모습을 보였다. 그때까지 며칠 동안 계속된 고온으로 발생한 대량의 수증기가 두꺼운 구름이 되고, 이제 곧 폭우가 되어 봇둑 터지듯 쏟아질 것 같았다. 게다가 이 지방은 바다가 가깝고, 바다를 지배하고 있는 서풍 때문에 유난히 기온이 높았다. 기름진 땅, 번성하는 목초와 그 짙은 암녹색을 보면 그것을 알 수 있었다. 하지만 적어도 이날은 넓게 퍼진 구름이 봇둑을 터뜨리지 않았고, 그날 저녁에 말들은 60킬로미터의 거리를 기운차게 달

제1부 남아메리카

려 물을 가득 담은 거대한 '카나다'(골짜기)의 가장자리에서 걸음을 멈추었다. 어디에도 몸을 숨길 곳은 없었다. 판초가 천막도 되고 이불도 되었다. 그들은 위협적인 하늘 아래에서 그렇게 잠을 잤지만, 정말 다행히도 하늘은 더 이상 험악해지지 않았다.

이튿날 평원이 낮아져, 갈수록 지하수의 존재는 점점 더 확실하게 그 징후를 나타냈다. 지면의 모든 구멍에서 물기가 스며 나왔다. 조금 더 가자, 어떤 것은 이미 깊어져 있고 어떤 것은 이제 막 생기기 시작한 늪이 동쪽으로 이어진 길을 가로지르고 있었다. 윤곽이 확실하고 수초가 없는 '라구나'(웅덩이)의 경우에는 말들도 쉽게 건널 수 있었다. 하지만 '페타노'라고 불리는 진흙탕일 경우에는 그렇게 잘 되지 않았다. 키 자란 풀이 덮여 있어서, 그 안에 들어가보지 않으면 위험을 알 수 없었다.

이런 늪들은 이미 여러 번 생물의 목숨을 빼앗고 있었다. 실제로 로버트도 1킬로미터쯤 앞서 가고 있다가 말을 달려 돌아오면서 외쳤다.

"파가넬 선생님! 파가넬 선생님! 뿔 숲이에요!"

"뭐라고?" 학자가 외쳤다. "뿔 숲을 발견했어?"

"예, 예. 적어도 작은 잡목림 규모예요."

"잡목림이라고? 너 꿈을 꾸고 있구나."

"전 꿈을 꾸고 있지 않아요. 선생님이 직접 보시면 알아요! 기묘한 곳이에요! 뿔의 씨를 뿌리면 보리처럼 뿔이 나요! 저도 그 씨를 구하고 싶네요!"

"이 녀석은 진지하게 말하고 있는데요?" 소령이 말했다.

"그래요, 소령님. 이제 곧 보시게 될 거예요."

로버트의 말이 옳았다. 곧 일행은 시야 끝까지 펼쳐져 있는 광대한 뿔 밭 앞에 이르렀다. 그곳에는 뿔이 질서 정연하게 심어져 있었다. 실제로 그것은 키 작은 뿔이 빽빽이 돋아나 있는 이상한 잡목림이었다.

"어때요?" 로버트가 말했다.

"이거 참 묘하군." 파가넬이 묻는 듯한 눈길로 탈카베를 돌아보며 대답했다.

"뿔은 흙에서 나와 있어. 하지만 소는 밑에 있어." 탈카베가 말했다.

"뭐라고?" 파가넬이 외쳤다. "소 떼 전체가 이 진흙 속에 가라앉아 있단 말이야?"

"그래." 탈카베가 대답했다.

실제로 수많은 가축이 달려오다가 늪에 빠져 죽었다. 수백 마리의 소가 이렇게 목숨을 잃은 것이다. 넓은 늪 속에 늘어선 채 숨이 막혀 죽었다. 아르헨티나 평원에서 이따금 일어나는 이 일은 인디언이라면 누구나 알고 있는 사실이었다. 그리고 이것은 반드시 고려하지 않으면 안 되는 경고였다. 고대의 가장 까다로운 신들까지도 만족시켰을 게 분명한 이 끔찍한 살육의 현장을 일행은 우회했고, 한 시간 뒤 뿔 밭은 벌써 3킬로미터나 뒤에 있었다.

탈카베는 이런 상태를 불안한 눈으로 관찰하고 있었다. 그에게는 이것이 심상치 않은 일로 여겨진 것 같았다. 그는 몇 번이나 말을 세우고, 등자 위에서 발돋움을 하고 몸을 쭉 폈다. 키가 큰 그는 광대한 지평선을 한눈에 바라볼 수 있었다. 하지만 납득할 수 있는 이유가 하나도 발견되지 않았기 때문에 그는 곧 다시 걷기 시작했다. 2킬로미터쯤 갔을 때 그는 다시 한 번 말을 세우고, 길에서 벗어나 북쪽이나 남쪽으로 7, 8킬로미터쯤 정찰한 뒤 다시 대열의 선두로 돌아왔지만, 무엇을 기대하고 있는지 또는 무엇을 두려워하고 있는지도 전혀 말하지 않았다. 몇 번이나 되풀이되는 이 행동은 파가넬의 흥미를 끌었고 글레나번을 불안에 빠뜨렸다. 그래서 학자는 인디언에게 물어봐달라는 재촉을 받았다. 그는 당장 물어보았다.

탈카베는 평원이 물에 잠겨 있는 게 이상하다고 대답했다. 그가 아는 한, 게다가 그가 길잡이로 일하기 시작한 이래 한 번도 이렇게 물에 잠긴 땅을 밟아본 적이 없었다는 것이다. 비가 많이 내리는 계절에도 아르헨티나 평원에는 지나다닐 수 있는 길이 있게 마련이다.

"하지만 물기가 이렇게 많아지는 것은 무엇 때문일까?" 파가넬이 물었다.

"몰라." 탈카베가 대답했다. "우선 그걸 알면……."

"비로 물이 불어난 강이 범람하는 일은 없나?"

"이따금."

"그럼 지금도 혹시?"

"어쩌면!"

파가넬은 이 어정쩡한 대답으로 만족할 수밖에 없었다. 그리고 그는 글레나번에게 탈카베와 나눈 대화 내용을 알려주었다.

"그래서 탈카베는 어떻게 하랍니까?" 글레나번이 물었다.

"어떻게 하면 되지?" 파가넬은 탈카베에게 물었다.

"빨리 가." 탈카베가 대답했다.

이 조언은 말하기는 쉽지만 실행하기는 어려웠다. 말들은 발이 푹푹 빠지는 진창을 걷느라 곧 지쳐버렸다. 땅의 침하는 점점 확실해졌고, 평원의 이 부근은 침투하는 물이 급속히 모일 게 분명한 거대한 저지대와 구별할 수 없게 되었다. 그래서 홍수가 나면 당장 호수로 변해버리는 이런 내리막은 우물쭈물하지 말고 재빨리 빠져나가는 것이 무엇보다 중요했다.

일행은 말을 재촉했다. 하지만 문제는 말발굽 밑에 퍼져 있는 물만이 아니었다. 2시쯤 하늘에서 봇둑이 터져, 열대성 호우가 평원에 쏟아져 내렸다. 달관한 인간임을 보여주려면 이보다 더 좋은 기회는 없었다. 이 대홍수를 피할 방법은 전혀 없었고, 참을성 있게 그 비를 뒤집어쓸 각오를 하는 것이 최상책이었다. 판초는 비에 흠뻑 젖었다. 모자는 홈통이 막힌 지붕처럼 물을 콸콸 쏟아냈다. 마구는 물의 그물로 만들어진 것처럼 보였고, 말발굽이 거세게 흐르는 급류를 밟을 때마다 그 물보라를 뒤집어쓰는 기마객들은 땅과 하늘 양쪽에서 한꺼번에 덮쳐오는 소나기를 맞으면서 말을 몰았다.

이렇게 비에 흠뻑 젖고 몸은 꽁꽁 얼어붙고 기진맥진한 그들은 그날 저녁 초라한 오두막에 다다랐다. 꼼짝 못할 처지에 빠진 나그네가 아니라면 여기로 피난할 마음은 나지 않았을 것이다. 하지만 글레나번과 동료들은 달리 어찌할 도리가 없었다. 그래서 그들은 팜파스의 가난한 인디언도 원하지 않을 이 버려진 오두막 안에 웅크리고 앉았다. 한참 애를 쓴 뒤에야 온기보다 연기를 더 많이 내뿜는 한심한 모닥불이 겨우 타기 시작했다. 밖에서는 빗방울을 내동댕이치는 듯한 질풍이 미친 듯이 날뛰고, 썩은 이엉에서는 커다란 빗방울이 뚝뚝 떨어졌다. 멀래디와 윌슨이 빗물을 막지 않았다면 불이 적어도 스무 번은 꺼졌을 것이다. 별로 배를 채워주지도 않는 허술한 저녁식사를 하는 동안은 모두 우울했다. 식욕도 없었다. 소령만이 비에 젖은 육포에 입맛을 다시며 깨끗이 먹어치웠다. 어떤 일에도 동요하지 않는 소령은 무슨 일이 있어도 태연했다. 파가넬은 프랑스인답게 농담을 하려고 했지만 아무도 상대해주지 않았다. 그러자 그가 말했다.

"내 농담도 습기가 차버렸군. 불발이야!"

이런 상황에서 가장 즐거운 일은 잠을 자는 것이었기 때문에 그들은 저마다 잠 속에서 피로를 잠시나마 잊으려고 했다. 견디기 어려운 밤이었다. 오두막의 널빤지는 쪼개지지 않을까 싶을 만큼 덜거덕거렸다. 불행한 말들은 밖에서 무자비한 자연에 시달리며 신음하고, 주인들은 허술한 오두막 안에서 그에 못지않은 고통을 겪었다. 그래도 결국 잠이 승리를 거두었다. 우선 로버트가 눈을 감고 글레나번의 어깨에 머리를 기댔다. 오두막의 손님들은 모두 하느님이 지켜보는 가운데 잠이 들었다.

신은 그들을 잘 지켜준 모양이다. 그날 밤은 무사히 밝았기 때문이다. 일행은 타우카가 부르는 소리에 눈을 떴다. 타우카는 줄곧 잠을 자지 않고 있다가 밖에서 울음소리를 내며 힘센 발굽으로 오두막 벽을 두드렸다. 필요하면 탈카베 대신 타우카가 출발 신호를 내릴 수도 있었다. 타우카에게는 많은 신세를 지고 있기 때문에 녀석의 말을 듣지 않을 수 없었다. 그렇게 일행은 출발했다. 비는 조금씩 내리고 있었지만, 물을 통과시키지 않는 땅에는 내린 빗물이 그대로 고여 있었다. 물이 스며들지 않는 이런 점토 위에서 웅덩이나 늪이나 못이 범람하여 아주 깊은 '바냐도'(소택지)를 이루고 있었다. 파가넬은 지도를 살펴보면서, 이 평원의 물이 항시 흘러드는 그란데 강과 비바로타 강이 하나가 되어 너비가 7, 8킬로미터나 되는 큰 하천을 이루고 있을 게 분명하다고 생각했다. 그렇게 생각하는 것도 이유가 없는 것은 아니었다.

그렇게 되면 최대한 서둘러야 했다. 일행이 사느냐 죽느냐 하는 문제였다. 물이 많이 불으면 어디로 피난할 수 있겠는가? 지평선까지 펼쳐진 광대한 원 속에는 단 하나의 고지대도 없었고, 이 평탄한 대지 위에서는 물이 급속히 퍼질 거라고 생각할 수밖에 없었다.

그래서 그들은 말을 최대 속도로 몰아댔다. 타우카는 선두에 서 있었는데, 힘센 지느러미를 갖고 물과 뭍 양쪽에서 살 수 있는 동물보다 더 해마라고 부를 만했다. 타우카는 마치 물을 만난 물고기처럼 재빨랐다.

오전 6시쯤 갑자기 타우카가 몹시 불안한 기색을 보였다. 타우카는 남쪽의 평탄한 황야 쪽을 계속 돌아보았고, 울음소리는 점점 길어졌고, 콧구멍을 벌름거리며 공기를 강하게 빨아들였다. 그리고 난폭하게 뒷다리로 일어섰다. 탈카베는 타우카가 아무리 날뛰어도 말에서 떨어지지 않았지만, 말을 통제하기가 쉽지는 않았다. 말이 내뿜는 거품은 강하게 졸라맨 재갈 때문에 피와 섞였지만, 그래도 혈기왕성한 말은 진정되지 않았다. 몸이 자유로웠다면 다리에 힘이 있는 한 북쪽으로 전력 질주하여 달아났을 것이다. 말 주인은 그것을 생생하게 느꼈다.

"도대체 타우카는 어떻게 된 거야?" 파가넬이 물었다. "아르헨티나의 물속에 사는 그 지독한 거머리한테라도 물렸나?"

"아니." 인디언이 대답했다.

"그러면 무언가 위험에 겁을 먹고 있나?"

"그래, 위험을 느끼고 있어."

"어떤 위험인데?"

"몰라."

타우카가 느낀 위험을 눈은 아직 찾아내지 못했다 해도, 귀는 이미 그것을 짐작할 수 있었다. 실제로 조수가 밀려오는 소리 같은 둔탁한 술렁거림이 지평선 너머에서 들려왔다. 바람은 물보라를 머금은 돌풍이 되어 휘몰아쳤다. 새들은 무언지 알 수 없는 자연 현상을 피해 황급히 하늘을 가로질러 갔다. 다리가 절반쯤 물에 잠긴 말들은 흐르는 물이 밀려오기 시작하는 것을 느꼈다. 곧 남쪽으로 1킬로미터쯤 떨어진 곳에서 소와 말과 양의 울음소리가 울려 퍼지고, 수많은 가축 떼가 나타났다. 그 동물들은 황급히 흩어져, 쓰러지고 일어나고 돌진하면서 무서운 속도로 달아나고 있었다. 그 질주가 불러일으키는 물의 소용돌이 속에서 짐승들을 분간하는 것은 거의 불가능했다. 가장 큰 고래 100마리가 모여도 바닷물을 이보다 더 격렬하게 휘젓지는 못했을 것이다.

"빨리! 빨리!" 탈카베가 우레 같은 소리로 외쳤다.

"도대체 이건 뭐야?" 파가넬이 물었다.

"범람! 범람!" 말에 박차를 가해 북쪽으로 달려가면서 탈카베가 대답했다.

"홍수다!" 파가넬이 외치자, 동료들은 파가넬을 앞세우고 탈카베를 따라 전속력으로 말을 몰았다.

위험할 뻔했다. 실제로 남쪽으로 8킬로미터 떨어진 곳에서 많은 물이 쏟아져 들어와 들판이 망망대해로 변했다. 키 자란 풀은 낫에 베어진 것처럼 사라졌다. 물에 휩쓸린 관목 덤불은 떠내려가 작은 섬을 만들었다. 엄청나게 많은 물은 맹렬한 기세로 흘러 몇 줄기의 깊은 강이 되었다. 물론 팜파스의 큰 하천이 만드는 골짜기는 흘러넘치고, 북쪽의 콜로라도 강과 남쪽의 네그로 강은 이제 하나로 합류했을 것이다.

탈카베가 알아차린 거센 물결은 경주마 같은 속도로 쫓아왔다. 여행자들은 바람에 밀려가는 구름처럼 달아났다. 그들의 눈은 피난처를 찾았지만 소용이 없었다. 하늘과 물은 지평선에서 뒤섞여 있었다. 위험을 느끼고 흥분한 말들은 미친 듯이 질주하고, 말을 탄 사람들은 간신히 안장에 몸을 지탱하고 있었다. 글레나번은 자주 뒤를 돌아보았다.

"물이 따라잡겠군." 그가 중얼거렸다.

"빨리, 빨리!" 탈카베가 외쳤다.

그래서 그들은 모두 불쌍한 말들을 더욱 재촉했다. 박차에 긁힌 말들의 옆구리에서는 붉은 피가 흘러나와 물속에 길게 뻗은 붉은 줄무늬를 만들었다. 말들은 땅이 갈라진 곳에 발이 걸려 비틀거렸다. 물속에 숨어 있는 풀들이 말들을 방해했다. 말이 쓰러지면 일으키고, 또 쓰러지면 또 일으킨다. 수위가 눈에 띄게 올라가기 시작했다. 높이 넘실거리는 긴 물결이 와서, 3킬로미터도 떨어지지 않은 곳에서 거품 이는 물마루를 보이고 있는 그 거센 파도가 이제 곧 덮쳐오리라는 것을 예고했다. 자연에서 가장 무서운 이 물결과의 목숨을 건 싸움은 15분 동안이나 계속되었다. 달아나는 사람들은 자기가 얼마나 달렸는지 짐작도 가지 않았지만, 달려온 속도로 미루어보아 그 거리는 상당했을 게 분명하다. 한편 말들은 가슴까지 물에 잠겨 있어서, 젖 먹던

"범람! 범람!" 탈카베가 대답했다.

힘까지 꺼내지 않으면 앞으로 나아가지 못했다. 글레나번과 파가넬과 오스틴은 이제 끝장이라고, 바다에 던져진 인간의 끔찍한 죽음을 면할 수는 없을 거라고 생각했다. 그들이 탄 말은 이제 지면에 발이 닿지 않았다. 수심이 2미터만 되면 말은 물에 빠져 죽어버린다. 점점 높아지는 물에 에워싸인 이 여덟 명의 견딜 수 없는 불안은 도저히 형언할 수 없었다. 인간의 힘을 초월한 이 자연재해와는 맞서 싸울 힘이 없다는 것을 그들은 느꼈다. 그들의 구원은 이제 그들 자신의 손안에 들어 있지 않았다.

5분 뒤에 말들은 헤엄을 치기 시작했다. 이제 물의 흐름만이 그들의 최대 속도와 맞먹는 속도, 시속 30킬로미터가 넘는 무서운 속도로 격렬하게 그들을 밀어내고 있었다.

구원의 길이 모두 닫힌 것처럼 보였을 때 소령의 목소리가 들렸다.

"나무다!"

"나무요?" 글레나번이 외쳤다.

"저기, 저기!" 탈카베가 대답했다. 그러고는 150미터쯤 북쪽의 물속에 우뚝 솟아 있는 거대한 호두나무 한 그루를 가리켰다.

이제는 남들이 격려해줄 필요도 없었다. 뜻밖에 그들 앞에 나타난 이 나무에 어떻게든 다다르지 않으면 안 되었다. 말들은 아마 거기까지 갈 수 없을 것이다. 하지만 하다못해 인간은 구조될 수 있을 것이다. 흐르는 물이 그들을 데려갔다. 그때 톰 오스틴의 말이 한 번 울음소리를 내고는 죽어버렸다. 말 주인은 등자에서 발을 빼고 힘차게 헤엄치기 시작했다.

"내 안장에 매달려." 글레나번이 외쳤다.

"고맙습니다. 하지만 팔은 튼튼하니까요."

"로버트, 네 말은 어떠냐?" 글레나번은 그랜트 소년을 돌아보며 물었다.

"괜찮습니다. 괜찮아요! 물고기처럼 헤엄치고 있어요!"

"조심해!" 소령이 큰 소리로 말했다.

이 말이 미처 끝나기도 전에 거대한 물결이 덮쳐왔다. 높이가 15미터나 되는 무서운 파도가 무시무시한 소리와 함께 그들의 머리 위에 무너져 내렸다. 사람도 말도 모두 거품의 소용돌이 속에 가라앉았다. 수백만 톤에 이르는 물이 미쳐 날뛰면서 그들을 끌어들였다. 큰 파도가 지나간 뒤 인간들은 수면 위로 떠올라 재빨리 인원수를 확인했다. 하지만 주인을 태운 타우카를 제외한 나머지 말들은 모두 모습을 감추어버렸다.

"정신 차려요! 정신 차려!" 한 팔로 파가넬을 떠받치고 한 팔로 헤엄을 치면서 글레나번은 그 말을 되풀이해서 외쳤다.

"괜찮아요! 괜찮습니다!" 존경할 만한 학자가 대답했다. "괜찮은 정도가 아니라, 나는 이런 것도 나쁘지는 않다고 생각합니다."

도대체 뭐가 나쁘지 않다고 생각했을까? 그것은 끝내 알 수 없었다. 이 딱한 사람은 나머지 말을 200밀리미터가 넘는 흙탕물과 함께 삼키지 않으면 안 되었기 때문이다. 소령은 수영 코치의 눈으로 보아도 흠잡을 데 없을 만큼 규칙적으로 팔을 움직이면서 침착하게 전진했다. 선원들은 물속을 잘 알고 있어서 돌고래처럼 쑥쑥 나아갔다. 로버트는 타우카의 갈기에 매달린 채 끌려갔다. 타우카는 힘차게 물을 가르고, 물이 흘러가는 쪽에 있는 나무를 향해 본능적으로 머리를 돌리고 있었다.

그 나무까지는 이제 겨우 40미터밖에 남지 않았다. 순식간에

무서운 파도가 그들의 머리 위에 무너져 내렸다.

그들은 모두 거기에 도착했다. 행운이었다. 이 피난처를 놓치면 구조될 가능성은 사라지고, 파도에 휩쓸려 죽을 수밖에 없었기 때문이다.

물은 나무줄기의 맨 위, 커다란 나뭇가지가 갈라져 나온 데까지 올라왔다. 그래서 거기에 매달리는 것은 어렵지 않았다. 탈카베가 말을 버리고 로버트를 끌어 올리면서 맨 먼저 올라갔고, 이어서 헤엄을 치느라 기진맥진한 사람들을 힘센 팔로 끌어 올려 안전한 곳으로 옮겨주었다. 하지만 타우카는 물살에 휩쓸려 순식간에 멀어져갔다. 말은 그 총명한 얼굴을 주인 쪽으로 돌린 채 긴 갈기를 흔들면서 큰 소리로 주인을 불렀다.

"저 말을 버릴 셈이야?" 파가넬이 탈카베에게 말했다.

"내가?" 인디언이 외쳤다.

그러고는 세차게 흐르는 물속으로 뛰어들었다가 나무에서 15미터 남짓 떨어진 곳에서 다시 모습을 나타냈다. 잠시 뒤에는 그의 팔이 타우카의 목에 놓여 있었고, 말과 사람은 안개 자욱한 북쪽 지평선을 향해 함께 떠내려갔다.

타우카는 물살에 휩쓸려 순식간에 멀어져갔다.

23

새처럼 살다

글레나번과 동료들이 피난한 나무는 호두나무와 비슷했다. 호두와 마찬가지로 나뭇잎이 윤기가 나고 둥근 모양을 하고 있었다. 사실 그것은 아르헨티나 평원에 드문드문 나 있는 '옴부'*였다. 거대하고 구불구불한 줄기를 가진 이 나무는 굵은 뿌리를 땅에 뻗고 있을 뿐만 아니라, 뿌리에서 나오는 튼튼한 어린 나무로 땅과 단단히 연결되어 있다. 그래서 큰 파도에도 끄떡없이 견딜 수 있었던 것이다.

이 옴부는 높이가 30미터 남짓, 그림자는 둘레가 120미터나 되는 면적을 덮을 정도였다. 폭이 2미터나 되는 줄기에서 갈라져 나간 세 개의 굵은 가지가 그 많은 나뭇잎을 지탱하고 있었다. 그 세 가지 가운데 두 개는 거의 수직으로 솟아올라 거대한 나뭇잎 우산을 떠받치고, 거기서 갈라져 나간 작은 가지들은 바구

---

* 학명이 '피톨라카'인 이 거대한 상록수는 아르헨티나의 '나라꽃'이기도 하다.

니처럼 촘촘하게 얽히고설켜 아무것도 뚫고 들어올 수 없는 차양을 이루었다. 나머지 가지 하나는 이와는 반대로 굉음을 내고 있는 물 위에 수평으로 뻗어 있었고, 아래쪽 나뭇잎은 물속에 잠겨 있었다. 이 거대한 나무 안에는 공간이 충분했다. 나뭇잎들 사이에 빈틈이 많았고 공기도 충분했다. 숲 속의 빈터처럼 시원하고 널찍한 공간이 마련되어 있었다. 이런 굵은 가지들이 수많은 잔가지를 구름까지 뻗어 올리고, 기생하는 덩굴식물들이 큰 가지들 사이를 연결하고, 햇빛이 나뭇잎 틈새로 새어 들어오는 것을 보면, 이 나무줄기 자체 속에 하나의 숲이 있는 것처럼 여겨졌을 것이다.

그들이 나무 위로 올라가자 수많은 새들이 시끄러운 소리로 이 명백한 주거 침입에 항의하며 높은 가지에서 날아올랐다. 이 새들도 혼자 우뚝 서 있는 이 나무로 피난을 왔던 것이다. 개똥지빠귀, 찌르레기, 이사카, 일게로, 특히 그 화려한 색깔을 띤 벌새 피카플로르가 수백 마리나 모여 있었다. 그리고 그 새들이 일제히 날아올랐을 때는 돌풍이 모든 꽃을 나무에서 날려 보낸 것처럼 보였다.

이것이 글레나번 일행에게 주어진 피난처였다. 로버트와 민첩한 윌슨은 나무에 올라가자마자 서둘러 위쪽 우듬지로 기어올랐다. 그들의 머리는 이윽고 초록빛 지붕을 뚫고 나갔다. 이 정상에서는 시야가 넓게 펼쳐졌다. 홍수로 생긴 넓은 바다가 사방을 에워싸고 있어서, 어디를 보아도 그 바다가 끝나는 곳은 보이지 않았다.

수면 위로 올라와 있는 나무는 한 그루도 없었다. 범람하는 물속에 홀로 서 있는 옴부는 물살에 흔들리고 있었다. 뿌리 뽑힌 나무들과 뒤틀린 나뭇가지, 무너진 오두막에서 떨어져 나온 초가지붕, 가축우리 지붕에서 떨어져 나온 들보, 익사한 동물들의 시체 따위가 맹렬한 물살에 휩쓸려 남쪽에서 북쪽으로 떠내려가고, 흔들거리는 나무 위로 피신한 재규어 가족은 발톱으로 그 불안한 뗏목에 매달린 채 나무와 함께 떠내려갔다. 그 너머에 벌써 거의 눈에 띄지 않을 만큼 작고 검은 점 하나가 윌슨의 주의를 끌었다. 그것은 탈카베와 그의 충직한 말 타우카였다. 그들은 곧 멀어져서 눈에 보이지 않게 되었다.

"탈카베! 탈카베!" 로버트가 용감한 인디언 쪽으로 손을 뻗으면서 외쳤다.

"저 친구는 괜찮아. 걱정하지 마, 로버트." 윌슨이 말했다. "어쨌든 나리한테 가자."

곧 로버트는 3층을 이루고 있는 가지를 타고 내려와 줄기 위로 돌아갔다. 그곳에는 글레나번과 파가넬, 소령, 오스틴, 멀래디가 각자 타고난 재주에 따라 나무에 걸터앉거나 매달린 채 앉아 있었다. 윌슨은 나무 꼭대기까지 올라가서 관찰한 결과를 보고했다. 탈카베에 대해 그가 한 말에는 모두 동의했다. 의문으로 남은 문제는 탈카베가 타우카를 구할 것인가, 아니면 타우카가 탈카베를 구할 것인가 하는 것뿐이었다.

확실히 옴부로 피난한 사람들의 상황이 탈카베보다 훨씬 우려할 만했다. 나무는 물살의 힘에 굴복하지는 않겠지만, 불어나는 물은 높은 가지까지 올라올지도 몰랐다. 지반 침하로 평원의 이 일대는 깊은 저수지가 되어 있었기 때문이다. 그래서 글레나번이 맨 먼저 생각한 것은 나무에 눈금을 새겨 수위를 관찰할 수 있게 하자는 것이었다. 범람한 물이 이때는 정지해 있어서,

글레나번 일행에게 주어진 피난처.

이미 최고 수위에 도달해 있는 것처럼 보였다. 그렇다면 일단은 이것으로 안심할 수 있었다.

"그러면 앞으로 어떻게 할까요?" 글레나번이 말했다.

"그야 뻔하잖습니까. 우리 보금자리를 만들어야죠." 파가넬이 쾌활하게 대답했다.

"보금자리를 만들어요?" 로버트가 외쳤다.

"그래. 그리고 새처럼 사는 거야. 우리가 물고기처럼 살 수는 없으니까."

"좋아요!" 글레나번이 말했다. "하지만 모이는 누가 주죠?"

"내가!" 소령이 대답했다.

모든 사람의 시선이 맥내브스 소령에게 쏠렸다. 소령은 낭창낭창한 나뭇가지에 마치 흔들의자에 앉은 것처럼 기분 좋게 앉아 있다가, 물에 젖기는 했지만 알맹이는 무사히 남아 있는 안장주머니를 꺼냈다.

"아아, 소령님!" 글레나번이 외쳤다. "정말 소령님답군요! 소령님은 모든 것에 주의가 미치죠. 모든 것을 잊어버려도 어쩔 수 없는 상황에서도."

"익사하지 않으려고 결심한 게 굶어죽기 위해서는 아니니까." 소령이 대답했다.

"나도 거기에 주의가 미쳤다면 좋았을 텐데…… 나는 너무 경솔해요." 파가넬이 천진하게 말했다.

"그런데 그 안장주머니에는 뭐가 들어 있습니까?" 톰 오스틴이 물었다.

"일곱 사람이 이틀 동안 먹을 식량이 들어 있지." 소령이 대답했다.

"좋아요." 글레나번이 말했다. "24시간만 지나면 물은 충분히 빠질 겁니다."

"그러지 않으면 육지로 나갈 방법을 찾고 있겠지요." 파가넬이 말했다.

"그러면 우리가 우선 해야 할 일은 식사예요." 글레나번이 말했다.

"하지만 우선 몸을 말리지 않으면 안 돼." 소령이 주의를 주었다.

"하지만 불은요?" 윌슨이 물었다.

"그래, 불을 피워야겠군요." 파가넬이 말했다.

"어디에다요?"

"그야 뻔하잖소? 이 줄기 위에 피워야지."

"뭘로요?"

"삭정이로. 이 나무에서 마른 가지를 잘라냅시다."

"하지만 어떻게 불을 피우죠?" 글레나번이 물었다. "우리 부싯깃은 물을 잔뜩 빨아들인 해면 같은데요."

"그런 건 없어도 됩니다! 마른 이끼 조금, 햇빛, 내 망원경 렌즈, 이것만 있으면 충분해요. 누가 숲에 가서 땔감을 좀 구해와야겠는데?"

"제가 갈게요!" 로버트가 외쳤다.

로버트는 사이좋은 윌슨을 데리고 새끼 고양이처럼 덤불 속으로 사라졌다. 로버트가 없는 동안 파가넬은 충분한 양의 마른 이끼를 찾아냈다. 햇빛을 찾기는 쉬웠다. 이때는 태양이 강렬하게 빛나고 있었기 때문이다. 그는 큰 가지가 갈라진 분기점에 젖은 나뭇잎을 깐 다음 그 위에 마른 이끼를 놓고, 망원경 렌즈를 이용하여 그것을 소리도 없이 불태웠다. 이것은 화재로 번질 우려가 전혀 없는 천연 화로였다.

곧 윌슨과 로버트가 삭정이를 한 아름 안고 돌아와서 그것을 화롯불 위에 내던졌다. 파가넬은 거기에 바람을 보내기 위해 아랍인처럼 긴 두 다리를 벌려 화로 위에 진을 치고는 빠른 속도로 앉았다 일어섰다 하면서 판초로 바람을 일으켰다. 나무에 불이 붙었고, 곧 소리를 내며 타오르는 불길이 임시변통으로 만든 화로에서 피어올랐다. 사람들은 저마다 마음껏 몸을 말렸고, 나무에 걸어놓은 판초는 산들바람에 흔들렸다. 그 후 일행은 분량을 정하여 식사를 했다. 이튿날도 생각해야 했기 때문이다. 이 드넓은 호수에서 물이 빠지려면 글레나번의 예상보다 시간이 오래 걸릴지도 모르고, 어쨌든 식량은 지극히 한정되어 있었다. 옴부에는 열매가 하나도 열리지 않는다. 다행히 이 나무에는 수많은 새가 둥지를 틀고 있어서 상당량의 신선한 알을 얻을 수 있었다. 이런 자원은 결코 무시할 게 아니었다.

그래서 이번에는 오랫동안 여기 머물러야 할 경우에 대비하여 쾌적하게 지낼 수 있도록 이곳을 보수해야 했다.

"부엌과 식당은 1층에 있으니까 우리는 2층에서 자기로 합시다." 파가넬이 말했다. "집은 넓어요. 집세는 비싸지 않습니다. 사양할 필요 없어요. 위쪽에 천연 요람이 있으니까. 저기서 몸을 단단히 묶으면 이 세상에서 제일 좋은 침대에서 잔 것처럼 잘 수 있을 겁니다. 두려워할 일은 아무것도 없어요. 게다가 이 정도면 인원도 충분합니다. 불침번도 세울 수 있고, 인디언 함대나 맹수 부대가 와도 얼마든지 쫓아낼 수 있어요."

"무기가 없는데요." 톰 오스틴이 말했다.

"나는 권총을 갖고 있네." 글레나번이 말했다.

"저도요." 로버트가 말했다.

"그게 무슨 도움이 됩니까?" 톰 오스틴이 대답했다. "파가넬 선생님이 화약 만드는 법을 생각해내신다면 모르지만."

"그럴 필요 없네." 소령이 완전한 상태로 남아 있는 화약 봉지를 보이면서 말했다.

"어디서 난 겁니까, 소령님?" 파가넬이 물었다.

"탈카베가 주었소. 우리한테 도움이 될 거라고 생각해서, 타우카를 구하러 물로 뛰어들기 직전에 나한테 건네주었지."

"호탕하고 훌륭한 인디언이야!" 글레나번이 외쳤다.

"정말 그렇습니다. 파타곤이 모두 그런 사람이라면 저는 파타고니아를 찬미할 겁니다." 톰 오스틴이 말했다.

"그 말은 탈카베와 일심동체나 마찬가지예요. 언젠가는 그들과 다시 만날 수 있을 겁니다." 파가넬이 말했다.

"여기는 대서양에서 얼마나 떨어져 있습니까?" 글레나번이 물었다.

"기껏해야 60킬로미터 정도." 파가넬이 대답했다. "그러면 지금부터 자유행동입니다. 나는 이만 실례할게요. 위쪽에 관측소를 찾아서, 망원경의 힘을 빌려 여러분에게 주위 상황을 보고하도록 하지요."

아무도 학자의 말에 토를 달지 않았다. 파가넬은 아주 능숙하게 가지에서 가지로 옮아가며 나무 위로 올라가 두꺼운 나뭇잎 커튼 사이로 사라졌다. 동료들은 침실을 만들고 각자 침대를 준비하기 시작했다. 이것은 어려운 일도 아니었고 시간이 걸리지도 않았다. 이부자리를 펼 필요도 없고 가구를 치울 필요도 없어서, 오래지 않아 모두 화로 주위의 자기 자리로 돌아왔다. 그러고는 서로 잡담을 나누고 있었다. 하지만 끈기 있게 기다려야 하는 현재 상황에 대해서는 더 이상 이야기하지 않았다. 아무리 이야기해도 끝이 없는 그랜트 선장 이야기가 다시 시작되었다.

물이 빠지면 사흘도 지나기 전에 여행자들은 '덩컨'호로 돌아갈 수 있을 것이다. 하지만 그랜트 선장과 두 선원, 이 불운한 세 명의 조난자는 그들과 함께 있지 않았다. 남아메리카 횡단이 허망하게 끝난 뒤에는 조난자를 찾아낼 희망이 모두 사라져버린 것처럼 여겨지기까지 했다. 새로운 탐색의 손을 어디로 뻗을 것인가? 그들에게는 앞으로 어떤 희망도 없다는 것을 알면 헬레나와 메리 그랜트는 얼마나 슬퍼할까?

"불쌍한 누나!" 로버트가 말했다. "저희한테는 모든 게 끝이에요!"

처음으로 글레나번은 어떤 위로의 말도 찾을 수가 없었다. 이 소년에게 어떤 희망을 줄 수 있을까? 그들은 지금까지 문서에 적혀 있는 곳을 정확하게 찾지 않았던가?

"남위 37도는 무의미한 숫자가 아니야! 조난 장소를 말하고 있든 붙잡힌 곳을 말하고 있든, 이 숫자는 가정도 아니고 해석도 아니고 추정도 아니야. 우리는 그 숫자를 눈으로 직접 보았어!"

"그건 그렇습니다, 나리." 톰 오스틴이 대답했다. "하지만 우리의 수색은 성공하지 못했습니다."

"정말 화가 나고 실망스럽군." 글레나번이 외쳤다.

"화가 나는 것은 상관없지만······" 맥내브스 소령이 침착한 어조로 대답했다. "실망할 필요는 없네. 논란의 여지가 없는 숫자를 알고 있으니까, 우리는 끝까지 그 실마리를 따라가야 돼."

"그건 무슨 뜻입니까? 우리가 뭘 더 할 수 있죠?" 글레나번이 물었다.

"지극히 간단하고 지극히 논리적인 일이야, 에드워드. '덩컨'호로 돌아가면 뱃머리를 동쪽으로 돌려서, 필요하다면 우리의 출발점까지라도 이 37도선을 더듬어가야 돼."

"나는 그걸 생각해보지 않은 줄 아세요? 나도 생각했어요. 골백번이나! 하지만 성공할 가능성이 얼마나 되죠? 아메리카 대륙을 떠난다는 것은 그랜트 선장 자신이 지정한 장소, 그 문서 안에 그렇게 확실히 지명되어 있는 파타고니아를 떠난다는 뜻이잖습니까?"

"그러면 자네는 팜파스를 다시 수색할 작정인가? '브리타니아'호가 조난한 것은 태평양 연안도 아니고 대서양 연안도 아니었던 게 확실한데?"

글레나번은 대답도 하지 않고 소령의 다음 말을 기다렸다.

"그리고 그랜트 선장이 지시한 위도를 거슬러 올라가다가 그를 발견할 가능성이 아무리 적다 해도, 우리는 그걸 시도해봐야 하지 않을까?"

"거기에 반대하는 건 아니지만……." 글레나번이 대답했다.

"자네들은 어떤가?" 소령이 선원들을 둘러보며 말했다. "내 생각에 동의하지 않나?"

"전적으로 동의합니다." 톰 오스틴이 대답했고, 멀래디와 윌슨도 고개를 끄덕였다.

"여러분!" 글레나번이 잠시 생각한 뒤에 말했다. "로버트, 너도 잘 들어. 이건 특히 중요한 점이니까. 나는 그랜트 선장을 찾기 위해서라면 어떤 일이라도 하겠소. 그렇게 맹세했어요. 그리고 필요하다면 그 목적을 이루기 위해 내 목숨도 바칠 거요. 스코틀랜드를 위해 헌신한 그 용감한 선장을 구하기 위해서라면 스코틀랜드 전체가 나한테 가세할 거요. 나 자신도 그 가능성이 아무리 적다 해도 37도선을 따라 세계일주를 해야 한다고 생각하고, 그걸 실행할 겁니다. 하지만 해결해야 할 문제는 그게 아니에요. 그보다 훨씬 중요한 문제지요. 그 문제는 바로 이겁니다. 우리는 이곳 아메리카 대륙에서의 수색을 결정적으로, 그리고 지금 당장 그만두어야 하는가?"

명확히 제기된 이 문제에는 정답이 없었다. 아무도 굳이 발언하려 하지 않았다.

"어떻습니까?" 글레나번은 특히 소령에게 물었다.

"지금 여기서 그 질문에 대답하는 것은 상당히 큰 책임을 짊어지는 것일세. 잘 생각해보지 않으면 안 돼. 무엇보다도 먼저 나는 그 남위 37도선이 어떤 지방을 가로지르고 있는지 알고 싶네."

"그건 파가넬 씨가 할 일입니다." 글레나번이 대답했다.

"그럼 파가넬에게 물어보세."

옴부의 나뭇잎에 가려 학자의 모습은 이미 보이지 않았다. 그래서 큰 소리로 파가넬을 불러야 했다.

"파가넬 씨! 파가넬 씨!" 글레나번이 외쳤다.

"여기 있어요." 하늘에서 대답하는 목소리가 내려왔다.

"어디 있습니까?"

"내 탑에요."

"거기서 뭘 하고 있는 겁니까?"

"넓은 시야를 조사하고 있습니다."

"잠깐 내려올 수 없습니까?"

"나한테 볼일이 있나요?"

"그렇습니다."

"뭔데요?"

"남위 37도선이 지나고 있는 것은 어느 지방인지 알고 싶습니다."

"그 대답은 아주 간단해요. 그 때문에 일부러 내려갈 필요도 없어요."

"그러면 말해주세요."

"좋아요. 남위 37도선은 남아메리카 대륙을 떠나면 대서양을 가로지릅니다."

"그래서요?"

"도중에 트리스탄다쿠냐 제도를 만납니다."

"그렇군요."

"희망봉보다 2도 아래를 지나갑니다."

"그다음에는요?"

"인도양을 횡단합니다."

"다음에는요?"

"암스테르담 제도의 상피에르 섬을 스치고 지나가지요."

"계속해서 앞으로 가주세요."

"오스트레일리아의 빅토리아 주를 가로지릅니다."

"계속하세요."

"오스트레일리아를 떠난 뒤에는……."

파가넬은 이 마지막 문장을 끝내지 않았다. 지리학자는 말문이 막혔을까? 사실을 알 수 없게 되었을까? 그렇지 않다. 옴부 꼭대기에서 무서운 비명과 격렬한 외침 소리가 들렸다. 글레나번과 동료들은 안색이 변하여 서로 마주 보았다. 새로운 재난이 일어난 것일까? 불행한 파가넬이 추락했을까? 윌슨과 멀래디가 재빨리 자리에서 일어났지만, 그때 키 큰 사람의 형체가 나타났다. 파가넬은 가지에서 가지로 굴러떨어졌다. 그의 손은 아무것도 붙잡지 못했다. 그는 살아 있을까? 죽었을까? 그것은 알 수 없지만, 어쨌든 파가넬이 으르렁거리고 있는 물속으로 막 떨어지려는 순간, 소령이 튼튼한 팔로 그를 붙잡았다.

"고맙습니다, 소령님!" 파가넬이 외쳤다.

"뭐요? 무슨 일이오?" 소령이 물었다. "무슨 변덕이오? 또 실수한 거요?"

"그래요!" 파가넬은 흥분하여 옥죄인 듯한 목소리로 외쳤다. "그래요! 실수예요. 이건 터무니없는 실수예요!"

"어떤 실수요?"

"우리는 틀렸어요! 지금도, 아니 지금까지 줄곧 틀렸어요!"

"설명해봐요!"

"글레나번 경, 소령님, 로버트, 여러분, 여기 있는 모든 사람에게 말하겠는데, 우리는 그랜트 선장이 없는 곳에서 그랜트 선장을 찾고 있어요!"

"무슨 말을 하는 겁니까?" 글레나번이 외쳤다.

"없는 곳일 뿐만 아니라 온 적도 없는 곳에서 그랜트 선장을 찾고 있단 말입니다!"

파가넬은 가지에서 가지로 굴러떨어졌다.

24
계속 새처럼 살다

 이 뜻밖의 말을 듣고 사람들은 모두 깜짝 놀랐다. 지리학자는 무슨 말을 하려는 걸까? 혹시 미친 게 아닐까? 하지만 그는 확고한 신념을 갖고 말했기 때문에 사람들은 모두 글레나번에게 눈길을 돌렸다. 파가넬의 이 단정은 글레나번이 좀 전에 제기한 의문에 대한 직접적인 대답이었다. 하지만 글레나번은 고개를 갸웃했을 뿐인데, 그 몸짓은 결코 학자의 말에 동의하는 것은 아니었다.

 학자는 흥분을 억누르고 말을 이었다.

 "그래요!" 그는 자신만만한 목소리로 말했다. "우리는 엉뚱한 곳을 수색했어요. 그리고 우리는 문서에 쓰여 있지 않은 것을 문서에서 읽었어요!"

 "설명해주시오, 파가넬 씨. 좀 더 차분하게." 소령이 말했다.

 "지극히 간단한 거예요. 소령님과 마찬가지로 나도 실수했어요. 소령님과 마찬가지로 나도 잘못된 해석에 빠져 있었어요.

그런데 방금 나무 위에서 당신네 질문에 대답하다가 '오스트레일리아'라는 말이 나왔을 때 한 줄기 빛이 내 머릿속을 달리면서 모든 게 확실해졌지요."

"뭐라고요?" 글레나번이 외쳤다. "그럼 선생은 그랜트 선장이……?"

"문서에 쓰여 있는 'austral'은 우리가 지금까지 생각했던 것처럼 완전한 낱말이 아니라 오스트레일리아(Australia)*의 어간이라고 나는 말하는 겁니다."

"이건 기묘하군!" 소령이 대답했다.

"기묘하기는커녕, 그런 일은 절대 있을 수 없어요!" 글레나번이 어깨를 으쓱하며 말했다.

"있을 수 없다고요?" 파가넬이 대꾸했다. "그건 우리 프랑스인이 인정하지 않는 말입니다."

"그럼 선생은 그 문서를 구실로 삼아서 '브리타니아'호가 조난한 건 오스트레일리아 연안이었다고 주장하는 겁니까?" 글레나번은 점점 더 불신하는 어조로 말했다.

"나는 그렇게 확신하고 있습니다!"

"지리학회 간사쯤 되는 분이 그런 주장을 하다니, 정말 놀랐습니다."

"왜요?" 민감한 부분을 찔린 파가넬이 되물었다.

"오스트레일리아라는 낱말을 인정한다면 인디언이라는 낱말도 인정해야 합니다. 그런데 오스트레일리아에서는 아무도 인

---

* 오스트레일리아(Australia)는 라틴어 'australis(남쪽)'에서 나온 말로, '남쪽의 땅'이라는 뜻이다.

제1부 남아메리카

디언을 본 적이 없어요."

파가넬은 이 말에 전혀 놀라지 않았다. 그것을 예상하고 있었던 듯 미소를 지으며 말했다.

"너무 성급하게 승리의 노래를 부르지는 마세요. 우리 프랑스인의 표현을 쓰자면 나는 이제 곧 당신을 때려눕힐 테니까. 당신은 지금까지 어떤 영국인도 당한 적이 없을 만큼 철저한 패배를 당하게 될 겁니다. 그건 크레시와 아쟁쿠르*에서 프랑스가 영국에 당한 패배의 복수가 될 거예요."

"그거야말로 내가 바라는 바입니다. 어서 복수하세요, 파가넬 씨."

"그럼 들어보세요. 그 문서에는 파타고니아라는 말도 없고 인디언이라는 말도 없습니다. 꼬리가 잘린 'indi'라는 말은 '인디언(indian)'이 아니라 '원주민(indigene)'을 의미하는 겁니다. 그런데 당신도 오스트레일리아에 '원주민'이 있다는 건 인정하시겠지요?"

이때 글레나번이 파가넬을 노려본 것은 사실이다.

"훌륭합니다, 파가넬 씨!" 소령이 말했다.

"글레나번 경은 내 해석을 인정하십니까?"

"인정합니다." 글레나번이 말했다. "'gonie'라는 말에 해당하는 게 파타고니아를 가리키는 게 아니라는 점을 증명해준다면……."

---

* 중세 말기에 영국과 프랑스가 벌인 백년전쟁(1337~1453) 때 영국이 프랑스에 승리를 거둔 곳. 궁병으로 구성된 영국군이 기병으로 구성된 프랑스군을 격파함으로써 기사 계급이 몰락하는 계기가 되었다.

"물론이죠." 파가넬이 외쳤다. "그건 파타고니아를 가리키는 게 아닙니다! 마음대로 읽어도 좋지만, 그것만은 안 돼요."

"하지만 달리 어떤 식으로 읽을 수 있죠?"

"코스모고니! 테오고니! 아고니!……"

"아고니?" 소령이 되물었다.

"그런 건 아무래도 좋습니다. 이 낱말은 전혀 문제가 되지 않으니까요. 나는 이 낱말이 어떤 뜻인지 알려고 생각지도 않습니다. 중요한 건 'austral'이 '오스트레일리아'를 의미한다는 겁니다. 맹목적으로 잘못된 길로 들어가버린 게 아니라면 이렇게 명백한 설명을 처음부터 생각해내지 못할 리가 없습니다. 나 자신이 이 문서를 발견했다면, 여러분의 해석 때문에 내 판단이 왜곡되지 않았다면, 나는 절대로 다르게 해석하지 않았을 겁니다!"

이번에는 만세 소리와 축하와 찬사가 파가넬에게 쏟아졌다. 오스틴도, 두 명의 선원도, 소령도, 그리고 특히 희망이 되살아난, 그래서 기쁨도 되살아난 로버트도 존경할 만한 학자에게 갈채를 보냈다. 글레나번도 점점 눈이 열려서, 거의 항복할 각오가 되어 있었다.

"마지막으로 한 가지만 더 물어봅시다. 그것만 납득되면 나도 선생의 통찰에 경의를 표할 수밖에 없겠지요."

"말해보세요."

"새롭게 해석한 그 어구를 어떤 식으로 배열하고, 문서를 어떤 식으로 읽습니까?"

"아주 간단합니다. 문서는 여기 있습니다." 그는 며칠 전부터 면밀하게 검토하고 있던 그 문서를 내밀면서 말했다.

지리학자가 대답하기 전에 천천히 생각을 정리하고 있는 동안 깊은 침묵이 그 자리를 지배했다. 이윽고 그는 중간에 끊어진 행을 손가락으로 더듬으며, 자신만만한 목소리로 몇몇 낱말을 강조하면서 다음과 같이 문서를 읽어 내려갔다.

"1862년 6월 7일, 글래스고 선적의 삼대선 '브리타니아'호는…… 2, 3일의 사투라고 해도 긴 사투라고 해도 좋고, 그런 건 전혀 문제가 안 되지만, 어쨌든 그런 사투 끝에 오스트레일리아 연안에서 침몰했다. 두 선원과 그랜트 선장은 대륙에 상륙하려고 하지만 또는 상륙했지만, 그러면 잔인한 원주민에게 붙잡힐 것이다 또는 대륙에 상륙하여 잔인한 원주민에게 붙잡혔다. 이것으로 확실하지 않습니까?"

"확실하군요." 글레나번이 대답했다. "'대륙'이라는 명사를 섬에 불과한 오스트레일리아에도 적용할 수 있다면 말이지만……"

"안심하세요, 글레나번 경. 가장 훌륭한 지리학자들도 그 섬을 '오스트레일리아 대륙'이라고 부르는 데 반대하지는 않으니까요."

"그러면 내가 해야 할 말은 이것뿐입니다. 오스트레일리아로 갑시다! 하늘의 도움이 있기를!"

"오스트레일리아로!" 동료들도 이구동성으로 되풀이했다.

"파가넬 선생." 글레나번이 덧붙여 말했다. "선생이 '덩컨'호에 온 것은 하느님이 선생을 보내셨기 때문이라는 걸 알고 있습니까?"

"좋습니다. 하느님이 나를 보내신 걸로 해둡시다. 그리고 그 이야기는 이제 그만하죠."

장래에 아주 큰 영향을 미치게 되는 이 회의는 이렇게 끝났다.

이 대화는 여행자들의 정신 상황을 근본적으로 바꾸어버렸다. 그들은 빠져나갈 수 없다고 생각했던 미궁 속에서 길잡이가 되어줄 실마리를 방금 찾아낸 것이다. 지금까지의 계획은 무너져 버렸지만, 그 폐허 위에 새로운 희망이 생겨난 것이다. 그들은 아무런 불안도 없이 아메리카 대륙을 떠날 수 있었고, 그들의 마음은 벌써 오스트레일리아 땅으로 달려가고 있었다. '덩컨'호로 돌아갈 때 그들은 절망을 가져가지 않을 것이고, 헬레나와 메리 그랜트도 그랜트 선장을 영원히 만날 수 없을 거라고 슬퍼할 필요는 없을 것이다. 그래서 그들은 자신들이 지금 처해 있는 위험도 잊고 기쁨에 몸을 맡겼다. 그들이 유감으로 생각한 것은 단 하나, 지금 당장 출발할 수 없다는 것뿐이었다.

시간은 오후 4시였다. 저녁식사는 6시에 하기로 결정했다. 파가넬은 이 행복한 하루를 축하하기 위해 진수성찬을 마련하고 싶다고 말했다. 그런데 메뉴는 한정되어 있었기 때문에, 그는 로버트에게 '이웃 숲으로' 사냥을 하러 가지 않겠느냐고 제안했다. 로버트는 이 멋진 생각에 박수를 쳤다. 그들은 탈카베의 화약통을 꺼내고 권총을 소제하고 산탄을 장전하고 출발했다.

"너무 멀리는 가지 마요." 소령이 두 사냥꾼에게 점잖게 말했다.

그들이 떠난 뒤 글레나번과 맥내브스 소령은 나무에 새긴 눈금을 조사했고 윌슨과 멀래디는 화로에 다시 불을 지폈다.

글레나번은 수면까지 내려가보았지만 물이 줄어든 증거는 찾지 못했다. 그래도 물은 이미 최고 수위에 도달한 것처럼 보였다. 다만 남쪽에서 북쪽으로 흘러가는 세찬 물살은 아르헨티나의 모든 하천 수위가 아직 안정되지 않았음을 말해주고 있었다.

수위가 내려가기 전에 우선 이 방대한 양의 물이 정지하지 않으면 안 되었다. 만조가 끝나고 간조가 시작되려 할 때의 바다와 마찬가지였다. 그래서 물이 급류처럼 빠른 속도로 북쪽을 향해 달리고 있는 한 수위가 내려가기를 기대할 수는 없었다.

글레나번과 소령이 관측하고 있는 동안, 나무 위에서는 총성이 그것과 맞먹을 만큼 요란한 환성과 함께 울려 퍼졌다. 로버트의 소프라노는 파가넬의 베이스를 지우고 아름다운 꾸밈음을 이루었다. 마치 다투어 어린애 같은 짓을 하고 있는 것 같았다. 사냥 성적은 좋은 것 같아서, 맛있는 요리를 얻어먹을 수 있을 것으로 여겨졌다. 소령과 글레나번은 화로가 있는 곳으로 돌아갔지만, 우선 윌슨의 멋진 생각에 감탄했다. 그 착실한 선원은 바늘과 실을 사용하여 낚시를 하고 있었다. 빙어처럼 생긴 '모하라'라는 작은 물고기 수십 마리가 그의 판초 주름 속에서 팔딱거리고 있었는데, 그것도 괜찮은 요리가 될 것 같았다.

이때 사냥꾼들이 옴부 위쪽에서 내려왔다. 파가넬은 제비알과 줄줄이 엮은 참새를 조심스럽게 들고 왔다. 나중에 그는 이 참새를 요리하여 종다리 고기라고 식탁에 내놓을 작정이었다. 로버트는 일게로 몇 쌍을 잡았다. 이것은 초록색과 노란색을 띤 작은 새인데, 맛이 좋아서 몬테비데오* 시장에서는 인기가 대단하다고 한다. 새알 요리법을 쉰한 가지나 알고 있는 파가넬도 지금은 새알을 뜨거운 재에 묻어서 익히는 정도로 만족할 수밖에 없었다. 하지만 음식은 다양하고 맛있었다. 말린 고기, 익힌

---

* 우루과이의 수도. 라플라타 강 하구에 위치한 무역항으로, 피서지와 휴양지로도 유명하며, 1930년 제1회 월드컵이 개최된 곳이기도 하다.

나무 위에서는 총성이 요란하게 울려 퍼졌다.

새알, 구운 모하라 고기, 참새, 구운 일게로는 영원히 잊을 수 없는 진수성찬이 되었다.

만찬을 즐기고 나자 대화도 활기를 띠었다. 파가넬은 사냥꾼으로서도 요리사로서도 많은 칭찬을 받았다. 학자는 진정한 재능에 어울리는 겸손한 태도로 칭찬을 받아들였다. 그리고 옴부의 나뭇잎 그늘에 머물고 있는 그는 이 옴부가 바닥 모를 깊이를 갖고 있다면서, 이 훌륭한 나무에 대해 참으로 묘한 의견을 털어놓았다.

"로버트와 나는……" 하고 그는 익살스럽게 덧붙였다. "사냥을 하면서 큰 숲 한복판에 있는 듯한 기분이 들었어요. 나는 나무들 속에서 길을 잃지나 않을까 생각한 적도 있었지요. 길을 알 수 없게 되어버려서 말입니다. 태양은 지평선으로 기울고! 나는 내 발자국을 찾았지만 보이지 않는 거예요. 굶주림은 바싹바싹 다가오고! 어두운 숲에는 이미 맹수의 포효가 울려 퍼집니다. 요컨대 그…… 아니, 맹수는 없었지. 유감이야!"

"아니, 맹수가 없는 게 유감이라는 겁니까?" 글레나번이 물었다.

"그렇습니다."

"하지만 맹수의 흉포함은 어디로 보아도 무서운 법인데……."

"흉포함이란 건 존재하지 않습니다…… 과학적으로 말하면."

"아아!" 소령이 말했다. "이번에는 당신이 무슨 수를 쓰든, 맹수가 유익하다는 것을 나는 절대로 인정할 수 없어요! 맹수가 무슨 도움이 된다는 거요?"

"소령님!" 파가넬이 외쳤다. "분류하는 데 도움이 되잖아요? 목, 과, 종, 아종……."

"그거 참 대단한 이익이군! 나는 그런 게 없어도 전혀 곤란하지 않아요! 내가 대홍수 때 노아* 일족의 한 사람이었다면, 그 생각 없는 가장이 사자나 호랑이나 표범이나 곰이나 그 밖에 아무 쓸모도 없고 해롭기만 한 동물을 한 쌍씩 방주에 태우는 데 반대했을 거요."

"정말입니까?"

"정말이고말고."

"좋습니다. 그러면 소령님은 동물학의 입장에서 보면 잘못된 일을 했다는 이야기가 됩니다!"

"하지만 인간의 입장에서 보면 전혀 그렇지 않아요."

"이건 참을 수가 없군요." 파가넬이 말했다. "나 같으면 그와는 반대로 메가테리움이나 익룡†, 그 밖에 노아가 등한시했기 때문에 지금은 불행히도 우리가 볼 수 없는 그 태고의 동물들을 보존하는 데 특별히 주의를 기울였을 겁니다."

"나는 감히 말하지만, 노아는 잘못을 저질렀어요." 소령이 대꾸했다.

파가넬과 소령의 대화를 듣고 있던 사람들은 두 친구가 늙은 노아를 구실로 말다툼을 하고 있는 것을 보고 웃지 않을 수 없었다. 태어나서 지금까지 누구하고도 다툰 적이 없는 소령이 자신의 신조와는 반대로 날마다 파가넬과 으르렁거리고 있는 것이다. 이 학자가 특별히 소령의 비위에 거슬린다고 생각할

---

* 구약성서에 나오는 대홍수 이야기의 주인공. 의로운 사람이기 때문에 하느님의 은총을 입어 대홍수 때에도 방주를 이용하여 가족과 함께 살아남을 수 있었다.
† 메가테리움: 신생대 제4기(200만~1만 년 전) 때 아메리카에 살았던 거대한 초식동물. 익룡: 중생대에 살던, 하늘을 나는 파충류.

제1부 남아메리카

수밖에 없었다.

글레나번은 여느 때와 마찬가지로 그들 사이에 끼어들었다.

"과학적 입장에서든 인간적 입장에서든, 맹수가 없는 게 유감인지 아닌지는 별문제로 하고, 오늘은 맹수가 없어도 참아야 합니다. 파가넬 선생도 공중에 있는 숲에서 맹수를 만날 거라고 기대하지는 않았겠지요."

"왜, 기대하면 안 됩니까?" 지리학자가 되물었다.

"나무 위에 맹수가!" 톰 오스틴이 말했다.

"아아, 그렇고말고! 아메리카 대륙의 호랑이인 재규어는 사냥꾼한테 바싹 쫓기면 나무 위로 도망칩니다. 이 동물이 갑작스러운 홍수에 허를 찔려 옴부의 나뭇가지 사이로 도망친다는 건 충분히 있을 수 있는 일 아닙니까?"

"어쨌든 선생은 맹수를 한 마리도 못 만났지요?" 소령이 말했다.

"그렇습니다. 숲을 샅샅이 찾아보았지만. 유감이에요. 멋진 사냥을 할 수 있었을 텐데. 재규어는 사나운 육식동물입니다! 앞발로 한 번 때리면 말의 목이 비틀려버리죠. 사람 고기 맛을 알면, 입맛을 다시면서 또 인간을 습격합니다. 재규어가 제일 좋아하는 건 인디언, 다음은 흑인, 다음은 물라토*, 그다음이 백인입니다."

"네 번째라니 고맙군요!" 소령이 대꾸했다.

"그건 소령님의 고기가 맛없다는 걸 증명할 뿐이에요!" 파가

---

* 중남아메리카에 사는 백인과 흑인의 혼혈 인종. 백인과 원주민(인디오)의 혼혈은 '메스티조', 흑인과 원주민의 혼혈은 '삼보'라고 한다.

넬은 경멸하는 표정으로 단정했다.

"맛이 없어서 다행이군!" 소령이 대꾸했다.

"아니, 그건 굴욕적인 일이지요!" 고집스러운 파가넬이 말했다. "백인들은 자기네가 인류 중에서 제일급이라고 공언하고 있는데, 재규어들은 그렇게 생각지 않는 모양입니다!"

"어쨌든 파가넬 씨." 글레나번이 말했다. "우리 중에는 인디언도 흑인도 물라토도 없으니까 나는 재규어가 없는 걸 기쁘게 생각합니다. 우리의 지금 상태는 그렇게 쾌적한 건 아니니까요."

"아니, 쾌적하지 않다고요?" 파가넬은 화제의 방향을 바꾸어 주는 이 말에 달려들었다. "글레나번 경은 지금 처지에 불만이십니까?"

"물론이죠. 선생은 이렇게 불편하고 딱딱한 나뭇가지 위에서 기분이 좋습니까?"

"나는 이보다 더 쾌적한 적이 없었어요. 내 서재에 있을 때도 이만큼 쾌적하지는 않았지요. 우리는 지금 새처럼 살고 있습니다. 노래하고 날아다니죠! 인간은 천성적으로 나무 위에서 살도록 되어 있다고, 나는 그렇게 생각하기 시작했습니다."

"없는 건 날개뿐이지!" 소령이 말했다.

"날개도 이제 곧 생길 겁니다!"

"날개가 생길 때까지는……" 하고 글레나번이 대답했다. "이 공중 주거보다는 공원의 모래 위나 집의 마룻바닥 위나 배의 갑판 위가 더 좋은데요."

"글레나번 경, 모든 건 형편대로 받아들이지 않으면 안 됩니다! 좋으면 좋고, 나빠도 신경 쓰지 말아야 해요. 아아, 당신은 맬컴 성의 안락함을 그리워하고 있군요!"

"그런 건 아니지만……."

"로버트는 아주 만족하고 있는 게 분명해요." 파가넬은 제 이론의 지지자를 한 명이라도 확보하려고 서둘러 말했다.

"맞아요, 선생님!" 로버트는 즐거운 듯한 목소리로 외쳤다.

"그럴 나이지." 글레나번이 말했다.

"나도 그럴 나이입니다!" 학자가 그 말을 받아서 대답했다. "안락이 적으면 적을수록 욕구도 적고, 욕구가 적으면 적을수록 사람은 행복한 법이에요."

"아니, 학자께서 이번에는 부와 대저택을 공격하기 시작했군요." 소령이 말했다.

"아닙니다, 소령님. 하지만 원하신다면 그것과 관련하여 방금 생각난 아라비아의 이야기를 들려드리죠."

"네, 어서 해주세요, 파가넬 선생님." 로버트가 말했다.

"그런데 그 이야기는 뭘 증명하고 있지요?" 소령이 물었다.

"이야기는 모두 증명되어 있다는 걸 증명합니다."

"그건 대단한 게 아니군. 어쨌든 해보시죠. 당신이 자랑하는 그 옛날이야기를 해봐요."

"옛날 하룬 알라시드 대왕*에게 아들이 하나 있었는데, 이 아들은 행복하지 않았답니다. 하루는 늙은 현자에게 상담하러 갔더니, 현자는 말하기를 행복은 이 세상에서 찾기 어렵다고 했답니다. 그러고는 '나는 너한테 행복을 주는 방법을 딱 한 가지 알고 있다'고 덧붙였지요. '어떤 방법입니까?' 하고 젊은 왕자가

---

* 하룬 알라시드: 아바스 왕조의 제5대 칼리프(재위 786~809). 제3대 칼리프인 마흐디의 아들로, 형의 급사 후 즉위했고, 《아라비안나이트》의 주인공으로 유명하다.

"옛날 하룬 알라시드 대왕에게 아들이 하나 있었는데……"

물었지요. 그러자 현자는 '행복한 인간의 셔츠를 입는 것이다' 라고 대답했지요. 그 말을 듣고 왕자는 노인에게 입을 맞추고, 영험이 뚜렷한 셔츠를 찾으러 떠났습니다. 이렇게 여행을 떠난 왕자는 지상의 모든 수도를 순방하면서 제왕들의 셔츠, 왕자들의 셔츠, 영주들의 셔츠를 입어보았지만 보람이 없었습니다. 행복해지지 않는 거예요. 그래서 왕자는 예술가의 셔츠, 무사의 셔츠, 상인의 셔츠도 입어보았지만 역시 마찬가지였어요. 이렇게 왕자는 세상을 두루 돌아다녔지만 행복을 찾지 못했습니다. 결국 절망한 왕자는 어느 날 몹시 우울한 기분으로 아버지의 궁전으로 돌아가다가 밭에서 농부가 즐겁게 노래를 부르며 쟁기질하고 있는 것을 보았습니다. '어쨌든 저 사람은 행복을 갖고 있는 인간이다. 그렇지 않다면 이 세상에 행복 따위는 존재하지 않는다'고 왕자는 속으로 생각했습니다. 그래서 왕자는 농부에게 다가가서 물었습니다. '아저씨는 행복하세요?' 그러자 농부는 '그렇다'고 대답했습니다. '아무것도 바라는 게 없나요?' '없어.' '당신의 처지를 왕의 처지와 바꾸고 싶지는 않으세요?' '전혀!' '좋아요. 그러면 아저씨 셔츠를 나한테 파세요!' '내 셔츠를 팔라고! 난 셔츠 따위는 갖고 있지 않은걸!'"

25
물과 불 사이에서

 자크 파가넬의 이야기는 큰 박수갈채를 받았다. 모두 그에게 박수를 보냈지만 아무도 자기 의견을 바꾸지는 않았다. 이리하여 학자는 모든 논쟁에 대체로 공통되게 나타나는 결과, 즉 논쟁해봤자 아무도 납득시킬 수 없다는 결과를 얻었다. 그래도 불운에 대해 용감하게 맞서고 궁전이나 초가집도 없을 때는 나무로 견디지 않으면 안 된다는 점에서는 모든 사람의 의견이 일치했다.

 이런저런 잡담을 나누는 동안 밤이 되었다. 이 파란만장한 하루에 어울리는 결말을 주는 것은 기분 좋은 잠뿐이었다. 옴부의 손님들은 홍수와 관련된 이런저런 일로 지쳤을 뿐만 아니라 특히 더위 때문에 진이 빠져 있었다. 그들과 함께 옴부에 잠자리를 마련한 새들은 벌써 모범을 보이고 있었다. 팜파스의 나이팅게일인 일게로들은 아름다운 노래를 그만두고, 나무에 깃들인 새들은 어둠 속에서 두꺼운 나뭇잎 속으로 모두 모습을 감추었다. 그들을 흉내 내는 것이 가장 현명한 노릇이었다.

하지만 글레나번과 로버트와 파가넬은 '보금자리'—파가넬이 쓴 말이었다—에 들기 전에 파가넬의 관측소까지 기어올라가 마지막으로 한 번 더 물이 가득한 평야를 둘러보았다. 시간은 9시경이었다. 태양은 서쪽 지평선의 반짝이는 안개 속으로 막 가라앉은 참이었다. 천구의 서쪽 절반은 천정에 이르기까지 뜨거운 증기에 완전히 잠겨 있었다. 남반구의 그 빛나는 별자리는 얇은 명주에 싸인 것처럼 어렴풋이 보였다. 그래서 식별할 수 있을 만큼은 확실히 보였다. 파가넬은 별빛이 특히 강한 극지대를 로버트에게 관찰하도록 했지만, 그것은 글레나번에게도 교육이 되었다. 특히 일등성과 이등성인 별 네 개가 남극 상공에 마름모꼴로 배열되어 있는 남십자성, 지구와 제일 가까워서 겨우 24조 킬로미터밖에 떨어져 있지 않은 켄타우로스자리, 마젤란의 구름이라고 불리는 두 개의 커다란 성운(둘 가운데 더 큰 성운은 달의 표면적보다 100배나 넓은 면적을 차지한다), 그리고 끝으로 어떤 항성 물질도 완전히 없어진 것처럼 보이는 '블랙홀'을 그는 가르쳐주었다.

북반구와 남반구 양쪽에서 모두 보이는 오리온자리는 유감스럽게도 아직 나타나지 않았다. 파가넬은 두 제자에게 파타고니아 우주론의 색다르고 재미있는 점을 가르쳐주었다. 그 시인 같은 인디언들이 보기에 오리온자리는 하늘의 초원을 달리는 사냥꾼이 던진 하나의 거대한 라소와 세 개의 볼라를 나타내고 있다. 거울 같은 물에 비친 이 모든 별자리는 눈 주위에 두 개의 하늘을 만들어내어 보는 사람을 감탄시켰다.

박식한 파가넬이 이런 강의를 하는 동안 동쪽 지평선 전체가

태양은 서쪽 지평선의 안개 속으로 가라앉았다.

폭풍의 양상을 띠기 시작했다. 또렷한 윤곽을 가진 두꺼운 먹구름이 서서히 별들을 지우면서 지평선에서 올라왔다. 기분 나쁜 그 구름은 곧 하늘의 절반에 퍼졌고, 이제 곧 하늘 전체를 메우려는 것처럼 보였다. 구름은 자기 힘으로 움직이고 있다고밖에는 생각되지 않았다. 바람은 전혀 없었기 때문이다. 대기층은 완전한 정지 상태를 유지하고 있었다. 나뭇잎 하나 움직이지 않고, 수면에는 잔물결 하나 생기지 않았다. 무언가 거대한 배기 장치가 작동하여 공기가 희박해진 것처럼, 공기가 부족하게 느껴지기까지 했다. 고압 전류가 대기에 널리 퍼져서, 모든 생물은 자기 신경에 전류가 흐르는 것을 느꼈다.

글레나번도 파가넬도 로버트도 이 전파의 작용을 분명히 느꼈다.

"이제 곧 폭풍이 닥쳐오겠군." 파가넬이 말했다.

"천둥이 무섭지 않니?" 글레나번이 소년에게 물었다.

"전혀요." 로버트가 대답했다.

"좋아. 그렇다면 됐어. 폭풍이 멀지 않았으니까."

"그리고 하늘의 상태를 보면 맹렬한 폭풍이 될 거다." 파가넬이 덧붙였다.

"내가 불안한 건 폭풍 때문이 아닙니다." 글레나번이 말했다. "폭풍에 따르는 호우 때문이지요. 우리는 뼛속까지 흠뻑 젖게 될 겁니다. 선생이 뭐라고 해도 새의 보금자리는 인간에게는 불충분해요. 선생이 직접 호된 꼴을 당해봐야 그걸 뼈저리게 느낄 텐데."

"오호, 달관한 철학으로 깨달으면 돼요." 학자가 대답했다.

"철학으로도 몸이 비에 젖는 것을 막을 수는 없지요."

"물론이죠. 하지만 철학은 몸을 따뜻하게 해줍니다."

"어쨌든 친구들한테 돌아가서, 철학과 판초를 최대한 몸에 친친 둘러 감으라고 권합시다. 그리고 특히 참을성을 가지도록 명심하라고. 아주 강한 참을성이 필요해질 테니까요!"

글레나번은 험악한 하늘에 마지막 눈길을 던졌다. 지금은 구름이 하늘 전체를 덮고 있었다. 서쪽에 띠처럼 조금 남은 하늘이 해 질 녘의 희미한 햇빛을 받고 있었다. 물은 어두운 색조를 띠고 있어서, 낮게 뜬 채 무거운 수증기와 섞이려 하고 있는 거대한 구름과 비슷했다. 이제는 그림자조차 보이지 않았다. 빛의 감각도 소리의 감각도 눈이나 귀에 닿지 않았다. 침묵은 어둠과 마찬가지로 깊었다.

"자, 내려갑시다." 글레나번이 말했다. "이제 곧 번개가 칠 겁니다!"

글레나번과 로버트와 파가넬은 매끈매끈한 가지를 미끄러져 내려왔다. 보금자리로 돌아온 그들은 그곳이 아주 기묘한 빛에 싸여 있어서 적잖이 놀랐다. 그 어슴푸레한 빛은 붕붕 소리를 내면서 수면 위를 어지럽게 날고 있는 수많은 광점 때문이었다.

"인광인가?" 글레나번이 중얼거렸다.

"아닙니다." 파가넬이 대답했다. "인광을 내는 반딧불이라는 곤충이에요. 살아 있는 다이아몬드죠. 부에노스아이레스의 부인들은 이 곤충을 멋진 장신구로 삼고 있답니다."

"아니!" 로버트가 외쳤다. "이렇게 불꽃처럼 날아다니는 게 곤충이라고요?"

"그래."

로버트는 반짝반짝 빛나는 그 곤충을 한 마리 잡았다. 파가넬의 말이 옳았다. 그것은 길이가 2.5센티미터쯤 되는 호박벌 같은 곤충이었는데, 이 묘한 딱정벌레는 가슴 앞부분에 있는 두 개의 반점에서 빛을 내고, 이 빛은 어둠 속에서 글자를 읽을 수 있을 만큼 밝았다. 파가넬은 그 벌레를 시계 가까이 가져가서, 바늘이 오후 10시를 가리키고 있음을 볼 수 있었다.

글레나번은 소령과 선원들에게 가서 밤에 대비하여 이런저런 지시를 했다. 맹렬한 폭풍우를 예상하지 않으면 안 된다. 첫 번째 천둥이 울리고 나면 바람이 거칠게 불기 시작할 것이다. 그리고 옴부는 심하게 흔들릴 것이다. 그래서 그들은 각자에게 할당된 나뭇가지 침대에 몸을 단단히 묶으라는 지시를 받았다. 하늘에서 쏟아지는 물은 피할 수 없지만, 하다못해 지상의 물에 대해서는 조심하지 않으면 안 된다. 나무 밑에서 소용돌이치고 있는 급류에 떨어지면 안 되었다.

사람들은 편안한 잠을 기대하지는 않았지만 서로 잘 자라는 인사를 나누었다. 그리고 각자 나무 위의 잠자리에 기어들어가 판초로 몸을 감싸고 잠이 오기를 기다렸다.

하지만 중요한 자연 현상이 접근하면, 민감한 인간의 마음속에는 어떤 강자도 저항할 수 없는 막연한 불안이 싹트는 법이다. 옴부의 손님들은 초조하고 답답해지는 것을 느끼면서 눈을 감지도 못했고, 처음 천둥이 울렸을 때는 모두 일어나 있었다. 그것은 11시 조금 전에 멀리서 울리는 굉음으로 시작되었다. 글레나번은 수평으로 뻗은 가지 끝까지 가서 나뭇잎들 틈새로 머리를 내밀어보았다.

검은 배경에는 이미 날카롭게 빛나는 줄무늬가 새겨지고 호수의 물은 그것을 또렷이 비추어냈다. 구름은 여기저기서 갈가리 찢어졌다. 하지만 부드러운 솜 같은 직물이 찢어지는 것 같아서 날카로운 소리는 나지 않았다. 글레나번은 한결같은 어둠으로 칠해져 있는 천정과 지평선을 살펴본 뒤 줄기 위쪽으로 돌아왔다.

"어떻게 생각하세요, 글레나번 경?" 파가넬이 물었다.

"시작부터 굉장하군요. 이런 식으로 계속되면 대단한 폭풍우가 될 겁니다."

"그거 잘됐군요." 혈기왕성한 파가넬이 대답했다. "어차피 피할 수 없다면 멋진 구경거리를 보는 게 나으니까요."

"또 선생의 그 이론이 튀어나왔군." 소령이 말했다.

"게다가 내 이론 가운데 가장 뛰어난 이론의 하나지요. 소령님, 나는 글레나번 경과 같은 생각입니다. 대단한 폭풍우가 될 거예요. 방금 잠을 자려고 하는 동안 여러 가지 사실이 생각났는데, 이런 사실들은 폭풍우가 심해질 거라는 예상을 뒷받침합니다. 여기는 대뇌우 지역이니까요. 사실 나는 1793년에 이곳 부에노스아이레스 주에서 한 번의 뇌우가 지속되는 동안 벼락이 서른일곱 번이나 떨어졌다는 기록을 어디선가 읽은 적이 있습니다. 그리고 내 동료인 마르탱 드 무시*는 천둥이 55분 동안이나 끊임없이 울린 것을 관찰했지요."

"시계를 손에 들고?" 소령이 물었다.

"그럼요, 시계를 손에 들고." 그런 다음 파가넬은 이렇게 덧붙였다. "내가 불안하게 여기는 것은 딱 하나뿐입니다. 그것은 이 평원에서 가장 높은 지점이 바로 우리가 있는 이 옴부라는 겁니다. 피뢰침이 있다면 큰 도움이 되겠지만. 벼락이 특히 떨

---

* 마르탱 드 무시(1810~1869): 프랑스의 박물학자·지리학자.

어지고 싶어 하는 것은 팜파스의 다른 어떤 나무보다 바로 이 나무일 테니까요. 그리고 여러분도 잘 아시겠지만 학자들은 뇌우가 지속되는 동안 비를 피해 큰 나무 밑으로 들어가지 말라고 권하고 있고……."

"지금 우리가 놓여 있는 상황에서 그것은 참으로 시의적절한 충고로군!" 소령이 말했다.

"파가넬 씨, 지금은 그런 정보를 제공하기에 적절한 때가 아닌 것 같군요. 지금보다 좋은 시기를 선택할 수도 있었을 텐데요." 글레나번이 말했다.

"정보를 얻는 건 언제라도 항상 좋은 일이지요." 파가넬이 대꾸했다. "하! 이제 시작이군요."

전보다 격렬한 우렛소리가 별로 때가 좋지 않은 이 대화를 중단시켰다. 굉음은 점점 높아지고 강렬해졌다. 간격도 짧아지고, 음악에 비유하면 저음에서 중음으로 옮아갔다. 곧 천둥은 날카로운 소리로 바뀌었고, 대기 전체가 급속한 진동으로 흔들리는 것 같았다. 공간은 불타오르고, 그 불길 속에서는 어떤 번개가 끝없이 이어지는 그 우렛소리를 일으켰는지 분간할 수 없었다. 우렛소리는 메아리에 메아리를 부르며 하늘 밑바닥까지 울려 퍼졌다.

끊임없는 번개는 다양한 형태로 나타났다. 어떤 것은 대지에 수직으로 내려와 같은 장소에 대여섯 번씩 꽂혔다. 또 어떤 것은 학자들의 호기심을 최고로 자극할 것으로 여겨졌다. 아라고*

---

* 프랑수아 아라고(1786~1853): 프랑스의 천문학자·물리학자. 광학과 전자기학에 크게 기여했으며, 공화주의 정치가로서 국방장관을 지냈다.

끊임없는 번개는 다양한 형태로 나타났다.

는 그 흥미로운 통계에서 두 갈래로 갈라진 번개의 예를 둘밖에 들지 않았지만, 여기서는 그것을 수백 개나 볼 수 있었기 때문이다. 몇 개는 여러 가지 형상의 수많은 가지로 갈라져서 산호처럼 미세하게 지그재그를 그리며 어두운 하늘에 나뭇가지 같은 빛의 무늬를 비추어냈다.

곧 동쪽에서 북쪽에 이르는 하늘 전체에 강렬하게 빛나는 인광의 띠가 나타났다. 이 불꽃은 점점 지평선 전체로 퍼져서 구름을 가연물질 덩어리처럼 불타오르게 하더니, 이윽고 반짝이는 수면에 반영되어 옴부를 중심으로 하는 거대한 공 모양의 불덩어리를 이루었다.

글레나번과 동료들은 말없이 이 처절한 광경을 바라보고 있었다. 이야기를 나누려 해도 상대의 목소리가 들리지 않았다. 하얀 빛은 그들이 있는 곳까지 퍼져왔고, 이 성급한 섬광이 번득일 때마다 때로는 소령의 태연한 얼굴, 파가넬의 호기심 어린 얼굴, 글레나번의 정력적인 얼굴, 때로는 로버트의 겁먹은 얼굴과 선원들의 느긋한 얼굴이 갑자기 환상처럼 나타났다가 곧 사라지곤 했다.

하지만 비는 아직 내리지 않고 바람은 여전히 잔잔했다. 그런데 곧 하늘의 폭포가 입을 벌리기 시작했고, 검은 하늘을 배경으로 수직의 빗발이 베틀로 베를 짤 때의 실처럼 팽팽하게 당겨졌다. 굵은 물방울이 수면을 때리고, 번갯불을 받으면 수많은 반짝거림이 되어 수면 위로 솟아올랐다.

이 비는 폭풍우의 끝을 예고하는 것이었을까? 글레나번과 동료들은 맹렬한 샤워만 뒤집어쓴 것으로 끝났을까? 아니, 이 번갯불의 난투가 가장 고조되었을 때, 수평으로 뻗어 있는 나뭇가지 끝에 별안간 검은 연기에 싸인 주먹만 한 크기의 불덩어리가 나타났다. 그 불덩어리는 몇 초 동안 같은 자리를 빙글빙글 돌다가 폭탄처럼 터졌다. 그 폭음은 주위 일대를 뒤덮은 소음 속에서도 알아들을 수 있을 정도였다. 화약 냄새가 나는 증기가 대기 중에 자욱했다. 잠시 정적이 돌아왔다가 "나무가 불타고 있다!"고 외치는 톰 오스틴의 목소리가 들렸다.

톰 오스틴의 말이 옳았다. 순식간에 불길은 거대한 불꽃놀이용 장치에서 옮겨붙은 것처럼 옴부의 서쪽으로 퍼져갔다. 마른 가지나 풀로 만든 새 둥지, 그리고 마지막에는 해면 모양의 하얀 겉 부분 전체가 탐욕스러운 불길에 안성맞춤인 연료를 제공했다.

이때 바람이 일어나 이 불을 부추겼다. 이제 도망치지 않으면 안 되었다. 글레나번과 동료들은 당황하여 허둥대며, 위로 올라가기도 하고 아래로 미끄러지기도 하고 그들의 체중 때문에 늘어지는 잔가지에 몸을 맡기기도 하면서 불길이 닿지 않는 동쪽으로 서둘러 피난했다. 하지만 나뭇가지는 터지고 꺾이고 산 채로 불타는 뱀처럼 불 속에서 몸부림쳤다. 빨갛게 달구어진 잔해는 넘치는 물속에 떨어져 새끼 사슴 빛깔의 불꽃을 피워 올리면서 물에 떠내려갔다. 불길은 때로는 놀랄 만큼 높이 올라가 작열하는 대기 속으로 사라지고, 때로는 소용돌이치는 돌풍에 밀려 네소스*의 셔츠처럼 옴부에 엉겨 붙었다. 글레나번도 로버

---

* 그리스 신화에 나오는 켄타우로스(상체는 사람이고 하체는 말인 괴물). 헤라클레스의 아내 데이아네이라를 겁탈하려다가 이를 목격한 헤라클레스가 쏜 화살을 맞고 죽는다. 하지만 죽는 순간에 데이아네이라에게 남편의 애정이 식었을 때 자신의 피를 남편의 옷에 묻히면 사랑을 되찾을 수 있을 것이라고 말한다. 이 말을

트도 소령도 파가넬도 선원들도 공포에 움츠러들어 꼼짝도 못하고 있었다. 자욱한 연기 때문에 숨을 쉴 수가 없었다. 견딜 수 없는 열기가 그들을 괴롭혔다. 이제 불길은 그들 쪽으로 옮아와서 아래쪽의 굵은 가지가 불타기 시작했다. 이제는 불을 막을 수도 없고 끌 수도 없었다. 그들은 시바 신†의 불타는 옆구리에 갇힌 제물처럼 고통을 피할 도리가 없다고 체념했다. 마침내 상황은 더 이상 견딜 수 없을 정도가 되었고, 어차피 죽는다면 끔찍하지 않게 죽는 방법을 택할 수밖에 없었다.

"물로 뛰어들어!" 글레나번이 외쳤다.

불길에 쫓긴 윌슨은 이미 호수로 뛰어든 참이었다. 그 윌슨이 극도의 공포를 나타내며 외치는 소리가 들렸다.

"살려줘! 살려줘!"

오스틴이 그쪽으로 뛰어들어 윌슨을 나무줄기 위로 끌어 올렸다.

"왜 그래?"

"악어야, 악어!" 윌슨이 대답했다.

아래를 보니 나무 밑동은 파충류 중에서도 가장 무서운 악어들에게 둘러싸여 있었다. 불길이 반사하는 커다란 빛의 고리 속에서 악어 비늘이 번쩍거렸다. 세로로 넓적한 꼬리, 창끝처럼 생긴 머리, 튀어나온 눈, 귀 뒤까지 찢어진 입, 이 모든 특징은

곧이들은 데이아네이라는 훗날 남편의 사랑이 식었다는 생각이 들자, 그의 셔츠에 네소스의 피를 뿌려 남편에게 보냈다. 하지만 네소스를 쏘아 죽인 화살에는 히드라(물뱀)의 독이 묻어 있었기 때문에 그의 피도 히드라의 독으로 오염되어 있었다. 셔츠를 입은 헤라클레스는 옷에 묻은 독에 중독되어 미칠 듯한 고통을 견디다 못해 스스로 불길 속으로 뛰어들어 죽었다.
† 힌두교의 세 주신(主神) 가운데 하나. 파괴와 생식을 관장한다.

파가넬의 눈을 속이지 않았다. 그는 아메리카 대륙 특유의 사나운 악어, 스페인계 국가에서 '카이만'이라고 부르는 그 악어를 알아보았다. 열 마리쯤 되는 악어가 그 무서운 꼬리로 물을 때리며 아래턱에 달린 기다란 이빨로 옴부를 공격했다.

이것을 보고 글레나번과 동료들은 이제 끝장이라고 생각했다. 불길에 삼켜지든 카이만에게 잡아먹히든 참혹하게 죽을 것은 뻔했다. 소령조차도 조용한 목소리로 이렇게 말했다.

"이번에야말로 끝장인가?"

세상에는 인간이 무력한 상황도 존재한다. 사납게 미쳐 날뛰는 악천후와 맞서 싸울 수 있는 것은 다른 악천후뿐인 경우도 있다. 글레나번은 이제 하늘에 어떤 도움을 청해야 좋을지 모른 채 서로 손을 잡고 다가오는 불과 물을 바라보았다.

이때 폭풍우가 가라앉기 시작했다. 하지만 폭풍우 때문에 대기 속에 많은 수증기가 퍼졌고, 그 수증기는 방전 현상으로 격렬하게 움직이기 시작하고 있었다. 남쪽에 거대한 회오리가 서서히 형성되었다. 뾰족한 끝이 아래쪽이고 넓은 밑부분이 위로 올라간 원뿔 모양의 안개가 부글부글 끓어오르는 물과 폭풍우 구름을 연결했다. 이 회오리는 빙글빙글 돌면서 현기증이 날 만큼 빠른 속도로 전진했다. 회오리는 호수에 생긴 물기둥을 자신의 중심으로 끌어들이고, 그 회전운동으로 생긴 강한 흡인력을 이용하여 주위의 모든 기류를 자기 쪽으로 끌어당겼다.

오래지 않아 회오리는 옴부를 덮쳐서 그 소용돌이 속에 나무를 가두었다. 나무는 뿌리까지 흔들렸다. 글레나번은 악어들이 그 강력한 턱으로 나무를 공격하여 땅에서 뽑아내려 하는 게 아닐까 하고 생각했다. 서로 꽉 붙잡고 있던 글레나번과 동료들은

회오리는 옴부를 덮쳐서 소용돌이 속에 나무를 가두었다.

수면 위로 높이 솟은 나무가 기울어지다가 공중제비를 돌면서 쓰러지는 것을 느꼈다. 불타는 나뭇가지는 쉭쉭 소리를 내면서 술렁거리는 물속으로 떨어졌다. 이것은 불과 1초 사이에 벌어진 일이었다. 회오리는 이미 지나가서 그 파괴적인 폭력을 다른 곳에서 발휘하는 중이었고, 가는 곳마다 물을 빨아올려 호수를 바싹 말리려는 것처럼 보였다.

그때 물 위에 누워 있던 옴부가 바람과 물살의 힘으로 떠내려가기 시작했다. 악어들은 한 마리만 남기고 모두 달아났지만, 그 한 마리만은 입을 딱 벌린 채 뒤집힌 뿌리 위를 기어서 다가왔다. 하지만 멀래디가 반쯤 탄 나뭇가지를 집어 들고 맹렬하게 내리치자 악어의 허리가 부러졌다. 악어는 공중제비를 돌아서, 흐름을 거슬러 소용돌이치는 분류 속으로 가라앉았다. 그래도 그 무서운 꼬리는 마지막으로 한 번 더 맹렬한 기세로 물을 내리쳤다.

탐욕스러운 파충류한테서 벗어난 글레나번과 동료들은 불길이 닿지 않는 쪽에 있는 나뭇가지에 매달렸고, 옴부는 돌풍을 타고 불타는 돛처럼 부풀어 오른 불길을 피워 올리면서 밤의 어둠 속을 불타는 화공선처럼 떠돌았다.

26
대서양

두 시간 동안 옴부는 드넓은 호수 위를 떠돌아다녔지만 육지에는 다다르지 못했다. 나무에 퍼진 불길은 조금씩 꺼져갔다. 이 무서운 항해에서 가장 큰 위험은 사라졌다. 소령은 목숨을 건졌다고 해서 별로 놀랄 필요는 없다고 말했을 뿐이다.

물의 흐름은 여전히 처음과 마찬가지로 남서쪽에서 북동쪽으로 향하고 있었다. 아직 남아 있는 번개가 여기저기서 번득일 뿐, 어둠은 다시 전과 마찬가지로 깊어졌다. 파가넬이 지평선에서 뭔가 이정표가 될 만한 것을 찾아보았지만 아무것도 찾지 못했다. 폭풍우는 점차 가라앉고 있었다. 굵은 빗방울은 산들바람에 날려 흩어지는 작은 물보라로 변했고, 커다란 구름장은 오그라들어 높은 하늘에서 띠 모양으로 갈라졌다.

격렬한 흐름에 떠내려가는 옴부는 속도가 무척 빨랐다. 마치 강력한 엔진이 나무속에 감추어져 있는 것처럼 놀랄 만한 속도로 미끄러져갔다. 앞으로도 며칠 동안이나 이렇게 표류하지 않는다는 보장은 어디에도 없었다. 하지만 오전 3시경 소령은 나무뿌리가 이따금 흙바닥에 닿는다고 말했다. 톰 오스틴이 기다란 나뭇가지로 깊이를 잰 끝에 호수 바닥이 오르막으로 되어 있는 것을 확인했다. 실제로 20분 뒤에 옴부는 무언가에 부딪혀 딱 멈추었다.

"육지다! 육지야!" 파가넬이 큰 소리로 외쳤다.

불에 타다 남은 나뭇가지 끝이 솟아오른 땅에 부딪힌 것이다. 항해자가 좌초한 것을 이보다 더 기뻐한 적은 일찍이 없었을 것이다. 암초가 이 경우에는 항구였다. 이미 로버트와 윌슨은 단단한 언덕 위로 뛰어올라 환성을 질렀지만, 그때 바람을 가르는 익숙한 소리가 들렸다. 질주하는 말발굽 소리가 평원에 울려 퍼지고, 키 큰 인디언의 모습이 어둠 속에서 그들의 앞을 가로막았다.

"탈카베!" 로버트가 외쳤다.

"탈카베!" 동료들도 입을 모아 외쳤다.

"친구들!" 인디언이 말했다. 탈카베는 그 자신이 그곳에 떠내려온 이상, 여행자들도 분명 거기로 떠내려올 거라고 예상한 곳에서 그들을 기다리고 있었던 것이다.

그는 로버트를 두 팔로 번쩍 들어 올려 품에 끌어안았다. 이윽고 글레나번과 소령과 선원들도 충실한 길잡이와 재회하게 된 것을 진심으로 기뻐하면서 그의 두 손을 꽉 움켜잡았다. 그 후 탈카베는 버려진 가축우리로 그들을 안내했다. 그곳에는 불이 활활 타오르고 있어서 그들의 몸을 따뜻하게 덥혀주고, 얇게 썬 고기도 지글지글 소리를 내며 구워지고 있었다. 그들은 고기를 한 조각도 남기지 않고 모두 먹어치웠다. 그리고 정신이 안

"친구들!" 인디언이 말했다.

식을 되찾아 다시 생각하기 시작했을 때 그들은 자기가 아르헨티나의 하천에 사는 무서운 악어와 물과 불 등 수많은 위험을 빠져나왔다고는 믿을 수가 없었다.

탈카베는 자신이 겪은 일을 파가넬에게 간단히 설명하고, 자기가 목숨을 건진 것은 오로지 그 대담무쌍한 타우카 덕분이라고 말했다. 여기서 파가넬은 그 문서에 대한 새로운 해석과 그것이 어떤 희망을 품게 해주는지를 그에게 설명하려 해보았다. 인디언은 학자의 이 창의적인 가설을 정말로 이해했을까? 그것은 의심스러웠지만, 그는 친구들이 기뻐하고 낙관적인 것을 보았다. 그에게는 그것으로 충분했다.

이 대담한 여행자들이 이의 없이 또 출발할 마음이 내킨 것은 상상하기 어렵지 않을 것이다. 오전 8시에 그들은 출발 준비를 갖추었다. 그곳은 에스탄시아나 절임 공장이 있는 곳에서 훨씬 남쪽으로 떨어져 있었기 때문에 탈것을 찾을 수는 없었다. 그래서 어떻게든 도보로 가지 않으면 안 된다. 하지만 거리는 60킬로미터 정도밖에 안 되었고, 타우카도 이따금 지친 사람을 한 명, 필요하다면 두 명까지는 태우는 것을 거부하지 않았다. 따라서 36시간이면 대서양 연안에 도착할 수 있을 터였다.

때가 오자 일행은 아직 물이 차 있는 드넓은 저지대를 떠나 좀 더 높은 평원을 나아갔다. 아르헨티나 영토는 그 단조로운 모습을 되찾았다. 유럽인이 심은 나무가 목초지 곳곳에 나타났지만, 그것도 탄딜 산맥이나 타팔켐 산맥의 언저리와 마찬가지로 보기 드물다. 이곳이 원산지인 나무는 목장 가장자리나 코리엔테스 곶 근처에 조금 나 있을 뿐이다.

이날 하루는 이렇게 저물었다. 이튿날은 바다에 도착하려면 아직 25킬로미터나 남아 있을 때부터 바다가 가까워진 것이 느껴졌다. 낮과 밤의 후반부에 규칙적으로 부는 '비라손'(연풍)이라는 기묘한 바람에 키 자란 풀들이 휘었다. 바싹 마른 땅에는 자귀나무과의 관목들이 드문드문 나 있었다. 함수호 몇 개가 깨진 유리 조각처럼 반짝이며 행진을 방해했다. 그런 곳은 우회해서 가지 않으면 안 되었다. 그날 안으로 대서양 연안의 살라도 호수에 도착하려고 걸음을 서둘렀지만, 사실대로 말하면 오후 8시에 거품 이는 해안의 경계선을 이루고 있는 40미터 높이의 모래언덕을 보았을 때 여행자들은 벌써 상당히 지쳐 있었다. 곧 만조를 이룬 바다의 중얼거림이 그들의 귀에 들어왔다.

"바다다!" 파가넬이 외쳤다.

"그래, 바다!" 탈카베가 대답했다.

체력이 벌써 바닥난 여행자들은 곧 놀랄 만큼 민첩하게 모래언덕을 올라갔다.

하지만 어둠은 이미 깊어져 있었다. 사람들의 시선은 어두운 바다 위를 헛되이 헤맸다. 그들은 '덩컨'호를 찾았지만 배는 보이지 않았다.

글레나번이 외쳤다.

"어쨌든 여기서 조금씩 이동하면서 우리를 기다리고 있을 거야!"

"내일은 보이겠지." 소령이 받았다.

톰 오스틴은 눈에 보이지 않는 요트의 위치를 대충 짐작하여 불러보았지만, 대답을 얻지는 못했다. 게다가 바람이 강하고 바다는 상당히 거칠었다. 구름은 서쪽에서 달려오고, 거품 이는 물마루는 잘게 부서진 물보라가 되어 모래언덕까지 날아왔다.

따라서 '덩컨'호가 지정된 곳에 와 있었다 해도 망꾼은 볼 수도 들을 수도 없었을 것이다. 해안에는 배를 댈 수 있는 곳이 전혀 없었다. 만도 후미도 항구도 없었다. 해안은 바닷속으로 사라지는 기다란 모래톱으로 이루어져 있고, 배가 거기에 다가가는 것은 수면 바로 밑에 있는 암초에 다가가는 것보다도 위험하다. 사실 모래톱은 파도를 부글부글 끓어오르게 한다. 그런 곳에서는 파도가 특히 거칠다. 그리고 비바람으로 바다가 거칠어졌을 때 이런 모래 융단 위로 올라간 배는 확실히 난파한다.

그러고 보면 '덩컨'호가 이 해안은 아주 험하고 피난할 만한 항구도 없다고 판단하여 접근하지 않는 것은 지극히 당연했다. 존 맹글스는 여느 때처럼 신중함을 발휘하여 최대한 해안에서 멀리 떨어져 있을 게 분명했다. 그것이 톰 오스틴의 의견이었다. '덩컨'호는 적어도 10킬로미터 이내에는 없다고 그는 단언했다.

그래서 소령은 초조해하는 동료들에게 체념하라고 권했다. 이 깊은 어둠을 물리칠 방법은 전혀 없다. 그런데 어두운 수평선을 바라보며 눈을 피곤하게 만들 필요는 없다…….

소령은 그렇게만 말하고, 모래언덕 그늘에 야영지를 만들게 했다. 마지막 남은 식량이 이 여행의 마지막 식사에 제공되었다. 식사가 끝나자 소령의 본보기에 따라 각자 편안한 구덩이를 파서 임시변통으로 잠자리를 만들고, 담요 대신 주위에 얼마든지 있는 모래를 턱까지 덮고 깊이 잠들었다. 글레나번 혼자만 눈을 뜨고 있었다. 바람은 이제 상당히 강해졌고, 바다에는 아직도 지나간 폭풍우의 영향이 남아 있었다. 여전히 거칠게 날뛰는 파도는 우레 같은 소리를 내며 모래톱으로 밀려와서 부서

글레나번 혼자만 눈을 뜨고 있었다.

졌다. 글레나번은 '덩컨'호가 바로 가까이에 있다는 것을 알고 있었기 때문에 쉴 수가 없었다. 약속 장소에 '덩컨'호가 도착하지 못했다고는 도저히 생각할 수 없었다. 글레나번은 10월 14일 탈카우아노 항을 출발하여 11월 12일 대서양 연안에 도착했다. 그들이 칠레, 안데스 산맥, 팜파스, 아르헨티나 평원을 가로지르는 데 걸린 30일 동안, '덩컨'호는 충분히 혼 곶을 돌아서 반대쪽 해안으로 올 수 있었을 것이다. 그렇게 빠른 배니까 늦을 리가 없었다. 폭풍우는 확실히 굉장했을 테고 대서양이라는 넓은 전쟁터에서 맹위를 떨치기는 했겠지만, '덩컨'호는 튼튼한 배이고 선장도 뛰어난 뱃사람이었다. 그러니까 오기로 되어 있는 이상 반드시 와 있을 것이다.

그거야 어쨌든 이런 생각도 글레나번의 마음을 진정시키지는 못했다. 감정과 이성이 다툴 때 항상 이성이 더 강한 것은 아니다. 맬컴 성의 영주는 이 어둠 속에서 자기가 사랑하는 모든 사람들, 소중한 헬레나와 메리 그랜트, '덩컨'호 선원들의 존재를 느꼈다. 그는 파도가 인광을 가득 박아 넣은 인적 없는 해안을 헤맸다. 눈을 긴장시키고 귀를 곤두세웠다. 때로는 바다에서 어렴풋한 빛을 본 듯한 느낌도 들었다.

"잘못 본 게 아니야." 그는 중얼거렸다. "나는 분명히 뱃전에 단 등불을 보았어. '덩컨'호의 등불을! 아아, 왜 내 눈은 이 어둠을 꿰뚫어보지 못할까?"

그때 어떤 생각이 그의 머리에 떠올랐다. 파가넬은 밤에도 눈이 잘 보인다고 했다. 그는 파가넬을 깨우러 갔다.

학자는 구덩이 속에서 두더지처럼 깊이 잠들어 있었지만, 튼튼한 팔이 그를 모래 침대에서 끌어냈다.

"누구야?" 그가 외쳤다.

"나요, 파가넬 선생."

"나가 누구야?"

"글레나번입니다. 좀 갑시다. 선생의 눈을 빌리고 싶습니다."

"내 눈을?" 파가넬은 말하고 눈을 북북 비볐다.

"그래요. 이 어둠 속에서 우리 '덩컨'호를 분간하려면 선생의 시력이 필요합니다. 자, 갑시다. 어서요."

"젠장." 파가넬은 속으로 중얼거렸지만, 글레나번을 조금이라도 도울 수 있는 것이 기뻤다.

그는 일어나서, 잠에서 깬 사람들이 대부분 그렇듯이 뻣뻣해진 팔다리를 흔들고 기지개를 켜고 하품을 하면서 글레나번을 따라 해변으로 갔다. 그리고 바다 건너 먼 수평선을 유심히 살펴보기 시작했다.

"어떻습니까? 아무것도 안 보입니까?" 글레나번이 물었다.

"안 보여요. 밤눈이 밝은 고양이도 두 걸음 앞은 보지 못할 겁니다."

"붉은 불빛이나 초록 불빛을 찾아보세요. '덩컨'호의 좌현등이나 우현등을 찾아보라는 뜻입니다."

"붉은 불빛도 초록 불빛도 보이질 않는데요! 온통 검은색 일색이에요!" 파가넬은 대답하고 눈을 감았다.

그는 머리를 가슴 쪽으로 떨어뜨렸다가 흠칫 놀라서 다시 쳐드는 동작을 기계적으로 되풀이하면서 30분쯤 안절부절못하는 글레나번을 따라 해변을 돌아다녔다. 마침내 그는 글레나번의 말에 대답도 하지 않고 글레나번에게 말을 걸지도 않고 술 취한 사람처럼 비틀거렸다.

글레나번은 파가넬을 바라보았다. 파가넬은 걸으면서 잠들어 있었다. 그래서 글레나번은 파가넬의 팔을 붙들고 잠이 깨지 않도록 조심하면서 구덩이로 데려가, 편안히 잘 수 있도록 다시 모래 구덩이 속에 묻어주었다.

날이 밝을 무렵, 곤히 자고 있던 사람들은 "'덩컨'호다! '덩컨'호다!" 하는 외침 소리에 깜짝 놀라서 벌떡 일어났다. 그들은 "만세! 만세!" 하고 외치면서 해안으로 달려갔다.

정말로 해안에서 8킬로미터쯤 떨어진 곳에서 요트가 아래쪽 돛을 접고 천천히 달리고 있었다. 배에서 나오는 연기는 아침 안개 속으로 사라졌다. 바다가 거칠어서, 그 정도 톤수의 배가 모래톱 가까이 접근하는 것은 위험했다.

글레나번은 파가넬의 망원경으로 '덩컨'호를 관찰했다. 존 맹글스는 해안에 있는 사람들을 알아차리지 못한 게 분명했다. 그는 배의 방향을 바꾸지 않고, 감아놓은 주돛대의 돛을 좌현 쪽으로 열고 계속 달리고 있었기 때문이다.

하시민 이때 탈카베가 카빈총에 화약을 잔뜩 넣어서 요트를 향해 쏘았다.

모두 귀를 기울였다. 그리고 그쪽을 뚫어지게 바라보았다. 인디언의 카빈총은 세 번 울려 퍼졌고 모래언덕에 메아리를 불러 일으켰다.

마침내 요트의 동체 부분에 하얀 연기가 나타났다.

"이쪽을 봤어! 저건 '덩컨'호의 대포야!" 글레나번이 외쳤다.

몇 초 뒤에 둔탁한 포성이 물가까지 희미하게 들려왔다. '덩컨'호는 당장 돛을 바꾸고 보일러를 마구 때면서 최대한 해안에 가까이 오려고 방향을 바꾸었다.

오래지 않아 보트가 배를 떠나는 것을 망원경으로 볼 수 있었다.

"헬레나 마님은 오시지 않을 겁니다. 바다가 너무 거치니까요." 톰 오스틴이 말했다.

"존 맹글스도 안 올 거야. 선장은 배를 떠날 수 없으니까." 소령도 말했다.

"누나! 누나!" 로버트가 심하게 흔들리는 요트를 향해 두 팔을 뻗으면서 외쳤다.

"아아, 빨리 배로 돌아가고 싶군!" 글레나번이 외쳤다.

"조금만 참게나, 에드워드. 두 시간 뒤에는 배에 돌아가 있을 테니까." 소령이 대답했다.

두 시간! 사실 여섯 개의 노를 갖춘 보트가 그보다 더 짧은 시간에 해안과 요트 사이를 왕복할 수는 없었다.

글레나번은 타우카 옆에서 팔짱을 끼고 파도치는 수면을 조용히 바라보고 있는 탈카베에게 다가갔다.

글레나번은 그의 손을 잡고 요트를 가리키며 "가자!" 하고 말했다.

인디언은 고개를 저었다.

"같이 가세, 친구." 글레나번이 다시 말했다.

"싫다." 탈카베는 부드럽게 대답했다. "여기 타우카가 있다. 그리고 저기 팜파스가 있다!" 그는 정열적인 몸짓으로 끝없이 넓은 평원을 품에 끌어안듯 하면서 말했다.

인디언이 조상의 뼈가 하얗게 바래고 있는 평원을 떠나고 싶어 하지 않는다는 것을 그는 충분히 이해했다. 그는 이 황야의 주민들이 고향에 대해 갖고 있는 종교적인 집착을 알고 있었다.

그래서 그는 탈카베의 손을 잡고 더 이상 권하지 않았다. 인디언이 여느 때처럼 독특한 미소를 지으며 지금까지의 봉사에 대한 대가를 사양하고 "우정을 위하여!" 하고 말했을 때도 대가를 받으라고 성가시게 권하지 않았다.

글레나번은 그에게 뭐라고 대답할 수가 없었다. 그래도 이 성실한 인디언에게 유럽 친구들의 기념품을 주고 싶었다. 하지만 그에게 뭐가 남아 있을까? 무기도 말도 모두 홍수로 잃어버렸다. 동료들도 빈털터리인 것은 마찬가지였다.

그는 이 성실하고 헌신적인 길잡이에게 어떻게 감사해야 좋을지 몰랐지만, 그때 문득 어떤 생각이 머리에 떠올랐다. 그는 지갑에서 토머스 로렌스*의 걸작인 훌륭한 초상화를 새겨 넣은 귀중한 메달을 꺼내 인디언에게 내밀었다.

"내 아내야." 그가 말했다.

탈카베는 부드러운 눈으로 초상화를 바라보고는 말했다.

"훌륭하고 아름답다."

그 후 로버트와 파가넬, 소령, 톰 오스틴과 두 선원은 탈카베와 감동적인 작별 인사를 나누었다. 이 용감한 사람들은 대담하고 헌신적인 친구와 헤어지는 것을 진심으로 슬퍼하고 있었다. 탈카베는 그들 모두를 폭넓은 가슴에 끌어안았다. 파가넬은 탈카베가 지금까지 자주 흥미를 보였던 남아메리카와 대서양과 태평양의 지도를 그에게 주었다. 그것은 학자가 가진 물건들 가운데 가장 귀중한 것이었다. 로버트는 탈카베를 껴안는 것 말고는 아무것도 줄 게 없었다. 그는 물론 타우카도 잊지 않았다.

---

* 토머스 로렌스(1769~1830): 영국의 초상화가.

이때 '덩컨'호의 보트가 다가왔다. 보트는 모래톱 사이에 나 있는 좁은 수로를 미끄러지듯 지나서 곧 해안으로 올라왔다.

"우리 집사람은?" 글레나번이 물었다.

"우리 누나는요?" 로버트가 외쳤다.

"헬레나 마님과 메리 아가씨는 배에서 기다리고 계십니다." 보트를 몰고 온 선원이 대답했다. "하지만 빨리 가시죠, 나리. 1분도 지체할 수 없습니다. 썰물 조짐이 나타나기 시작했으니까요."

모두 진심을 담아서 인디언을 마지막으로 포옹했다. 탈카베는 바다로 밀려나간 보트까지 그들을 배웅했다. 로버트가 보트에 타려고 하자 인디언은 로버트를 두 팔로 끌어안고 다정한 눈으로 바라보았다.

"잘 가." 인디언이 말했다. "너도 이젠 어엿한 사나이야!"

"안녕, 친구, 잘 있게!" 글레나번은 다시 한 번 작별 인사를 했다.

"다시는 만날 수 없겠지?" 파가넬이 외쳤다.

"Quién sabe(누가 알아)?" 탈카베는 팔을 하늘로 들어 올리면서 대답했다.

이것이 바람 소리 속으로 사라져가는 인디언의 마지막 말이었다. 사람들은 난바다를 향해 나아갔다. 보트는 썰물을 타고 멀어져갔다.

거품 이는 파도 너머로 오랫동안 탈카베의 실루엣이 보였다. 이윽고 키 큰 그의 모습도 작아져서 친구들의 눈에는 보이지 않게 되었다. 한 시간 뒤 로버트가 맨 먼저 '덩컨'호에 뛰어올라 메리 그랜트의 목에 매달렸다. 그러는 동안 요트 선원들은 즐겁게 만세를 외치고 있었다.

"Quién sabe?" 탈카베는 팔을 들어 올리면서 대답했다.

직선을 그린 남아메리카 대륙 횡단은 이렇게 끝났다. 산도 강도 여행자들의 꿋꿋한 행진을 방해하지 않았다. 그들은 인간의 악의와 싸울 필요는 없었지만, 자연은 종종 그들에게 맹위를 떨쳐 그들의 고결한 용기를 인내력의 한계까지 시험했다.

〈2권에 계속〉

그랜트 선장의 아이들 1

1판 1쇄 인쇄 2014년 12월 1일
1판 1쇄 발행 2014년 12월 8일

지은이 쥘 베른
옮긴이 김석희
펴낸이 정중모
펴낸곳 도서출판 열림원

편집 박은경 심다미 김정래 한나비 조예원 | **디자인** 박소희 박애영 | **홍보** 김계향
제작 윤준수 | **마케팅** 남기성 이수현 | **관리** 박시희 김은성 조아라

등록 1980년 5월 19일(제406-2003-026호)
주소 서울시 마포구 잔다리로 2길 7-0
전화 02-3144-3700 | **팩스** 02-3144-0775
홈페이지 www.yolimwon.com | **이메일** editor@yolimwon.com

© 2014, 김석희

ISBN 978-89-7063-830-0 04860
　　　978-89-7063-326-8 (세트)

● 책값은 뒤표지에 있습니다.

이 도서의 국립중앙도서관 출판예정도서목록(CIP)은 서지정보유통지원시스템 홈페이지(http://seoji.nl.go.kr)와
국가자료공동목록시스템(http://www.nl.go.kr/kolisnet)에서 이용하실 수 있습니다.(CIP제어번호: CIP2014034546)